VICTOR TISSOT

LA

POLICE SECRÈTE

PRUSSIENNE

ÉDITION ILLUSTRÉE PAR DE HÆNEN

PARIS, à la Librairie Illustrée, **7**, rue du Croissant

LA

POLICE SECRÈTE

PRUSSIENNE

LA

POLICE SECRÈTE

PRUSSIENNE

PAR

VICTOR TISSOT

ILLUSTRATIONS DE M. DE HÆNEN

PARIS

A LA LIBRAIRIE ILLUSTRÉE

7, RUE DU CROISSANT, 7

Ce livre a pour but de montrer dans son fonctionnement caché un des principaux instruments de la puissance prussienne : la police secrète.

Si le lecteur, obéissant aux sentiments de son honnête nature, est tenté de mettre en doute la vérité et l'authenticité des révélations que nous avons pu faire, grâce à des documents mis à notre disposition, qu'il veuille bien se reporter à ce passage du discours prononcé le 9 mai 1884, au Reichstag allemand, par M. de Puttkammer, ministre de l'intérieur, chef hiérarchique et responsable de la police prussienne :

« *L'État*, — a dit M. de Puttkammer, après s'être moqué de la naïveté des libéraux qui avaient attaqué certains procédés de la police [1], — *l'État a le droit et le devoir d'user de moyens extraordinaires et à part* (aussergewöhnliche), *quand il ne lui est pas possible de découvrir ou de réprimer autrement les délits... Les faits*

---

[1] M. Richter avait démontré qu'à Francfort la police avait employé des gens tarés comme agents provocateurs.

cités par M. Richter (chef de l'opposition libérale) *ne lui donnent pas le droit de blâmer la manière d'agir du gouvernement.*

« *Que ressort-il de ces faits? Que la police se sert d'individus d'une moralité équivoque. C'est son devoir; et si le conseiller de police Rumpf*[1]*, cet honnête et estimable fonctionnaire, a usé de tels moyens, je lui exprime ici publiquement ma satisfaction et mes remerciements.* »

La théorie ouvertement professée en plein Reichstag par Son Excellence le Ministre de l'intérieur de Sa Majesté prussienne nous dispense d'en dire davantage.

Nous n'ajouterons qu'un mot :

Notre livre est une œuvre d'histoire contemporaine et non un roman inventé à plaisir. De tous les faits que nous citons, il n'en est pas un seul qui n'ait ses pièces à l'appui.

V. T.

---

[1] Chef de la police secrète à Francfort.

DES INDIVIDUS MONTAIENT LA GARDE

POLICE SECRÈTE
PRUSSIENNE

I

Berlin au lendemain de la Révolution de février. — Ce que se disaient deux bourgeois au coin de la rue Frédéric. — Schœffel et Goldschmidt. — Le roi Frédéric-Guillaume se montre à son peuple, et le prince Charles s'adresse au beau sexe. — Aspect du cortège royal. — Une manifestation inattendue. — Où l'agent Stieber paraît pour la première fois. — Retour du roi au palais.

Le 21 mars 1848, une foule compacte et agitée se ruait, en poussant des cris et en échangeant des horions pour avancer plus vite, sur les larges dalles de la célèbre promenade *Unter den Linden* [1], à Berlin.

Les abords de cette grande artère portaient encore les traces de la lutte furieuse qui s'était prolongée trois jours et trois nuits auparavant, écho formidable des journées parisiennes de Février. Il avait fallu l'exemple de la France pour rendre tout à coup le peuple berlinois brave, et lui faire mépriser ce qu'il respectait la veille.

Les fidèles sujets de Sa Majesté étaient descendus en armes dans la rue et avaient élevé des barricades. La lutte avait été acharnée. Les devantures des boutiques et

---

[1] Sous les tilleuls.

des magasins, criblées de projectiles, ne disaient que
trop qu'on avait dû tirer à mitraille sur le peuple. Sur le
seuil des maisons, l'œil pouvait suivre les longues éra-
flures des balles; la chaussée était encombrée de grosses
branches d'arbres coupées par les boulets, et partout de
larges taches de sang mal lavées rougissaient encore
le sol.

A l'entrée de la rue Dorothée et de la rue Frédéric,
des moellons et des pavés étaient restés entassés jusqu'à
hauteur du premier étage. Des matelas éventrés, des
meubles brisés, tous les accessoires de ces forteresses de
la rue, gisaient pêle-mêle; et, devant ces ruines et ces
débris, des individus de mauvaise mine, débraillés, à la
barbe inculte, montaient la garde, armés de vieux
fusils à pierre provenant du pillage de l'arsenal.

Si les fiacres et les voitures de maître étaient rares,
en revanche, les fourgons des pompes funèbres se suc-
cédaient presque sans interruption, cahotant vers leur
dernière demeure les combattants morts à la suite des
blessures reçues en défendant ces mêmes barricades.
De temps en temps aussi, un remous se produisait au
milieu de la foule, et chacun se rangeait pour livrer
passage à quelque groupe d'étudiants en grande tenue
universitaire, rapière au vent, ou à quelque délégation
ouvrière précédée d'un homme à cheval, tenant déployé
le drapeau rouge, noir et or, emblème de la Révolution,
longtemps proscrit par les édits de la Diète et de la « Commission de répression contre les démagogues », et qui,
pour cela même, était devenu le signe de ralliement de
tous les Allemands qui conspiraient pour l'affranchisse-
ment de leur patrie.

L'étendard aux trois couleurs était chaque fois salué
par des *hoch* prolongés, par des *vivats* retentissants, par

des acclamations sans fin auxquelles se mêlaient les plaintes des femmes et des enfants écrasés, étouffés dans la cohue, et les coups de fusil tirés en l'air.

Le temps était sec et froid. Un pâle soleil agonisait dans un ciel livide.

Évidemment la foule attendait un événement prévu et annoncé ; et comme cet événement se faisait attendre, elle s'impatientait d'une façon visible, au fur et à mesure que l'après-midi déclinait.

Divers moyens avaient cependant été essayés pour tuer le temps : on avait d'abord hurlé en chœur des hymnes patriotiques ; quelques locataires des belles et opulentes maisons situées près de la porte de Potsdam s'étant aventurés sur leurs balcons pour regarder le spectacle, de vigoureux *pereat*, accompagnés de coups de pierre, avaient forcé ces « aristocrates » à rentrer précipitamment dans leurs demeures et à s'y calfeutrer avec soin. Puis les *Louis*, — qui déjà à cette époque étaient les *Alphonses* de Berlin, — s'étaient amusés à enfoncer impitoyablement jusque sur la nuque tout chapeau à haute forme qui passait à portée de leurs poings. Quelques pickpockets surpris la main dans le sac avaient été roués de coups et remis à moitié morts entre les mains de la garde bourgeoise, qui formait à elle seule, pour le moment, la police et la garnison de la capitale.

Mais ces divers incidents ne suffisaient pas à calmer l'impatience de la foule. Elle s'agglomérait maintenant d'un air menaçant autour du palais du roi, dont le silence contrastait avec l'animation bruyante de la place.

Au coin de la rue Frédéric, deux hommes se tenant comme à l'écart, mais curieux cependant de voir ce qui allait se passer, causaient, les yeux fixés sur la grille de la demeure royale.

— Vous verrez qu'il n'osera pas, disait le plus jeune, confortablement vêtu et coiffé d'un chapeau de feutre aux larges bords, — d'un « calabrais », comme on les appelait, — il n'osera pas ; au dernier moment, le cœur lui manquera !

— J'ai lieu de croire que vous vous trompez, répondit l'autre. Le bourgmestre a annoncé hier officiellement, à la séance du conseil municipal, que le roi Frédéric-Guillaume IV parcourrait aujourd'hui même la capitale, entouré des princes de sa famille, sans autre escorte qu'un détachement de la garde bourgeoise et un groupe d'étudiants... Cette petite promenade théâtrale et romanesque ne doit d'ailleurs pas répugner à sa Majesté, qui a, vous le savez, beaucoup de goût pour les exhibitions de ce genre.

— Vous verrez, reprit avec obstination l'homme au « calabrais », que Sa Majesté très prudente reculera au dernier moment.

— Vous n'ignorez pas, mon cher, que Sa Majesté sait toujours où puiser du courage.

Et l'interlocuteur de Schœffel, — c'était le nom de l'homme au chapeau calabrais, — fit le geste de porter à ses lèvres le goulot d'une bouteille. Puis il ajouta :

— Mais vous êtes méfiant. Je le comprends. La prison n'est pas précisément l'école où s'apprennent la confiance et l'optimisme. Pauvre Schœffel ! Combien de temps avez-vous passé dans ces maudites casemates ?

— Près de trois ans. J'ai été arrêté en avril 1845, et mis en liberté il y a huit jours. Je suis arrivé à Berlin ce matin. Dans cette ville, que j'avais connue si placide, si résignée, si platement soumise, et que je trouve maintenant en pleine ébullition révolutionnaire, je ne savais à qui m'adresser, quand ma bonne étoile vous a mis sur mon chemin, mon cher Goldschmidt.

Schœffel pressa la main de son ami.

Celui-ci était un homme d'une cinquantaine d'années environ, de haute stature, à la figure empourprée et à la barbe grisonnante, étalée en éventail. Ses vêtements dénotaient un certain bien-être et avaient cette ampleur et cette coupe commodes qu'affectionnent les artistes. Un large pantalon de drap, une veste de velours boutonnée jusqu'au cou, un gros foulard rouge et un chapeau de feutre orné d'une cocarde complétaient son accoutrement.

Goldschmidt hochait la tête :

— Trois ans de forteresse pour un brave homme comme vous, c'est dur ! Mais vous n'avez pas été le seul à souffrir, et, Dieu merci, les temps vont changer. Au fait, de quoi vous a-t-on accusé ?

— Oh ! j'ai été victime d'une machination lâche et odieuse, fit Schœffel d'une voix sombre. Si jamais je retrouve le traître, malheur à lui ! Je pourrais oublier tout ce que j'ai souffert, je puis pardonner à tout le monde, mais à celui-là, jamais, jamais !

L'exaltation de l'ex-prisonnier allait en augmentant. Goldschmidt s'efforçait de le calmer, quand des clameurs plus fortes et un reflux violent de la foule attirèrent l'attention des deux amis. Goldschmidt se dressa sur la pointe des pieds pour voir par dessus les têtes ce qui se passait.

—Hé ! s'écria-t-il en se penchant vers son compagnon, je vous disais bien qu'il viendrait !...

Les clameurs, confuses d'abord, prirent tout à coup un accroissement prodigieux. On entendait distinctement les cris répétés de : « Vive la Constitution ! Vive la liberté ! Vive la Patrie ! A bas l'armée ! Dehors la police ! »

Ces exclamations éclataient comme des bombes tout

autour du roi Frédéric-Guillaume IV, qui s'était enfin décidé à franchir le portail extérieur du Grand-Château.

Il s'avançait à cheval, le long de *Unter den Linden*, précédé d'un peloton de la garde bourgeoise en costume civil, la cocarde au chapeau, le sabre passé autour des reins et la carabine en bandoulière. Sur les redingotes noires, la buffleterie faisait deux rayures blanches. On reconnaissait les officiers à leur grand chapeau à plumes et à leur écharpe noire, rouge et or. Immédiatement derrière le roi venaient le prince Charles, le prince Adalbert, le général de Radowitz, ami intime et confident de Sa Majesté, et quelques autres personnages, « seigneurs sans importance ».

Les cris du peuple effrayaient les chevaux, qui reculaient l'un sur l'autre. La retraite de l'armée hors de la ville avait fait cesser le combat ; mais ni la capitulation du gouvernement, ni la fameuse proclamation adressée par Frédéric-Guillaume à ses chers « Berlinois » n'avaient pu ramener à Sa Majesté l'affection de ses sujets. Pas un : *Vive le roi !* pas une acclamation ne se faisait entendre.

Gros, court, trapu, sanguin, ressemblant à un fermier de Poméranie affublé d'un costume de général et juché sur une bête de labour, la figure bouffie et vulgaire, le nez rouge, la taille légèrement courbée, les yeux obstinément fixés sur l'encolure de son cheval, Frédéric-Guillaume paraissait sourd aux cris populaires et aux rumeurs hostiles qui grondaient sur son passage. Impassible comme un automate, on eût dit que son esprit était ailleurs. A quoi pouvait-il bien songer ? Certes, ce n'était ni à son trône, ni à l'avenir du royaume, mais peut-être au menu du lendemain. En tout cas, il avait trouvé un moyen de s'isoler et de se soustraire par

la pensée à la désagréable et pénible corvée que lui avait
imposée le nouveau cabinet.

Ses oncles et ses frères, qui l'entouraient, partageaient
son indolente apathie. Quant au prince Charles, fidèle à
ses habitudes invétérées, il cherchait du coin de l'œil,
au milieu de la cohue, les plus jolis minois, avec l'intention évidente de nouer au vol quelque liaison facile.
Les jeunes filles le regardaient en riant, en se poussant
du coude.

Des deux côtés du cortège royal, les étudiants, en
culottes collantes, en bottes à l'écuyère, la petite casquette sans visière, rouge ou bleue, inclinée sur
l'oreille, formaient la haie ; ils tenaient à la main
d'énormes rapières, qu'ils portaient toutes droites comme
des cierges de procession. Un nouveau détachement de
garde bourgeoise fermait la marche.

Le roi, avec sa suite, était arrivé au coin de la rue
Frédéric, à la hauteur du restaurant Hiller, presque à
l'endroit où nos deux amis avaient échangé le court
colloque que nous venons de rapporter.

Deux incidents signalèrent à ce moment le passage
de l'empereur et de son entourage.

Sur un des escaliers situés en face du restaurant parut
tout à coup une femme d'une trentaine d'années, fort
belle, d'une figure étrange ; drapée dans un grand
châle des Indes qui la recouvrait tout entière, elle
poussa un : *Vive le Roi !* d'une voix remarquablement
mélodieuse, et, en même temps, un énorme bouquet de
violettes, de muguets et d'autres fleurs printanières
tomba aux pieds du cheval que montait Frédéric-Guillaume.

— Tiens, fit Goldschmidt, voici la Naura du Grand-
Opéra qui donne sa représentation en ville. Demain, on

parlera d'elle dans tout Berlin, les journaux rapporteront son accès de « royalisme » ; je parie qu'elle n'en demande pas davantage.

La démonstration de la chanteuse frappa d'abord la foule d'un étonnement mêlé de colère. Comme lors du retour de Louis XVI, après sa fuite à Varennes, il y avait un accord tacite de n'insulter ni acclamer le monarque ; mais quand on reconnut l'artiste célèbre, la première étoile de la scène lyrique de Berlin, les sourds grognements de la foule se changèrent en rires. Au lieu de se fâcher, on applaudit ironiquement, en criant comme au théâtre : « Bravo ! bravissimo ! »

Le roi paraissait très contrarié de la tournure ridicule qu'avait prise cette unique tentative de démonstration monarchique ; il semblait d'autant plus vexé qu'il avait tout d'abord relevé la tête et regardé d'un air ravi l'apparition de cette ardente royaliste, tandis que le prince Charles clignait en grimaçant ses petits yeux fatigués et battus.

Mais on eut à peine le temps de s'apercevoir de cet incident héroïco-comique : un second incident détourna aussitôt l'attention de la malencontreuse cantatrice et de son bouquet.

Une bande de cinquante à soixante individus, habillés comme l'étaient alors les ouvriers, déboucha de la rue Frédéric, en chantant un air improvisé dans ces jours de tourmente, sur l'air de la *Marseillaise*. A la tête de cette petite troupe marchait un jeune homme à cheval. Il était de taille moyenne, et sa figure en lame de couteau, ses regards fuyants et louches étaient peu en harmonie avec le rôle de Mazaniello équestre qu'il jouait au milieu des prolétaires insurgés.

Son vêtement de drap grisâtre était de coupe assez

LE CORTÈGE ROYAL RENTRAIT HATIVEMENT AU PALAIS

soignée ; il portait un chapeau à haute forme orné de
de l'inévitable cocarde rouge, noire et or ; et tandis que,
de la main droite, il se cramponnait de toutes ses forces
à la crinière de son cheval, il agitait de l'autre main
un large drapeau tricolore dont la longue hampe touchait terre.

A la vue du cortège royal, la bande interrompit son
chant pour pousser à tue-tête les cris de : « Vive la
liberté ! Vive la Constitution ! A bas la troupe ! »

L'homme au drapeau se démenait le plus de tous et
paraissait le plus enragé ; sa voix aiguë et sifflante domi-
nait les clameurs rauques de son entourage.

Dès qu'il avait aperçu le cavalier, Goldschmidt s'était
mis également à crier comme un forcené ; sa figure, de
rouge, avait passé au violet ; il accompagnait ses exclamations de divers signes d'intelligence et d'amitié adressés à l'individu au drapeau, qu'il semblait connaître et
dont il s'efforçait d'attirer l'attention.

Goldschmidt avait été tellement absorbé par son
manège, qu'il ne s'était pas aperçu que le compagnon
avec qui il causait était subitement devenu pâle comme
un mort et tremblait de tous ses membres.

Ce ne fut que lorsque Schœffel, à demi-défaillant,
s'appuya sur le bras de son ami, que Goldschmidt interrompit ses cris et ses signes, et se retournant :

— Mon Dieu ! qu'avez-vous donc ?... Voyons, dit-il à
Schœffel, vous allez vous trouver mal... Mais à qui en
voulez-vous ?

Schœffel s'était déjà redressé comme un homme
mordu par un reptile. De la défaillance il venait de
passer à la colère la plus violente. Tout son sang lui
était monté à la tête : ses traits s'étaient contractés, son
corps tremblait de frissons ; il leva sa canne d'une main

crispée, et il allait s'élancer sur l'homme au drapeau quand celui-ci, arrivé presque à côté du roi, régla audacieusement l'allure de son cheval sur celle du souverain ; puis, se penchant à son oreille, lui dit à mi-voix :

— Sire, ne craignez rien ; nous sommes des fidèles, nous venons vous protéger.

Le roi, le prince Adalbert, le général de Radowitz, avaient vu le geste de menace de l'ex-prisonnier, et tous crurent qu'on voulait attenter à la vie du monarque.

La figure hagarde de Schœffel, son bâton qu'il brandissait comme une arme, autorisaient cette supposition. Goldschmidt s'efforçait vainement de le calmer et de le retenir. « Laissez-moi ! Laissez-moi ! criait l'ex-prisonnier... Le voilà, le traître, l'espion qui m'a vendu ! Laissez-moi me venger ! »

Il allait s'échapper des bras robustes de son compagnon à bout de forces, quand l'homme au drapeau fit cabrer son cheval et força Schœffel, qui le touchait presque, à se jeter en arrière. Puis, relevant brusquement la hampe de son drapeau, il fit sauter en l'air la canne de Schœffel. Un des ouvriers qui étaient de la bande s'en empara. En même temps cinq ou six individus dirigés par l'homme au drapeau entourèrent l'ex-prisonnier et son ami de façon à les isoler complètement.

Le cortège royal disparut au grand trot sous la porte de Brandebourg.

La foule, brusquement, se porta alors d'un autre côté pour se trouver de nouveau, en courant par la rue Frédéric, sur le passage du roi. Les individus qui retenaient Schœffel et Golschmidt furent comme enlevés par cette marée montante d'hommes, et les deux amis profitèrent de la circonstance pour s'esquiver.

Goldschmidt avait pris énergiquement sous son bras le bras de Schœffel.

— Venez avec moi, lui dit-il en continuant de l'entraîner, je loge à deux pas d'ici, dans la rue Dorothée... Vous vous reposerez... Vous en avez besoin... Un verre de vin du Rhin et quelques tranches de jambon achèveront de vous remettre... Mais à qui diable en voulez-vous tant?...

— Comment! Vous le demandez encore?... Mais le cavalier, l'homme au drapeau, c'est lui... le traître, le misérable espion qui m'a dénoncé...

— Ce n'est pas possible!... Comment l'appelez-vous?

— Augustin Schmidt. Oh! j'ai bien retenu son nom.

— Augustin Schmidt! Vous vous trompez... Ce jeune homme est un avocat très distingué, un écrivain de mérite, libéral, ardent et convaincu... Il ne s'appelle pas Augustin Schmidt, mais Stieber.

— En êtes-vous bien sûr? demanda Schœffel.

— Très sûr.

— Vous le connaissez?

— C'est le fiancé de ma fille !

Schœffel, redevenu maître de lui-même, passa à deux reprises la main sur son visage comme pour rassembler ses idées et ses souvenirs.

— Evidemment, dit-il, l'un de nous deux se trompe... Si vous voulez, je vais tout vous raconter...

— Avec le plus grand plaisir, interrompit Goldschmidt, mais à condition que vous acceptiez mon invitation. Quelque palpitant que soit votre récit, j'aime mieux l'entendre dans une bonne chambre bien close, le dos contre le poêle et les pieds sous la table, qu'ici, au milieu des bousculades, et par une bise qui, si elle continue, gèlera les paroles... Allons, venez !

Et il entraîna son ami dans la direction de la rue Dorothée.

Ce ne fut pas sans difficultés qu'ils parvinrent à se frayer un passage à travers la foule qui s'engouffrait comme un torrent dans la nouvelle issue qu'elle s'était choisie.

Au moment où Goldschmidt tirait de sa poche une lourde clef pour l'insinuer dans la serrure de la maison qu'il habitait, le cortège impérial rentrait hâtivement au palais. La nuit était venue, et, dans la cour, la garde bourgeoise avait allumé des feux de bivouac. Dès que le monarque et sa suite furent à l'intérieur, on ferma brusquement les grilles. En montant le grand escalier, Frédéric-Guillaume demanda à son confident, le général de Radowitz :

— Avez-vous pris le nom du jeune homme au drapeau?

— Oui, Sire, répondit le général.

— Bien... Je vous le demanderai à l'occasion... Sans lui, l'individu qui était si furieux me faisait un mauvais parti...

Au haut de l'escalier, le roi, se retournant vers ceux qui l'accompagnaient, leur dit en riant, de sa grosse voix de rustaud :

— Ah! que nous allons dîner de bon appétit, messieurs !... Après cette libation forcée d'eau-de-vie populaire, que le cliquot et le rœderer vont nous sembler bons!

II

Un intérieur allemand. — M. Prosper Cheraval, parisien de naissance, musicien par goût et professeur de langue française. — Stieber, orateur socialiste. — La fabrique des frères Schœffel. — Un contre-maître socialiste. — M. Schmidt, peintre et espion. — Comment on ébauche une conspiration. — Papiers volés par la police. — La première mission secrète du policier Stieber. — Arrestation de M. Schœffel. — Stieber porté en triomphe.

Walther Goldschmidt était un ancien comédien. Pendant de longues années, il avait appartenu à quelqu'une des scènes les plus renommées de l'Allemagne. S'il ne s'était pas fait applaudir à Vienne ni à Berlin, il ne s'était pas moins fait apprécier dans les « résidences » de second ordre, où le théâtre était et est encore aujourd'hui la plus grosse affaire de l'Etat, en tous cas celle dont le souverain s'occupe le plus directement et avec le plus d'assiduité. Dans ces petites cours, les comédiens sont à la fois des personnages officiels et des artistes, des fonctionnaires publics et des courtisans, mêlés à toutes les intrigues politiques et autres, suprême ressource contre l'ennui mortel qui ravage ces capitales minuscules.

Après avoir joué pendant vingt-cinq ans *Charles Moor-Clavigo, Nathan le Sage, Hamlet*, etc., et après avoir épousé une ingénue très jolie et très prude à la ville, Walther Goldschmidt, à qui ses économies et un héritage inattendu assuraient une modeste aisance, avait définitivement pris sa retraite et réalisé le rêve de toute sa vie, d'habiter une grande capitale.

Il était venu se fixer à Berlin, où il menait l'existence la plus heureuse et la plus tranquille, entre sa femme, toujours séduisante, et sa fille Geneviève, qui, à seize ans, évoquait toutes les grâces et les séductions de sa mère dans la première jeunesse. Le soir, selon l'usage allemand, Walther allait fumer sa pipe dans une brasserie voisine, où il racontait à son auditoire habituel ses aventures d'antan, historiettes de coulisses et anecdotes de cour qu'on écoutait avec la plus grande attention, et même avec un certain respect qui flattait beaucoup le vieil acteur.

La révolution, en jetant un peu Walther dans le courant politique, n'avait rien changé à ses habitudes et à sa vie d'intérieur. A sept heures précises, la bouilloire à thé chantait sur un réchaud, et Mlle Geneviève aidait sa mère à disposer sur une nappe éblouissante de blancheur les différentes assiettes de viandes froides qui composaient le menu accoutumé du souper.

Ce soir-là, deux seaux d'étain poli brillants comme de l'argent ornaient les deux bouts de la table et rafraîchissaient dans de la glace deux bouteilles de vin du Rhin. Des *rœmer*, hauts sur leurs pieds d'une transparente couleur d'émeraude, jetaient des feux irisés sous la clarté d'une grande lampe de verre.

On attendait le maître de la maison pour se réunir autour de la table de famille.

En présentant son convive, Goldschmidt rappela à sa femme qu'ils avaient vu autrefois M. Schœffel aux bains de Warmbrunnen en Silésie, près de Hirschberg, où se trouvait la grande filature de MM. Schœffel frères. Mme Goldschmidt indiqua par un gracieux sourire qu'elle se souvenait en effet de M. Schœffel.

On se mit à table.

Pendant le repas, la conversation roula sur des sujets
assez indifférents. On s'entretint des événements du jour
de la promenade du soir; mais dans le récit qu'en fit
Goldschmidt, il évita soigneusement de mentionner l'incident relatif à l'homme au drapeau. Il ne fut question
qu'un instant du jeune homme, quand Mme Goldschmidt
dit à son mari que le « docteur » s'était fait excuser de
ne pouvoir venir dans la soirée. Une rougeur qui em-
pourpra subitement les joues de Mlle Goldschmidt apprit
à Schœffel qu'on parlait du fiancé de Mlle Geneviève.

Vers le milieu du repas, un coup de sonnette retentit,
et un homme d'une trentaine d'années, les yeux vifs et
l'air enjoué, type assez accompli du Parisien, parut dans
l'entrebâillement de la porte.

— Ah! monsieur Cheraval, entrez donc, s'écria l'ancien
comédien. Quel bon vent vous amène?

Le nouveau venu s'inclina devant les dames, adressa
un salut correct à Schœffel et serra cordialement la main
que lui tendait le maître de la maison. Sur un signe de
celui-ci, la servante avança une chaise et apporta un couvert et un *rœmer* qui fut aussitôt rempli jusqu'au bord.

Le jeune homme leva son verre, but et ajouta en français :

— Mes chers amis, je viens tout simplement prendre
congé de vous.

Goldschmidt se récria et sa femme fit chorus avec lui.

— Oui, reprit Cheraval, demain, à l'heure où les gens
vertueux regardent rougir l'aurore, je quitte Berlin, je
repars pour Paris... pour ce Paris que je regretterais tant
d'avoir quitté si je n'avais trouvé ici de bons amis tels
que vous, et une aussi charmante élève, ajouta-t-il en
s'inclinant du côté de Geneviève.

— Voyons, voyons, mon ami, fit l'acteur, qu'est-ce qui vous force donc à nous dire si tôt adieu ?

— La politique et l'amour filial... Il paraît qu'on a offert au papa Cheraval une candidature pour l'Assemblée constituante, et le brave homme veut que je sois là pour lui donner un coup de main, ou plutôt un coup de langue, car il faudra faire assaut d'éloquence... Bref, je pars pour soutenir la candidature de mon père... Mais soyez tranquilles, je ne vous oublierai pas, je vous écrirai souvent, aussi souvent que possible. Et j'espère que ma charmante élève voudra bien me prouver que mes leçons n'ont pas été perdues.

— Je vois, répondit Goldschmidt, qu'il ne reste plus qu'à boire à l'heureux retour de notre ami Cheraval dans sa patrie, à ses succès oratoires, et aussi à monsieur le futur député Cheraval père !

On trinqua et l'on but.

— Mais ne verrons-nous pas le docteur ce soir ? demanda le jeune Français.

Goldschmidt regardait Schœffel d'un air embarrassé; il trouva heureusement un prétexte pour détourner la conversation :

— Oh ! mais je ne vous ai pas encore présentés l'un à l'autre... C'est votre faute, M. Cheraval... Vous nous arrivez avec une nouvelle si *éblouissante*, s'écria Goldschmidt, qui se servait un peu à l'aventure des adjectifs français... Monsieur Henri Julius Schœffel, un de nos principaux filateurs de Silésie... Monsieur Prosper Cheraval, parisien de naissance, musicien par goût... et professeur de langue française...

— A l'étranger... Expatrié pour raison de santé, afin de ne pas attraper des rhumatismes sur la paille humide des cachots, où les juges de S. M. Louis-Philippe vou-

ON ORGANISAIT DES PROMENADES DANS LA FORÊT

laient me faire coucher pendant un an pour une toute
petite chanson satirique... Mais chacun a sa revanche...
A moi la belle maintenant !

Et Cheraval se mit à fredonner sur un air connu :

Dans ce monde tout varie,
L'esprit et le sentiment.
Chacun son goût, sa manie,
L'un voit noir, l'autre voit blanc.
Aujourd'hui, dans ma patrie,
Que de gens prennent sans voir
Le *blanc* pour le *noir* !

Voyez cet amas de cuistres,
Prêtres, moines et prélats,
Procureurs, juges, ministres,
Médecins et magistrats.
Leurs uniformes sinistres
Leur tiennent lieu de savoir.
Que d'ânes couvre le *noir* !

— Le « docteur » devait traduire ma chanson en allemand, ajouta Cheraval, savez-vous s'il l'a fait ? j'aurais
bien voulu prendre congé de lui. Mais où le trouver ?

— Oh ! fit Mme Goldschmidt en dépliant un journal
qu'on venait d'apporter, je crois qu'il nous sera facile
de savoir où le « docteur » sera ce soir...

Elle passa le journal à sa fille, et lui indiquant du doigt
le haut de la troisième page :

— Geneviève, dit-elle, lis-nous ça...

La jeune fille, d'une voix émue, commença :

« Ce soir, grande réunion démocratique dans la salle
des *Trois Aigles*, rue Moabit. Le jeune orateur populaire
Stieber, qui a conquis une si rapide célébrité dans les
clubs, doit prononcer un long discours pour demander
l'abolition de l'armée permanente et la suppression immédiate de la police secrète. L'importance de ces deux ques-

tions, qui tiennent si fort à cœur à nos Berlinois, et la
réputation de l'orateur attireront certainement la foule. »

Les éloges que le journal décernait au docteur Stieber
firent de nouveau rougir de joie la jeune fille.

— Eh bien ! dit Cheraval, si vous voulez me le permettre, je vais me diriger à pas accélérés vers la salle
des *Trois Aigles*. Je n'aurai ainsi pas le regret de quitter
Berlin sans serrer la main de cet excellent Stieber...
J'essaierai de le persuader de faire son voyage de noce
en France... si Mlle Geneviève y consent...

Goldschmidt regardait Schœffel d'un air de plus en
plus embarrassé. Celui-ci avait de la peine à cacher le
trouble qu'il éprouvait chaque fois que le nom du docteur était prononcé.

Cheraval s'était levé ; tout le monde l'avait imité.

Après avoir accompagné le jeune Français jusque sur
le palier, Goldschmidt pria Schœffel de le suivre dans un
petit fumoir à côté de la salle à manger.

L'ancien acteur offrit un cigare au fabricant silésien.

— Maintenant, dit-il, mon cher Schœffel, je suis prêt
à vous écouter.

Ils s'assirent l'un à côté de l'autre sur un petit divan,
et tandis que Mme Goldschmidt et sa fille travaillaient
dans la pièce voisine à un ouvrage de tapisserie, Schœffel
raconta à son ami ce qui suit :

« Vous avez connu, comme tout le monde, le procès
intenté, il y a trois ans environ, aux *socialistes de la
vallée de Hirschberg* ; vous avez lu les détails de mon
arrestation et de ma condamnation. Mais ce que vous
ignorez, c'est comment le misérable dont vous voulez
faire votre gendre s'y est pris pour me dénoncer.

« Notre fabrique était la plus importante de la vallée.
Mon frère Hubert et moi, nous la dirigions. Lui s'occu-

pait de la vente et des achats ; il était presque toujours
en voyage, tandis que moi je surveillais la fabrication,
vivant continuellement au milieu des ouvriers, sachant
les conduire comme il fallait, avec douceur et résolution,
à la fois camarade et patron. Aussi je puis dire qu'ils
m'aimaient beaucoup. Ils remplissaient gaiement leur
tâche, avec une conscience et une ardeur qui étaient les
causes principales de la prospérité de notre fabrique, ce
qui ne manqua pas d'exciter la jalousie de nos concur-
rents dont les ouvriers étaient traités comme des serfs
et des esclaves.

« J'avais à la tête du premier atelier un contre-maître
que ses études et son intelligence mettaient certainement au-dessus de sa position sociale. Michel Wurm
avait une quarantaine d'années, l'air loyal et franc, la
figure ouverte et sympathique. Né en Souabe, il avait la
simplicité charmante et l'affabilité qu'on trouve même
chez les gens du peuple de ce pays. Comme sa présence
permanente à la fabrique était en quelque sorte nécessaire, je lui avais donné un logement dans la filature
même, en face du corps de bâtiment que nous occupions,
ma mère et moi, et aussi mon frère dans l'intervalle de
ses voyages. Michel Wurm n'était pas marié. Il avait
près de lui une sœur restée veuve avec une fillette. L'é-
ducation de cette jeune fille, qui s'appelait Hedwige,
était la grande préoccupation du contre-maître. Je vous
l'ai dit, Wurm avait de l'instruction acquise par lui-
même : ses premières économies, il les avait employées
à acheter des livres, et il s'était formé une petite biblio-
thèque qui avait élargi ses idées et élevé son niveau in-
tellectuel et moral. Il voulait qu'Hedwige profitât de ce
savoir qui était sa conquête personnelle, et qu'elle fût un
peu plus qu'une femme ordinaire.

« Or, il arriva ceci : Tandis que l'éducation de Wurm
se complétait surtout au point de vue de l'histoire et
de la science économique, et qu'il s'assimilait les
théories socialistes de ses auteurs favoris, Hedwige
ne profitait de cette somme de connaissances que dans
un sens artistique. Plus son oncle lui donnait à lire de
traités philosophiques, de livres d'histoire et de science
sociale, plus se développait son talent de musicienne et
de peintre. Wurm voyait avec fierté les progrès de sa
nièce dans les arts, mais il déplorait qu'elle se montrât
si indifférente aux « grands principes de l'humanité ».
— « Elle a les goûts d'une patricienne, me répétait-il en
soupirant, elle ne sera jamais des nôtres. »

« Wurm s'était pris d'une belle passion pour tous les
systèmes mis en avant par les novateurs pour améliorer
le sort du genre humain, et il avait rêvé de faire de sa
nièce un apôtre de la cause socialiste. Hedwige ne semblait guère se douter des visées ambitieuses de son oncle
en dehors de son piano et de sa palette, elle ne comprenait pas qu'on pût s'intéresser à quelque chose. Elle
adorait la musique, mais c'est en peinture surtout qu'elle
montrait de remarquables dispositions. Wurm était un
homme pratique : il reconnut bientôt son erreur, et, loin
d'entraver sa nièce dans ses goûts, il finit par les encourager.

« J'allais souvent le soir passer une heure ou deux chez
Wurm, et tous les dimanches le contre-maître, sa sœur
et sa nièce dînaient à notre table de famille.

« J'avais remarqué chez Wurm des livres français, les
œuvres de Fourier, Cabet, Considérant ; bien que ne connaissant qu'imparfaitement la langue, je les lisais avec
attention et intérêt. Wurm, seul, sans maître, s'était per-
fectionné au point d'en remontrer à un Français de nais-

sance ; il m'expliquait les passages difficiles, dont ma
science personnelle ne pouvait venir à bout. J'avais pris
l'habitude de résumer par écrit la traduction de mon
contre-maître sur un petit calepin que j'enfermais dans
mon secrétaire avec mes autres papiers.

« Une dissertation sur le régicide, que j'avais trouvée
dans un volume de Considérant, je crois, m'avait vivement frappé par la vigueur des arguments invoqués par
l'écrivain pour justifier la conduite d'un moderne
Brutus qui tenterait de sauver une nation en suppri-
mant un homme. J'avais fait une traduction assez complète de ce morceau sur mon agenda... Notez bien ce
détail...

« Deux jours après, je vis arriver à ma fabrique un
jeune homme dont la mise singulière ne me plut guère
au premier abord. Mais ses manières étaient si affables
que la mauvaise impression causée par sa figure s'effaça
vite dans mon esprit. Il était porteur d'une lettre d'un
de nos principaux clients de Berlin, M. von S..., qui me
le recommandait chaudement, ajoutant que M. Augustin
Schmidt était de ses parents et un peintre de beaucoup
d'avenir. Il venait en Silésie pour se livrer à des études
de paysage. J'étais prié de lui faire aussi bon accueil que
possible.

« Très désireux de reconnaître l'amabilité de M. von
S..., chez qui mon frère avait reçu plusieurs fois l'hospitalité, je priai M. Schmidt de considérer ma maison
comme la sienne. Mon domestique alla chercher ses bagages à l'auberge, et quelques instants plus tard, le
jeune artiste était installé dans une chambre au-dessus
de la mienne, avec son chevalet, sa palette, sa boîte
à couleurs, son attirail complet de peintre, sans parler
de quelques ébauches qui témoignaient sinon d'un grand

talent, du moins d'une grande habileté à manier le pin-
ceau.

« La glace fut bientôt rompue entre mon hôte et moi.
Il était si discret, si poli ! Il savait mettre tant de dé-
férence en écoutant ma vieille mère et en lui parlant ; et
il racontait si bien, avec une amusante pointe de verve,
les petites historiettes berlinoises qui faisaient les délices
de l'excellente femme.

« Il nous avait mis au courant de sa vie. Resté orphe-
lin de bonne heure avec une fortune suffisante, il avait
été élevé dans un pensionnat suisse, où il prétendait
avoir puisé des idées républicaines qui l'empêchèrent de
profiter de la protection de son cousin von S..., fort bien
en cour et qui voulait le lancer dans l'administration. Il
avait préféré sa liberté. Il voulait les délices de la vie
d'artiste, les enivrements qu'elle donne, ses illusions et
ses déceptions si vite oubliées. Tout cela ne valait-il pas
la livrée la plus dorée du fonctionnaire le plus haut en
grade ?

« Les premiers jours s'écoulèrent rapidement dans la
société de mon hôte. Il partait de bon matin, on était en
été et le temps était beau ; il allait s'installer au centre
d'un site choisi, et il travaillait toute la matinée, — du
moins nous le supposions. L'après-midi, il montait dans
sa chambre pour transporter sur la toile les croquis
qu'il avait faits au crayon. Il avait mis son chevalet près
de la fenêtre... Sa fenêtre donnait justement sur celle
de la chambre d'Hedwige...

« Le dimanche suivant, Wurm, sa sœur et la jeune
fille, ainsi que deux autres contre-maîtres et quelques
notabilités de Hirschberg dînèrent comme d'habitude à
la filature. Augustin Schmidt fut présenté à tout le
monde. Il plut beaucoup. Je remarquai qu'en entendant

nommer le jeune homme, Hedwige rougit. Le peintre, de
son côté, s'écria : « Oh ! mademoiselle et moi, nous nous
« connaissons, nous sommes des confrères... J'ai eu l'in-
« discrétion de jeter un regard du haut de ma fenêtre
« dans votre chambre, mademoiselle, et je vous ai sur-
« prise à l'œuvre... J'étais loin de m'attendre à trouver
« une artiste dans une fabrique de coton... »

« Le père Wurm dit qu'en effet sa nièce copiait en ce
moment un vieux portrait de famille, un *Rittmeister* de
la guerre de Trente ans découvert dans les combles et
dont le modèle et le coloris étaient remarquables, malgré
les dégâts du temps. Hedwige s'appliquait beaucoup,
mais elle était très inexpérimentée.

« Tout naturellement Augustin s'offrit pour lui donner
quelques conseils, et même des leçons. Tantôt on organisait des promenades dans la forêt avec ma mère et
la sœur de Wurm, tantôt Schmidt s'installait dans le
logis du contre-maître et surveillait son élève travaillant
au portrait du Rittmeister. Hedwige faisait des progrès
très réels, mais tout se bornait entre elle et son maître à
des sentiments de confraternité artistique. Augustin ne
pouvait prétendre à son cœur, car le cœur d'Hedwige
avait déjà parlé en faveur d'un autre... »

A ces mots, Schœffel s'arrêta dans son récit, et il
sembla à celui qui l'écoutait que deux larmes perlaient
sous les cils du fabricant.

Schœffel continua :

« En revanche, Augustin avait gagné toutes les bonnes
grâces de Wurm. Au bout de quelques entretiens, le trop
confiant contre-maître crut reconnaître dans le jeune
peintre un adepte ardent des doctrines socialistes.
Schmidt trouvait que dans ce monde tout était bâti à l'en-

vers; il débitait de longues tirades contre la société telle
que l'ont organisée les lois, et il prédisait sur un ton de
prophète un bouleversement général. Lorsque j'assistais
à ces conversations, je m'étonnais de cette fougue politique chez un artiste, et je me disais que M. von S...
avait eu une singulière idée de vouloir faire de son cousin un fonctionnaire royal. Wurm ne parlait plus que de
son ami.

« Augustin abandonnait parfois son travail et allait
trouver le contre-maître à l'atelier. Je fus bientôt frappé
des relations qui s'établirent entre le peintre et les ouvriers. Sous le prétexte de prendre des croquis de vie
populaire, Schmidt se mit à fréquenter les cabarets, les
débits de bière, les salles de danse où les filateurs avaient
coutume de se réunir pour se distraire les dimanches et
les jours de fête.

« Un soir, Wurm me pria d'assister à une réunion
dans un endroit qu'il ne voulut pas me désigner. Par
curiosité et ne supposant pas d'ailleurs qu'il s'agît d'une
conspiration, je promis d'y accompagner mon contre-
maître. Il vint me prendre après le souper et nous nous
dirigeâmes vers la forêt. Au bout d'une heure, nous
arrivâmes à une clairière qui sert de halte de ralliement
aux chasseurs. Wurm s'arrêta. Il siffla trois fois à intervalles égaux. Des sifflets lui répondirent; puis cinq, dix,
quinze hommes sortirent des fourrés. Parmi eux, je reconnus quelques ouvriers de filature, et, à ma vive surprise, Augustin.

« Sur un signe de Wurm, ils se rangèrent en cercle.

« Ces hommes avaient l'air résolu, et leurs silhouettes
se détachaient comme des fantômes sur le fond de ver-
dure éclairé par la lune. Tous paraissaient au courant de
l'objet de ce mystérieux rendez-vous; moi seul je l'igno-

J'EMBRASSAI HEDWIGE SUR LE FRONT

rais. Wurm me l'apprit enfin. Depuis plusieurs mois, une
association s'était formée parmi les ouvriers de ma
fabrique et ceux de quelques autres fabriques rivales,
dans le but de renverser la monarchie et de proclamer,
d'abord en Silésie, une petite république selon les principes des réformateurs socialistes de France.

« Cette association n'avait pas de chef, et, chose dont
j'étais loin de me douter, c'était sur moi qu'on avait jeté
les yeux !

« Mes bonnes intentions pour les ouvriers, mes procédés humains, les veillées studieuses que j'avais passées
dans le logis de mon contre-maître, tout cela me désignait à la confiance de ces pauvres gens... Mais je re-
fusai énergiquement l'honneur qu'on voulait me faire,
malgré les instances de Wurm et de Schmidt, qui paraissait le plus résolu et le plus ardent. Je me bornai à promettre de garder le silence le plus complet sur ce que
j'avais entendu.

« Avant de me retirer, j'engageai vivement mon contre-maître et ses amis à éviter les imprudences, et j'ex-
primai aussi l'espoir qu'ils ne se laisseraient pas aller à
des excès.

« Je partis seul, et pendant toute la route, je me demandai comme Schmidt, venu dans le pays pour faire
des études de paysage, avait tourné à l'agitateur socialiste. Pourtant aucune pensée mauvaise ne me vint à
l'esprit. Je me disais qu'après tout un artiste est capable
de toutes les métamorphoses ; que le côté pittoresque
d'un complot pouvait l'avoir séduit ; que la mise en scène
théâtrale et mystérieuse de ces réunions nocturnes en
pleine forêt lui avait peut-être donné l'envie de jouer un
rôle dans la pièce.

« J'en étais là de ces réflexions quand je rencontrai

4

Hedwige au bout de la grille de la fabrique. Nous nous voyions quelquefois seuls le soir dans un petit jardin qu'elle se plaisait à soigner.

« Personne ne connaissait notre amour, personne ne ne savait que, d'un commun accord, nous nous étions, promis de nous appartenir pour la vie.

« Hedwige était fort inquiète de me voir rentrer sans son oncle. Je la rassurai, tout en jugeant inutile de lui révéler le motif de son absence. Malgré moi, je parlai de Schmidt et je ne pus m'empêcher de témoigner mon étonnement au sujet de ses allures. « Il me semble, dis-« je, qu'il ne peint plus du tout depuis quelque temps... « Ce tableau qu'il vous a fait commencer, cette vue du « Warmbrunnen, n'avance guère... » Hedwige se montra un peu embarrassée de mon observation ; puis elle me répondit : « Je ne veux plus peindre avec M. Schmidt ».

« — Pourquoi ? » lui demandai-je d'un air surpris.

« Elle me raconta alors en rougissant que le jeune peintre avait profité de ses tête-à-tête avec elle pour lui faire une cour assidue, et que, finalement, pour échapper à ses obsessions et à ses familiarités, elle avait renoncé à ses leçons, prétextant que les soins du ménage absorbaient tous ses instants.

« Depuis lors, l'intimité entre Schmidt et Wurm était devenue plus étroite, et le peintre passait avec le contremaître et les ouvriers tout le temps qu'il consacrait auparavant à son élève.

« J'embrassai Hedwige sur le front et je me retirai. Sur la table de ma chambre à coucher m'attendait une lettre de mon frère, qui me donnait rendez-vous à Breslau pour une affaire urgente. Il me recommandait de venir le plus vite possible, afin qu'il pût continuer lui-même sa route vers la Russie, où des commandes im-

portantes lui étaient promises. Comme rien de pressant
ne me retenait à l'usine, je pris immédiatement mes dispositions pour partir le lendemain. La voiture fut attelée
de bonne heure ; le soir, j'étais à Liegnitz, où je prenais
le chemin de fer pour arriver peu d'heures après à l'hôtel
du « Grand Frédéric », où mon frère m'attendait. Pendant que je soupais, il me mit au courant de l'affaire. Il
s'agissait d'une très importante fourniture qu'il devait
effectuer de compte à demi avec M. von S..., qui l'avait
obtenue grâce à ses influences. Ma signature était nécessaire au traité que nous devions passer. M. von S... était
également arrivé à Breslau ; mais, fatigué par le voyage,
il était allé se reposer, remettant au lendemain notre entrevue.

« Je demandai à mon frère si M. von S... lui avait
parlé de son cousin.

« — De quel cousin ? » me demanda-t-il.

« Je lui racontai l'arrivée à la fabrique du jeune
peintre, parent de M. von S..., mais je me tus sur tout le
reste. Mon frère est un homme phlegmatique qui n'aime
guère se creuser la cervelle en dehors des affaires. Il
n'insista point et nous gagnâmes nos chambres.

« Le lendemain, il nous fallut attendre jusqu'au soir
pour nous rencontrer avec M. von S..., l'affaire fut vite
conclue ; c'était une opération avantageuse, je n'eus qu'à
ratifier les conditions conclues entre mon frère et son
partenaire. Quand tout fut terminé, je dis à M. von S...
que j'avais le plaisir de posséder encore son cousin sous
mon toit.

« — Lequel ? me demanda M. von S... Et il m'expliqua
que sa famille était très nombreuse.

« — Je veux parler de votre cousin Schmidt, répondis-

« je, de votre cousin le peintre paysagiste que vous
« m'avez fait l'honneur de me recommander. »

« M. Von S... fit un bond sur sa chaise.

« — Comment ! s'écria-t-il, c'est mon cousin Augustin
« Schmidt qui est chez vous, à Hirschberg !... Vous en
« êtes bien sûr ?... »

« — Parfaitement sûr... Depuis trois semaines...

« — Voyons, fit le Berlinois, expliquons-nous bien,
« car l'un de nous deux est dupe d'un mystificateur ou
« d'un intrigant. M. Augustin Schmidt avait en effet l'in-
« tention d'aller en Silésie, mais il y a un an de cela ; et
« je lui avais donné une lettre de recommandation pour
« vous. Mais il a dû renoncer à ce projet pour différentes
« raisons. Il a dit adieu à la peinture, il est entré dans
« une maison de banque de Hambourg pour laquelle il
« voyage en ce moment en Amérique. Et tenez, voici
« une lettre qu'il m'écrit de New-York pour me prier de
« réclamer au bureau de police une petite valise renfer-
« mant quelques vêtements et des papiers, qu'il a oubliée
« dans une *droschke* le jour de son départ de Berlin, où
« il était venu pour prendre congé de nous.

« — Avez-vous retrouvé la valise ? demandai-je vive-
« ment intrigué à M. von S...

« — Oui, mais les papiers n'y étaient pas. Comme mon
« cousin est très distrait, j'ai pensé qu'il les avait oubliés
« ailleurs. »

« Tous mes soupçons de la veille se tournèrent en
certitude. Ces papiers volés !... Si c'était lui qui était le
voleur ! Par un de ces hasards qui ressemblent parfois à
des inspirations j'avais pris avec moi la lettre que
m'avait présentée M. Augustin Schmidt. Je tirai le papier
de ma poche et je le tendis à M. von S...

« — C'est cela, c'est cela, fit-il à deux reprises... C'est

« bien la lettre remise par moi à mon cousin... Seulement
« voyez la rature en haut, à la date... on a changé le 4 en
« 5... 1845 au lieu de 1844... Vous êtes la dupe d'un
« aventurier!... Quelle tête a-t-il, ce parent que je ne con-
« nais pas ? »

« J'en fis le portrait aussi bien que possible. Le véritable Schmidt était brun et gros, tandis que mon hôte était
blond et maigre ; il parlait couramment le français : celui-
ci ignorait complètement cette langue.

« Je résolus de repartir immédiatement pour éclaircir
ce mystère. Mon frère, toujours fort calme, n'écoutait
cette histoire que d'une oreille, et lisait le journal qu'un
garçon de l'hôtel venait d'apporter. Tout à coup il poussa
une exclamation :

« — Tiens, s'écria-t-il en me tendant la feuille, lis donc
« cela ! »

« Le journal racontait que, depuis plusieurs mois, l'autorité avait été avertie par différentes communications
confidentielles qu'un grand complot communiste avait
été organisé dans la vallée de Hirschberg et qu'une
foule d'ouvriers, notamment ceux employés dans une des
plus importantes filatures de la localité, étaient affiliés à
une société secrète ayant pour but le bouleversement de
toutes les institutions existantes, le pillage des propriétés
et l'assassinat du roi. Si les indications abondaient, les
preuves faisaient défaut. Il fallait en avoir cependant
pour arrêter les coupables. C'est alors que le gouvernement fut secondé d'une façon toute providentielle. Un
cocher de place ayant apporté au bureau central de la
police une petite valise qu'un voyageur inconnu avait
oubliée dans sa voiture, on l'ouvrit pour vérifier le contenu et s'assurer si elle ne renfermait aucune indication
sur son propriétaire. Au milieu de quelques papiers sans

importance, on découvrit une lettre ouverte, recommandation très pressante en faveur du porteur auprès de ce même fabricant désigné dans les dénonciations anonymes comme un des principaux chefs du complot. M. le conseiller de gouvernement Mathis, chargé de poursuivre l'affaire, vit aussitôt, avec sa perspicacité ordinaire, tout le parti qu'on pouvait tirer de cette lettre. On n'avait pas à redouter le retour inopiné de son véritable propriétaire, puisque celui-ci venait de partir pour l'Amérique. Comme dans la recommandation de M. von S... il était dit que le porteur était peintre, restait à trouver un homme sûr et habile, peignant convenablement. M. Mathis se souvint d'un jeune référendaire au tribunal qui avait temporairement appartenu à la police et fait preuve de beaucoup de flair. Ce jeune homme faisait de la peinture en amateur, avec assez de succès. M. Mathis le fit appeler et le mit au courant de la mission qu'il avait à lui confier. Il lui donna un passeport au nom de M. Schmidt, le munit de la lettre de recommandation trouvée dans la valise, et quelques jours plus tard, l'émissaire du conseiller Mathis se présentait à la filature de M. X..., où on lui fit le meilleur accueil. Il fut promptement au courant du complot, il réunit toutes les preuves nécessaires ; bref, il réussit si bien qu'à l'heure présente les coupables étaient sous la main de la justice...

« Les coupables! Wurm était donc arrêté; et Hedwige? Je n'étais pas là pour la consoler, pour l'aider à supporter cette épreuve? J'aurais voulu partir de suite J'avais d'horribles pressentiments. Cet espion que j'avais logé sous mon toit et même admis à ma table, ne serait-il pas aussi capable de me dénoncer?

« Ces pensées roulaient dans mon esprit, quand la

porte du petit salon dans lequel nous étions s'ouvrit. Un
homme d'une cinquantaine d'années, à l'air respectable,
un « bourgeois » dans toute la force du terme, entra.
« Pardon, messieurs, fit-il ; l'un de vous n'est-il pas
« M. Georges Schœffel ? On m'a dit que je le trouverais
« ici. » — « C'est moi, » répondis-je. — « Eh bien ! mon-
« sieur, je viens vous donner un avis : fuyez, cachez-vous,
« on va vous arrêter. » Mon frère, à ces mots, se redressa
« furieux : « J'aimerais savoir, monsieur, demanda-t-il,
« de quel crime on l'accuse ? » — « De haute trahison,
« répliqua l'inconnu. Je suis le premier adjoint de Breslau,
« je me trouvais il y a quelques instants dans le cabinet
« du bourgmestre, quand un individu porteur d'un ordre
« du ministère s'est présenté chez ce magistrat et a ré-
« clamé main forte pour procéder à votre arrestation. Le
« bourgmestre a répondu qu'il n'avait pas à obtempérer
« aux réquisitions d'un agent de la police de sûreté, il a
« refusé de mettre des sergents de ville à la disposition
« d'un mouchard. Nous n'aimons pas ces gens-là, à
« Breslau. L'individu a protesté, il a déclaré qu'il s'adres-
« serait directement à la gendarmerie, qu'il écrirait au
« ministère pour se plaindre. J'ai laissé ces messieurs
« en grande discussion ; et comme l'agent a indiqué
« l'hôtel où vous êtes descendu, j'ai pensé que j'aurais
« encore le temps de vous avertir... Les libéraux se
« doivent mutuellement aide et protection... Voyons, où
« pourriez-vous aller ?

« — Mais, repris-je, je ne songe pas à fuir... Ce serait
« m'avouer coupable... Je n'ai rien à me reprocher... »
« Mon frère et M. von S..., qui n'avaient qu'une mé-
diocre confiance dans l'impartialité de la police prussienne
m'engageaient à me soustraire aux recherches de la gendarmerie... »

« J'allais peut-être me rendre à leurs raisons, quand la porte s'ouvrit de nouveau. Les casques de deux gendarmes brillèrent dans l'ombre, et je reconnus dans l'individu qui les précédait le faux Augustin Schmidt. Froidement, comme s'il me voyait pour la première fois, cet homme que j'avais traité en ami, qui avait été de ma famille, dit aux gendarmes en me désignant : « Le voilà ! Emmenez-le ! » Ils obéirent. Je les suivis fort tranquillement, persuadé que mon innocence ne tarderait pas à éclater au grand jour. Mais quels furent mon étonnement, mon indignation, ma colère, lorsque le juge d'instruction, dès le début de son premier interrogatoire, produisit deux feuillets arrachés du calepin dans lequel je consignais mes notes de lecture.

« On s'était emparé du passage de Fourier relatif au régicide pour me l'imputer, et l'on prétendait, sur les indications du misérable délateur, que c'était le fragment d'une circulaire confidentielle que j'avais adressée aux ouvriers, pour les engager à assassiner le roi. L'accusation qui me valut d'être condamné fut tout entière échafaudée sur ces feuillets volés dans mon secrétaire et arrachés du carnet dont les autres pages avaient été anéanties !

« J'avais contre moi non seulement l'apparence de ces preuves, mais les dispositions malveillantes des autres fabricants, heureux de se défaire d'un concurrent redoutable.

« Wurm fut condamné à mort ; toutefois sa peine fut commuée. En apprenant cette condamnation, la pauvre Hedwige fut comme folle. Le délire la prit. Elle mourut d'une congestion cérébrale. »

Après un silence, Schœffel reprit :

« Comprenez-vous maintenant pourquoi je n'ai pas été

C'ÉTAIT LE TYPE DE GROGNARD BON ENFANT

maître de moi, quand j'ai reconnu aujourd'hui l'homme qui, pour les raisons les plus viles, a trahi tout ce qu'il y a au monde de plus respectable et de plus sacré, et qui a causé le malheur de ma vie entière [1] ? »

Le récit du fabricant avait sincèrement ému l'ancien acteur. Avant de répondre, il parut réfléchir longuement.

« — Ce que vous me dites là, mon cher ami, est triste, bien triste, dit-il enfin. Mais que faire à présent? Ma fille aime ce jeune homme, elle l'adore... La séparer de lui, ce serait la plonger dans le désespoir. Si je lui apprenais la vérité, son amour ne manquerait pas de lui suggérer toutes les excuses pour atténuer les procédés de son fiancé; elle se dirait qu'il n'a fait que son devoir en obéissant à ses supérieurs; qu'il agissait dans un bon but... elle trouvera dans son cœur mille prétextes pour l'excuser... Ah! si cet amour ne faisait que commencer, mais il a poussé des racines si profondes qu'il n'est plus possible de l'arracher... Aujourd'hui, mon pauvre ami, c'est vraiment trop tard... Le bonheur de mon enfant m'est trop précieux, et le rôle des pères barbares n'a jamais été dans mes moyens... »

Schœffel eut envie de répondre : « Alors vous donneriez votre fille à un voleur de grand chemin, si elle l'aimait! » Mais il se mordit les lèvres, prit son chapeau et se retira en disant à son ami : « C'est bien... Que chacun agisse selon sa conscience... La mienne m'or-

---

[1] Ce n'est pas du roman, c'est de l'histoire que nous écrivons, nous ne saurions trop le répéter. La découverte de ce prétendu complot de Hirschberg fut le début du policier Stieber, à qui la monarchie prussienne doit son organisation si perfectionnée d'espionnage au dedans et au dehors. La magistrature d'alors, qui avait le sentiment de l'honneur et de la droiture, flétrit énergiquement les procédés employés par Stieber, pour s'introduire dans la famille Schœffel. Stieber dut donner sa démission de référendaire, et c'est par rancune qu'il se lança, au commencement de 1848, dans le mouvement révolutionnaire.

donne de lutter contre le système honteux qui emploie de pareils hommes et de pareils moyens. Adieu. »

Schœffel dut reprendre la longue rue de l'*Unter den Linden* pour regagner le petit hôtel où il était descendu le matin. Au moment de s'engager dans la Poststrasse, le fabricant aperçut de grandes lueurs rouges qui éclairaient les maisons de la base au faîte. Le bruit sourd d'une foule en marche, des cris qu'il avait déjà entendus le matin, parvinrent en même temps à ses oreilles. Il monta sur les marches d'une porte et il vit un immense cortège qui s'avançait, éclairé par des flambeaux. Au centre, un homme porté en triomphe, sur les épaules de deux robustes gaillards, était salué par les acclamations populaires.

Quand le cortège défila devant lui, il reconnut en cet homme Stieber, l'ex-mouchard, l'espion qui l'avait livré à la police. Son discours dans la réunion de Moabit avait soulevé un enthousiasme indescriptible, et la foule qui l'écoutait en trépignant avait voulu le porter en triomphe jusqu'à son domicile.

Cette fois, Schœffel n'eut plus de colère ; il détourna la tête avec dégoût et ne put se défendre d'un sentiment de pitié, en songeant avec quelle facilité on séduit le peuple et on le trompe.

III

En 1850, après la dissolution de l'Assemblée constituante, dont les députés avaient été chassés par les troupes du maréchal Wrangel, le gouvernement prussien
eut recours à un double régime de compression militaire
et policière.

Il y avait une certaine bonhomie dans la façon d'agir
de ce légendaire maréchal Wrangel, idole des gavroches
berlinois, à qui il jetait des poignées de menue monnaie
en échangeant avec eux des lazzis. C'était le type de
grognard bon enfant. Ses airs de galantin, sa démarche
de « casseur d'assiettes », les crocs de sa moustache
ébouriffée, son parler berlinois gouailleur, avaient
promptement fait de lui une des figures les plus originales de la capitale. Tout en inspirant la terreur autour
de lui, il avait la repartie amusante et il «blaguait» volontiers les gens qu'il était prêt à mitrailler. Il affectait

la plus grande familiarité avec les membres de la famille
royale, s'oubliant jusqu'à dire un jour à la reine :
« Voyons, ma bonne petite dame!... » Il montrait ainsi
qu'il était le sauveur du trône et le plus puissant protecteur du roi... S'il faisait mettre un journaliste en prison,
il allait le voir dans sa cellule et causait longuement avec
lui des événements du jour. Une fois, visitant le rédacteur en chef de la *Volkszeitung* (Gazette du Peuple),
M. Berstein, mort tout récemment, il lui dit : « Engagez-
vous à mettre une sourdine à vos attaques, et je vous
lâche tout de suite ». Comme M. Berstein prétendait qu'il
était impossible pour un journaliste d'envisager certaines
choses avec sang-froid, comme par exemple la honteuse
convention conclue par le gouvernement à Malmo avec
les Danois :

— S... nom d'un homme! s'écria le maréchal, croyez-
vous que moi aussi j'approuve tout ce qui se passe, et
pourtant il faut bien que je me tienne bouche close!...
Faites-en autant, autrement je sabre votre journal!...

La réaction policière n'avait pas ce côté plein d'humour
que le commandant de l'état de siège communiquait à
la réaction militaire. La police prussienne fut de tout
temps et dès son origine cauteleuse et brutale, prompte
à passer à l'exécution, exercée à tous les procédés d'espionnage et surtout riche en promesses données aux
délateurs. Le roi avait placé à la tête de ce service, dont
l'importance grandissait chaque jour, un hobereau poméranien, M. de Hinkeldey, l'être le plus hérissé, le plus
désagréable, le plus cassant qui fut jamais.

Nous aurons l'occasion de faire plus ample connaissance avec ce personnage. Pour le moment, bornons-
nous à dire qu'il faisait la police avec passion, par amour
de l'art, pour la satisfaction personnelle de tracasser son

prochain. Les libéraux et les démocrates étaient tout particulièrement l'objet des haines de M. de Hinkeldey. Il les pourchassait comme des gens bien plus dangereux que les voleurs et les escrocs. Il était toujours à la recherche de quelque conspiration, de quelque complot, de quelque prétexte d'accusation qui lui permît de « coffrer » de nombreux suspects et de les retenir indéfiniment sous les verrous. Comme un limier de race, il était sans cesse sur quelque piste. Le roi Frédéric-Guillaume IV s'intéressait beaucoup aux mesures policières prises par son préfet. Il avait du plaisir à entendre de sa bouche le récit des expéditions entreprises par les agents secrets et aussi la relation des aventures mystérieuses et piquantes que la police avait l'occasion de découvrir. Berlin était alors une ville d'apparence austère, on se cachait un peu plus qu'aujourd'hui pour y courir le cotillon.

Frédéric-Guillaume avait des velléités d'auteur dramatique : quand M. de Hinkeldey le régalait de ses rapports plus ou moins secrets, le roi s'imaginait collaborer à quelque mélodrame ; il rectifiait certains points du récit comme un critique rigoureux relève les défectuosités d'une pièce qu'il est appelé à juger.

Un soir, au cours de la conférence habituelle qui avait lieu dans le cabinet de travail de Frédéric-Guillaume, le roi interrompit son préfet de police, qui lui donnait quelques détails sur un vol avec effraction commis chez un banquier :

— Dites donc, mon cher Hinkeldey, j'ai aujourd'hui un protégé à vous recommander. Il est fort intelligent et paraît très dévoué ; il a déjà rendu dans le temps des services à votre prédécesseur.

— Et qui est ce protégé ? demanda le préfet de police.

— Oh ! il a un nom qui indique l'emploi... il s'appelle

Stieber... Et le roi, pour accentuer la signification du calembour, se mit à se fouiller l'oreille avec le doigt[1]. C'est un garçon qui, je crois, m'a sauvé la vie le 21 mars.

— Mais, fit M. de Hinkeldey surpris, oserais-je faire remarquer à Votre Majesté qu'elle n'est peut-être pas au courant du rôle joué par ce même Stieber pendant la période révolutionnaire. Non seulement Stieber a compté parmi les orateurs les plus farouches des clubs, mais tout récemment encore il défendait devant les conseils de guerre les inculpés de haute trahison et de rébellion les plus gravement compromis.

Le roi prit un flacon d'*arrac*[2], en versa dans un gobelet d'argent contenant une petite quantité d'eau chaude, et après avoir bu :

— Eh! qu'importe, répondit-il à son préfet de police. En supposant que la nouvelle recrue que je vous présente soit réellement un néophyte, vous connaissez le proverbe : « Il y aura plus de place au râtelier gouvernemental pour un seul républicain repentant que pour dix conservateurs ». Et puis Stieber, tout révolutionnaire qu'il paraissait, était encore plus dévoué à son roi qu'à la cause qu'il défendait... Il venait de temps à autre s'asseoir à la même place où vous êtes et me raconter ce qui se passait dans les clubs, dont il était un des plus beaux ornements. Je vous assure que ses récits étaient parfois très divertissants !... Allons, mon cher Hinkeldey, fit le roi en changeant de ton, quand je vous recommande un mouchard, c'est que je sais qu'il a les qualités de l'emploi.

M. de Hinkeldey comprit que le protégé de Sa Majesté faisait déjà partie de la police toute personnelle dont le

---

[1] Stieber veut dire en allemand « farfouilleur ».
[2] Eau-de-vie très forte.

monarque se servait en dehors de ses ministres, quelquefois même pour les surveiller.

Stieber n'était pas le seul qui, pendant la tourmente,
avait joué ce double jeu, mais il s'en était certainement
le mieux tiré. Aussi M. de Hinkeldey, renonçant à toute
objection, demanda au roi quel emploi il fallait réserver
à son protégé.

— A quel âge, demanda Frédéric-Guillaume, la loi
permet-elle d'être nommé *Polizeirath* [1]?

— A trente ans, sire.

Le roi tira de la poche de côté de son uniforme, qui
était déboutonné, un petit carnet qu'il feuilleta rapidement. Ayant trouvé la note qu'il cherchait :

— Stieber, dit-il, est né à Mersebourg en 1818. Par
conséquent, il a deux ans de plus que l'âge requis. Manteuffel [2] lui expédiera son brevet, et vous, vous trouverez bien à l'utiliser.

— Sans doute, fit M. de Hinkeldey, puisque tel est
le désir de Votre Majesté.

— Passons à autre chose, reprit le roi. Avez-vous
découvert l'auteur de la correspondance adressée à la
Gazette d'Augsbourg, au sujet des affaires de la Hesse
électorale [3]? Ce gaillard-là me fait dire ce que je pense,
comme si j'avais rêvé tout haut devant lui.

— L'article en question a été publié dans la *Gazette,*
sous un « signe » tout à fait nouveau : un trèfle à cinq
feuilles. Nos recherches n'ont pas encore abouti ; et
comme les investigations de la poste sont restées également infructueuses, je suppose que cette correspondance,

---

[1] Conseiller de la police. Grade supérieur à celui de commissaire de police

[2] Alors premier ministre.

[3] L'Autriche et la Prusse voulaient intervenir chacune de son côté dans
le conflit qui avait éclaté entre l'électeur de Hesse et ses sujets.

quoique datée de Berlin, a été rédigée sur place ou envoyée d'ailleurs.

Le roi vida de nouveau son gobelet et fit un geste de mécontentement.

— Voyons, Hinkeldey, mon cher ami, mettez-y un peu plus de zèle. Vous ne sauriez vous imaginer combien cela me tracasse d'être livré aux journaux par des traîtres ou des indiscrets. Tenez, il a encore paru dans le *Kladderadatsch* une méchante pièce de vers pleine d'allusions fort transparentes à l'amour d'un haut et puissant seigneur pour une veuve connue dans le monde entier et qui ne craint pas de se compromettre en se laissant prendre par la taille... Le pis, c'est que les vers sont détestables...

— Je vous demande pardon, sire, les vers sont charmants, répondit le préfet de police, qui savait fort bien, comme tout le monde d'ailleurs, que l'auteur de cette chanson bachique en l'honneur de la veuve Cliquot était le roi lui-même... Mais si Votre Majesté, ajouta M. de Hinkeldey, croit que la tournure de ces vers est offensante et irrespectueuse, on pourrait poursuivre le journal...

— Non, non!... Traîner devant des juges les joyeux fous qui, chaque semaine, font tinter les grelots de leur Charivari... ce serait odieux... Au contraire, je vais leur montrer que je suis bon prince en leur envoyant un plein panier de ces veuves consolatrices, qu'ils pourront tout à leur aise décoiffer et déshabiller sans offenser la morale [1].

[1] Historique. — Frédéric-Guillaume s'intéressait beaucoup aux journaux et aux journalistes. Il tenait surtout à connaître les auteurs des articles anonymes. Voici une lettre adressée par le roi, après l'entretien que nous relatons, à M. de Hinkeldey :

« Mon très cher Hinkeldey,

« La *Gazette d'Augsbourg*, que je joins à la présente, publie une communication datée de Berlin, dont je veux connaître l'auteur, ainsi que la source à laquelle il a puisé. Vous chargerez le directeur de la police

DES ARESTATIONS FURENT OPÉRÉES

Quelques jours plus tard, M. Stieber, qui, dans l'intervalle, avait épousé la fille de l'ancien comédien, reçut
son brevet et fut invité à se rendre dans le cabinet de
M. de Hinkeldey. Celui-ci le reçut assez froidement.

— Je suis chargé, lui dit-il, de vous envoyer à Londres
pour l'ouverture de la grande exposition universelle.
Votre mission publique est de surveiller la section prussienne, tous les États ayant promis d'aider la police de
Londres dans la surveillance des énormes richesses accu-
mulées au *Crystal Palace*. Trois agents seront mis à
votre disposition ; mais, tandis qu'ils monteront la garde
devant les vitrines des exposants prussiens, vous vous
occuperez de choses plus sérieuses : vous tâcherez de
pénétrer dans l'intimité des nombreux réfugiés politiques
qui vivent en Angleterre et de découvrir les chefs du
grand parti communiste, qui, dit-on, cherchent à provoquer une explosion révolutionnaire générale en Europe
pour l'époque de la réélection du président de la République en France.

M. de Hinkeldey recommanda à Stieber d'arriver à
établir la connivence qu'il y avait entre les communistes
de Londres et certains membres influents du parti libéral
allemand. M. de Hinkeldey et son chef, le baron de Manteuffel, avaient de nombreuses rancunes personnelles à
satisfaire de ce côté et auraient voulu englober leurs
adversaires dans quelque procès capital.

Stieber d'aller aux informations, et vous attirerez également son attention
sur l'auteur des articles de la *Kreuzzeitung* (Gazette de la Croix), qui pa
raissent avec les signes : *A X I X O* et qui contiennent toujours des
renseignements exacts et très précis, alors que ces nouvelles, à moins de
grave manquement au secret professionnel, ne doivent être connues de
personne. Je compte tout particulièrement sur l'énergie et l'empressement
de Stieber, pour rendre compte fidèlement et véridiquement des décou-
vertes qu'il pourra faire, et j'attends votre rapport dans le plus bref
délai. « F. W. R. »

Stieber reçut des instructions détaillées; on mit à sa disposition des fonds importants, et huit jours après, il s'embarquait pour Londres avec sa jeune femme.

Aussitôt arrivé dans la métropole britannique, l'agent secret se mit à l'œuvre, bien résolu, en policier de race, à forger lui-même un complot plutôt que de n'en pas découvrir. Mais il n'eut pas à se donner cette peine. Une Association redoutable et répandue dans toute l'Europe s'était en effet formée. Il ne s'agissait que d'en connaître les affiliés et en particulier ceux qui étaient en Allemagne. Stieber passa ses soirées à courir les bars, les cabarets, les tavernes où se réunissaient les ouvriers allemands. Il se rendait dans ces endroits sous des déguisements différents. Il jouait et buvait tout en discutant politique et socialisme.

Ces excursions dans le monde souterrain de la grande ville ne tardèrent pas à le conduire à son but. Au bout d'un mois, Stieber, s'était lié avec un misérable ivrogne qui faisait partie de l'Association révolutionnaire et qui savait que la liste des adhérents était en dépôt chez un réfugié hessois nommé Dietz.

Pour s'emparer de cette liste, Stieber eut recours à un moyen des plus simples et qui réussit presque toujours, parce qu'il est peu compliqué : il offrit une assez forte somme à l'ivrogne dont il avait fait son camarade, s'il réussissait à lui procurer ce papier.

Le traître toucha un acompte, se procura l'empreinte de la serrure du secrétaire où Dietz enfermait sa correspondance, et s'étant introduit la nuit dans le domicile de son ami, il vola tous ses papiers et les remit à Stieber, qui attendait l'issue de l'expédition dans Hyde Park.

Il faut supposer que les communistes internationaux étaient bien imprudents pour des conspirateurs qui ve-

naient de traverser toutes les épreuves et de recommencer
les expériences de 1848. Ils n'avaient même pas eu la
précaution de s'inscrire sous des pseudonymes ou sous
des noms chiffrés ! Pour les affiliés qui habitaient Londres,
la découverte du policier prussien était sans péril ; pour
ceux-là l'hospitalité britannique était inviolable, la loi
ne reconnaissait pas le délit qui pouvait leur être imputé.
Il n'en était pas de même pour les socialistes fixés à
Paris ou en Allemagne et dont la participation aux me-
nées révolutionnaires avait été signalée.

Aussi, peu de jours après l'expédition nocturne chez
le secrétaire de l'Association communiste, des arrestations nombreuses furent opérées à Leipzig, à Berlin et
surtout à Cologne. Cette ville était un des foyers de
l'agitation révolutionnaire. Après une longue et laborieuse instruction, les inculpés furent traduits devant la
haute cour de Berlin sous l'accusation de haute trahison. Il serait oiseux de rappeler ici les péripéties des
débats qui s'engagèrent devant la juridiction qu'une loi
spéciale venait d'établir. Bornons-nous à signaler les
principaux points de l'accusation. Cette Association communiste internationale datait de 1847 ; c'est à cette époque
que fut élu le comité dirigeant installé à Londres. Les
différentes révolutions qui ont marqué la célèbre année
1848 ont été préparées par le comité de Londres, et s'il
faut en croire le rapport rédigé par Stieber, rapport qui
servit au procureur général pour établir son acte d'accusation, la main du conseil des Dix se retrouverait dans
la plupart des drames qui ont ensanglanté alors les rues
de toutes les capitales de l'Europe.

Le programme avéré de l'Association, raconte Stieber
dans ses *Mémoires,* préconisait la chute du régime bourgeois et l'établissement de la suprématie politique du

prolétariat qui devait arracher le capital à la bourgeoisie, centraliser entre les mains de l'État prolétaire tous les instruments de production, de façon à rendre l'ouvrier maître du terrain. Pour atteindre ce but, on demandait l'expropriation de toutes les propriétés foncières et l'emploi des revenus des communes aux dépenses publiques, un impôt progressif très fort, la suppression du droit d'héritage; la centralisation du crédit entre les mains de l'État par la création d'une banque nationale, avec monopole exclusif ; la concentration par l'État de tous les moyens de transport, l'augmentation des ateliers nationaux, la multiplication des instruments de travail; le défrichement et la culture des terres d'après un plan combiné d'avance, et enfin l'établissement du travail obligatoire et la création « d'armées industrielles ».

Dans une proclamation lancée en février 1848, au début de la tourmente, le comité déclarait que lorsque, grâce à ces mesures, les différences des classes auraient disparu et que la production tout entière serait concentrée entre les mains des associations formées par les agglomérations d'individus, les pouvoirs publics perdraient leur caractère politique. La société bourgeoise avec ses classes et ses intérêts contradictoires serait remplacée par une association où la prospérité de l'individu serait intimement et véritablement solidaire de la prospérité générale.

Cette définition nuageuse prouve assez que des Allemands plus ou moins métaphysiciens étaient à la tête du comité, et qu'ils tenaient la plume lorsqu'il s'agissait de lancer des programmes et des proclamations.

Rendons aux socialistes internationaux cette justice qu'ils ont marché avec le temps et que le programme de l'autre Internationale, plus moderne, qui fut créée lors de l'Exposition de 1861, est autrement net, pratique et surtout clair. Il est vrai que ses rédacteurs ne furent pas des *Doktoren* et des *Professoren* d'outre-Rhin, mais trois vrais Parisiens, dont l'un est aujourd'hui sénateur, tandis que le second cherche des annonces d'émission et des mensualités financières sous le péristyle de la Bourse. Le troisième a repris bravement son métier d'arpenteur.

Les individus découverts par Stieber étaient surtout des Allemands. Le principal coupable, selon le policier, était Charles Marx, mort l'an dernier, et que ses disciples regardent comme le patriarche du socialisme allemand. Charles Marx n'était alors guère connu du public. Un cercle de lecteurs très restreint avait goûté ses rares qualités d'écrivain économiste. Au lieu de prêcher ouvertement le bouleversement social, il conspirait à « huis clos » ; sa belle barbe blanche devenue légendaire était d'un blond fauve, et des quatre gracieuses filles qui firent sensation dans une ville thermale des Pyrénées, après la Commune de 1871, deux n'étaient pas encore nées et les deux premières étaient au maillot.

Outre Marx, Stieber dénonça le fils d'un riche fabricant de la province rhénane, Engels ; un ancien lieutenant de la garde prussienne, E. Willich, et un étudiant, Charles Schapper, comme exerçant une influence prépondérante sur l'Association.

Des dissentiments graves séparaient cependant les quatre chefs. Tandis que le théoricien Marx et le quasi-millionnaire Engels étaient pour la modération et les moyens termes, l'ex-lieutenant et le *student* repoussaient toutes les concessions et demandaient le communisme, comme M. le duc de Broglie devait plus tard réclamer le régime parlementaire dans « toute sa beauté ».

Marx et Engels, qui n'étaient pas ouvertement com-

promis, avaient installé une direction conforme à leurs
vues à Cologne, tandis que les exaltés et les enragés se
cantonnaient prudemment à Londres.

Les papiers que Stieber avait fait voler établirent que
l'*Association* avait créé des sections à Berlin, Brunswick,
Hambourg, Francfort, Leipzig, Stuttgard, Cologne,
Bruxelles, Verviers, Liège, Paris, Lyon, Marseille, Dijon,
Genève, Saint-Gall, La Chaux-de-Fonds, Berne, Lau-
sanne, Strasbourg, Valenciennes, Metz, Bâle, Londres,
Alger, New-York, Philadelphie. Disons en passant que
les sections françaises appartenaient à la fraction extrème
et exaltée, dirigée par le lieutenant Willich et l'étudiant
Schapper.

Une quinzaine de jours après l'enlèvement des papiers
de l'Association communiste, Stieber reçut l'ordre de se
rendre à l'hôtel de l'ambassade de Prusse. Il y fut reçu
par l'ambassadeur en personne, le célèbre savant Josias
de Bunsen, un rêveur qui tâchait d'accorder les artifices
de la diplomatie avec la candeur de ses aperçus.

M. de Bunsen reçut Stieber avec une froideur polie.
Évidemment il voulait tenir à distance le policier que
les obligations de sa charge le contraignaient de recevoir.

M. l'ambassadeur était en robe de chambre, coiffé
d'une belle calotte grecque, devant sa table de travail,
absorbé par la comparaison de deux calculs de Newton
et de Malebranche sur le même problème, dont il s'efforçait de trouver la moyenne.

Dépité d'être dérangé par l'entrée du policier, M. Josias
de Bunsen n'ôta pas sa calotte et n'invita pas le nouveau
venu à s'asseoir. Il leva sa grosse tête bouffie et imberbe
dont l'expression était relevée par un pli sardonique
des lèvres :

— Monsieur, fit-il d'un ton concis et sec, je suis chargé

de vous donner lecture d'une note que m'a apportée le dernier courrier et qui vous concerne tout particulièrement. Voyez d'abord si nous sommes bien seuls, ajouta le diplomate du même ton dont il eût parlé à son domestique.

Stieber regarda derrière la porte, il souleva même les rideaux des fenêtres et indiqua du geste qu'aucune indiscrétion n'était à craindre.

M. Josias de Bunsen s'était renversé dans son fauteuil; il tenait à la main un papier de grand format, revêtu d'un sceau, qu'il avait pris sur la tablette de son secrétaire, encombré de manuscrits, de lettres et de livres ; puis, il se mit à lire :

« Aussitôt après avoir pris connaissance du présent ordre, le *Polizeirath* Stieber quittera Londres pour se rendre à Paris. Il se mettra en communication, par l'intermédiaire de l'ambassade de Prusse, avec le préfet de police Carlier. Il lui communiquera tout le dossier relatif aux socialistes français, dont la participation à la Société communiste internationale a été établie, grâce à l'enlèvement des papiers de l'Association. Le *Polizeirath* Stieber donnera au préfet de police tous les renseignements et tout le concours qui pourraient lui être réclamés; il s'efforcera de gagner la reconnaissance et la confiance des fonctionnaires français, de façon à être complètement ou du moins aussi complètement que possible, initié aux agissements actuels de la police française.

« En effet, le but de la mission très importante et très confidentielle dont l'agent Stieber est chargé est double. *En apparence*, le voyage à Paris doit être motivé, aux yeux des autorités françaises, uniquement par le désir de préserver Paris et les grandes villes de la République des horreurs d'un attentat communiste. Le *Polizeirath*

Stieber ne négligera aucune occasion d'insister sur les mobiles désintéressés du gouvernement royal de Prusse qui, dans l'intérêt seulement de la grande cause de l'ordre et de la conservation sociale, croit devoir communiquer à la police française des indications et des documents de nature à faciliter à M. Carlier l'accomplissement de sa tâche. C'est là un échange mutuel de services que les gouvernements conservateurs se doivent, et le gouvernement royal est convaincu qu'à l'occasion les ministres du prince-président n'agiraient pas autrement à son égard.

« Mais, *en réalité*, l'agent Stieber, et c'est là le *but secret* et le plus important de sa mission, doit tâcher de se renseigner sûrement au sujet des préparatifs du coup d'Etat, dont chacun parle, et au sujet des chances de réussite qu'offre une semblable entreprise. Il ne négligera aucun moyen d'éclairer et de renseigner de la façon indiquée le gouvernement royal, qui s'en remet à son habileté, à son esprit fertile en ressources et au parti qu'il saura tirer de la reconnaissance des autorités françaises pour les révélations qui leur seront fournies par lui.

« Le *Polizeirath* Stieber devra en même temps s'assurer, avant son départ de Paris, s'il n'y aurait pas possibilité de gagner dans l'entourage immédiat du prince-président une personne, homme ou femme, disposée à tenir le gouvernement royal au courant des faits et gestes et, si possible, des intentions probables du prince Louis-Napoléon et de ses conseillers habituels les plus intimes. Il faudrait naturellement que cette personne fût placée par sa position de manière à demeurer en contact permanent avec le prince, de façon que, malgré la discrétion et l'esprit de dissimulation que l'on vante chez celui-ci, il n'ait aucun secret qui, dans un bref délai, ne soit

QUATRE HABITS NOIRS FORMAIENT CERCLE AUTOUR D'ELLE

connu par notre correspondant. Le mieux serait de
trouver un haut fonctionnaire ou un membre de la
nombreuse famille du président. Là-dessus également,
le gouvernement royal s'en remet à l'habileté et à l'expérience du sieur Stieber.

« L'ambassade prussienne, à Paris, lui remettra les
fonds nécessaires pour l'accomplissement de sa double
mission et les instructions complémentaires dont il pourrait avoir besoin.

« Signé :

« Le président du ministère royal d'Etat,

« Von Manteuffel. »

— Il y a encore trois lignes, ajouta M. Josias de Bunsen en ôtant sa calotte et se levant tout droit... Vous
voyez de quelle main elles sont écrites :

« J'approuve expressément la note ci-dessus, et je
recommande spécialement à Stieber de s'y conformer en
tous points. La place du directeur de la sûreté à Berlin
est vacante ; je la lui réserve pour récompenser son zèle
et son dévouement, sur lesquels je compte.

« F. W. R. (Frédéric-Guillaume, rex.) »

— Vous avez bien compris et tout retenu, monsieur?
fit l'ambassadeur.

Stieber s'inclina en signe d'acquiescement.

— Êtes-vous prêt à partir ?

— Aujourd'hui même, Excellence.

Stieber demeurait toujours à sa place, bien que du
geste l'ambassadeur l'eût congédié.

— Ah! il vous faut de l'argent?

— Nullement, Excellence, mes fonds suffisent amplement pour le voyage, et puisqu'un crédit m'est ouvert
à l'ambassade de Paris...

— Eh bien, alors?

Et le regard du diplomate semblait dire : « Pourquoi ne partez-vous pas ? »

— Dans l'instruction que Votre Excellence vient de me lire, reprit Stieber, il m'est enjoint de découvrir soit un haut fonctionnaire, soit une personne de la famille du président capable de servir de correspondant au gouvernement royal. Eh bien ! que Votre Excellence me permette de lui faire remarquer qu'Elle pourrait me faciliter grandement ma tâche sous ce rapport...

— Vraiment, je voudrais savoir de quelle manière?

— Votre Excellence est en relations suivies avec la famille W... Elle connaît tout particulièrement le capitaine W..., dont le frère a épousé une Bonaparte. La fille de cette dame porte le nom de son aïeule Lætitia, et elle a, dit-on, la beauté radieuse de la mère du grand Napoléon. De plus, la princesse Lætitia est une artiste: elle compose des vers, elle peint, elle chante... Elle s'est remariée, il n'y a pas longtemps, à un gentilhomme wurtembergeois assez pauvre, mais le ménage compte toujours sur le cousin de l'Elysée. Louis-Napoléon, à ce que l'on prétend, n'est pas insensible aux charmes de sa belle parente, et, même en admettant que les mauvaises langues aient tort, il est certain que la princesse Lætitia, ou plutôt Mme de X..., a ses entrées grandes et petites à l'Elysée, sans compter qu'elle est en fort bons termes avec plusieurs chefs du parti avancé...

Stieber s'arrêta, comme s'il attendait une réponse ou une observation.

— C'est parfaitement exact, fit l'ambassadeur. La princesse Lætitia de W..., aujourd'hui baronne de X..., est une jeune personne d'une beauté rare et d'une instruction hors ligne. Mais, en quoi peut-elle vous intéresser?

— Je crois, Excellence, que Mme de X... pourrait être
la personne désirée par M. de Manteuffel, et que son
concours serait fort utile et fort précieux. En tout cas,
je crois de mon devoir d'essayer auprès d'elle une tentative, si toutefois Votre Excellence veut bien me munir
d'une recommandation.

— Oh! non, ce n'est pas possible !

— Je ne demande pas à être présenté à Mme de X...
sous mon nom personnel et pour ce que je suis réellement, ce serait de l'indiscrétion, et de plus, inutile. Mais
Mme de X..., qui n'a aucune raison de recevoir l'agent
Stieber, fera certainement bon accueil à un gentilhomme
poméranien ou westphalien attaché à la légation royale
de Londres et se présentant sous les auspices d'un
célèbre savant et d'un grand diplomate, d'un ami de
la famille...

M. de Bunsen avait écouté Stieber avec une irritation
croissante :

— Sortez, monsieur, cria-t-il en étendant le bras,
sortez, je ne comprends pas que vous osiez me faire une
telle proposition !

Froidement et d'un ton décidé, Stieber montra le
papier revêtu du sceau officiel.

— C'était pour le service du roi, fit-il.

M. de Bunsen s'affaissa; il parut sentir tout le poids
du reproche.

— C'est bien, c'est bien, dit-il, je réfléchirai à votre
proposition. A quelle heure part la malle pour Paris?

— A sept heures.

— Bien. Vous recevrez ma réponse chez vous avant
cinq heures.

Stieber sortit.

— Quel malheur, s'écria le vieux savant quand il fut

seul, quel malheur d'être au service d'un pays semblable
qui demande à ses agents d'être les aides de ses agents
de police ! Depuis Frédéric, tous les diplomates de la
Prusse à l'extérieur ne sont que des policiers déguisés,
des mouchards, depuis le fier ambassadeur qui espionne
le monarque jusqu'au dernier secrétaire qui espionne
son chef pour parvenir plus rapidement... Si je refuse
la demande de cet individu, il fera un rapport contre moi,
il m'accusera d'avoir négligé le service du roi, comme
il dit... Ah ! quel malheur !

M. Josias de Bunsen essaya de se replonger dans les
lectures qu'il avait interrompues au moment de l'entrée
de Stieber.

Le soir, à cinq heures, l'agent de la police secrète
prussienne était en possession d'une lettre d'introduction
auprès de la baronne de X..., née princesse W...
M. Josias de Bunsen recommandait tout particulièrement
à la parente du prince-président un de ses secrétaires de
légation, M. le comte de Herstall, gentilhomme parfait
et diplomate d'avenir. A la lettre était joint un passeport
délivré au nom du « comte de Herstall ».

Josias de Bunsen était un honnête homme, un savant
diplomate sans malice, mais il tenait à sa position, au
prestige dont il était entouré, aux adulations de la haute
société de Londres. Il avait obéi aux suggestions de
l'agent Stieber, et il s'était résigné à prêter ses mains à
cette indigne comédie pour ne pas être dénoncé lui-même.

A Paris, l'homme de confiance du ministre Manteuffel
se mit à jouer son double rôle.

De la gare du Nord il se fit conduire avec sa femme
et sa belle-mère dans une modeste maison meublée de
la rue Montmartre. Les voyageurs s'installèrent dans un
appartement de trois pièces situé au deuxième étage.

Le jour même de son arrivée, Stieber se rendit à la Préfecture de police, regardant d'un air de parfait connaisseur les allées et venues dans les innombrables couloirs et dans le labyrinthe de pièces petites et grandes du sombre bâtiment de la rue de Jérusalem. Il répondait par des clignements intelligents et des coups d'œil de reconnaissance maçonnique aux regards curieux des mouchards et aux regards investigateurs des sergents de ville qui se tenaient partout, attendant des ordres. Après avoir demandé son chemin une douzaine de fois sinon plus, l'envoyé de la police prussienne arriva enfin à une grande antichambre tendue de vert, sévèrement meublée et gardée par deux huissiers, à chaîne d'argent assis derrière leurs bureaux. Il remit sa carte à l'un d'eux.

— Ah ! bien, monsieur, fit le cerbère, qui avait pris d'abord un air solennel et gourmé et qui souriait maintenant d'une façon très aimable... M. le préfet a donné l'ordre de vous introduire immédiatement ; il vous attend.

Au moment où l'huissier posait la main sur la poignée de la porte du cabinet préfectoral, un jeune homme de vingt-cinq ans environ, élégamment vêtu, très blond, très élancé, très souple, entra en sautillant comme quelqu'un qui paraissait être là chez lui.

— Le préfet y est-il ? demanda-t-il à l'huissier avec un léger accent allemand.

— Oui, monsieur Albert, mais il faut laisser passer d'abord monsieur, qui est attendu.

— C'est bien, c'est bien, dit le jeune homme, j'attendrai. Et il prit place sur une banquette.

La conférence entre le préfet Carlier et l'agent de la police prussienne fut longue. Le préfet, habitué aux communications, révélations et dénonciations qui, depuis les journées de Juin, pleuvaient rue de Jérusalem, se montra d'abord assez sceptique ; mais lorsque Stieber l'eut mis au courant et lui eut montré les pièces originales, notamment les registres enlevés nuitamment dans le bureau du secrétaire de Dietz ; lorsque l'affiliation d'un certain nombre de membres influents du parti socialiste français fut établie, M. Carlier ne voulut pas jouer plus longtemps au saint Thomas. Il était convaincu.

— Tous mes compliments, cher monsieur, dit-il en tendant ses deux mains au policier prussien, tous mes compliments ! Voici une campagne bien menée, et je voudrais que nous eussions ici beaucoup de collaborateurs de votre force. Encore une fois, je vous félicite, vous allez nous permettre de faire un joli coup de filet, sans compter l'effet que produira cette révélation dans les journaux. Elle va venir à point...

Le préfet se retint, de crainte d'en dire trop.

— Je vais, reprit-il, relever les noms des principaux meneurs... Voyons : Cheraval... Il y a longtemps que nous le surveillons, celui-là. Il a été élu député en 1848, et il est devenu tout à fait rouge. La rage de n'avoir pas été renommé en 1849 l'a jeté dans le parti extrême ! Il est de bonne prise...

Le préfet continua à parcourir la liste :

— Mais je vois beaucoup de noms allemands... Vous êtes sûr que ces gens-là habitent Paris ?

— Sans doute, puique leurs adresses sont indiquées en marge ; du reste, rien de plus facile que de le vérifier.

— Vous avez raison... Tiens, mais au fait je crois que la personne qui pourrait le mieux nous informer n'est pas loin. C'est un de vos compatriotes, un jeune littérateur. Il nous traduit quelquefois des pièces ou des rapports. En moins d'un an, il est arrivé à connaître toute la colonie allemande de Paris, et, chaque fois que nous

avons besoin de renseignements sur un de ses compatriotes, il arrive à nous les fournir mieux et plus vite que
l'agent le plus roué.

Le préfet avait frappé sur un timbre.

A cet appel, l'huissier parut.

— M. Albert est-il là? demanda M. Carlier.

— Non, monsieur le préfet, il est venu ce matin;
mais, voyant que M. le préfet était occupé, il est parti,
promettant de revenir avant six heures.

— Bien; vous le ferez entrer de suite.

Et s'adressant à Stieber :

— Soyez assez bon, dit-il, pour me laisser ces papiers.

— Certainement, répondit l'envoyé de la police prussienne.

— Je compte, monsieur, que vous me ferez le plaisir
de déjeuner avec moi demain, ajouta M. Carlier, nous
causerons à l'aise des mesures qu'il importe de prendre.
Votre concours nous sera très nécessaire.

Stieber put à peine dissimuler sa satisfaction.

Le même jour, vers cinq heures, au moment même
où M. Carlier chargeait le jeune Albert d'aller aux renseignements sur les conspirateurs allemands habitant Paris,
un élégant coupé de remise s'arrêtait devant une des
plus belles maisons de la Chaussée-d'Antin. De l'équipage descendit un élégant gentleman, accusant de
trente à trente-cinq ans, de tournure fière et distinguée,
et dont la figure, correctement rasée, était encadrée
d'une paire de favoris d'une coupe tout à fait diplomatique. Sa mise correcte, la rose qu'il avait eu soin de
piquer dans la boutonnière de son dorsey, tout, jusqu'aux
gants et aux fines chaussures, indiquait le grand seigneur
moderne. Nul n'aurait reconnu dans le « comte de Hers-

tall, attaché à l'ambassade royale de Prusse à Londres »,
le policier Stieber qui confabulait quelques heures auparavant avec son collègue Carlier dans le salon tendu
de vert de la rue de Jérusalem.

— Mme la baronne est sortie, fit le portier auquel le prétendu comte de Herstall s'était adressé, mais voici M. le
baron qui rentre.

En effet, un homme de quarante ans environ, assez gros
et trapu, venait de franchir le seuil de la porte cochère.

Le faux comte de Herstall l'aborda le chapeau à la
main et se fit connaître, ajoutant qu'il serait heureux de
présenter le plus tôt possible à la baronne ses hommages et les compliments de M. de Bunsen.

— Ah ! vous venez de Londres, fit le baron d'un ton
particulier et même ironique, vous venez de Londres ;
eh bien, la baronne sera enchantée de vous recevoir ; demain soir, c'est mercredi, et ce jour-là nous avons quelques amis politiques et autres. Si vous ne craignez pas
de vous ennuyer en leur société...

— Au contraire, monsieur le baron... Très charmé de
cette invitation... Je n'y manquerai pas.

Le lendemain soir, un laquais en grande livrée, frisé
et poudré, annonçait M. le comte de Herstall, au seuil
d'un grand salon richement meublé, orné de tableaux
de prix et de bibelots précieux dont le goût commençait
alors à se répandre.

Une vingtaine de personnes étaient déjà réunies ; il
n'y avait pas de femme, sauf la maîtresse de la maison,
qui, assise dans un de ces fauteuils bas et larges appelés
crapauds, s'éventait en causant avec trois ou quatre
habits noirs formant demi-cercle autour d'elle.

Mme de X..., ou plutôt la princesse Lætitia, était alors
une toute jeune femme de vingt ans, mais sa beauté

PRINCE ! QUELLE SURPRISE

vraiment remarquable avait déjà atteint tout son développement et tout son éclat. Son profil d'impératrice grecque, ses abondants cheveux noirs, la finesse de ses traits et l'animation de son visage formaient l'ensemble le plus séduisant, que complétait l'opulence de sa gorge qu'on eût dit modelée par quelque divin sculpteur.

En entendant annoncer le nouveau venu, Mme de X... se leva et fit quelques pas au-devant de lui :

— J'ai reçu, dit-elle avec un léger zézaiement, qui d'ailleurs lui allait à ravir, la lettre de M. de Bunsen, que vous m'avez fait parvenir dans la journée, et soyez persuadé, monsieur, que vous ne pouvez être introduit ici sous de meilleurs auspices. Permettez-moi de vous présenter à quelques-uns de mes amis. M. le marquis de P..., mon parrain.

Un gentilhomme de belle prestance, bien qu'âgé déjà d'une cinquantaine d'années, répondit au salut de Stieber en s'inclinant froidement, avec une politesse d'ancien régime.

— Tel que vous le voyez, continua Mme de X..., M. le marquis fait à la Chambre une opposition acharnée à mon cousin; cela ne l'empêche pas d'être un de mes meilleurs amis...

La soirée devenait de plus en plus animée. Deux ou trois poètes avaient lu des vers inédits; la maîtresse de la maison, accompagnée d'un pianiste, aussi célèbre que chevelu, avait chanté l'air du *Saule* d'*Othello,* et un hymne italien de sa composition; deux tables de bouillote avaient été dressées, les plateaux de rafraîchissements circulaient...

Dans le coin le plus retiré de ce salon, assis sur un sofa, complètement isolés des autres assistants, le faux comte de Herstall et la maîtresse de la maison s'entre-

8

tenaient à voix basse. Il eut été assez difficile de rendre l'expression de honte et de dépit qui se peignait en ce moment sur les traits du faux attaché d'ambassade. On eût dit un renard qu'une poule aurait pris.

— Je vous prie, monsieur le comte, disait en riant la baronne de X..., de vous épargner la peine de continuer cette petite comédie. J'ai été prévenue de votre visite, je sais pourquoi vous venez et de la part de qui... Eh bien, je serai franche avec vous... Oui, je connais la mission délicate que votre gouvernement vous a confiée. Mais ne vous méprenez pas. Si vous avez cru un seul instant que Mme de X..., une Bonaparte, la nièce du grand empereur et la cousine d'un empereur futur peut-être, se vendrait pour un salaire comme un simple agent, si vous avez réellement pu croire cela, vous me forcerez de douter de votre intelligence...

— Ah ! madame... exclama le prétendu comte de Herstall en bredouillant et comme pour dire quelque chose.

— Laissez-moi parler peu et bien pendant que tout le monde est absorbé par la partie engagée et qu'on ne s'occupe pas de nous... Vous voyez comme je suis bien informée. Vous avez remis votre carte hier au baron ; immédiatement j'ai envoyé aux renseignements, et j'ai appris que vous étiez M. Stieber, un agent très habile de la police secrète prussienne, et que vous aviez eu le jour même une longue entrevue avec le préfet, M. Carlier. Comment l'ai-je appris ? par quelle contre-police ? c'est mon secret, je ne serai pas assez candide pour le livrer... Ceci vous prouve que lorsque je me mêle d'informations, je sais agir avec rapidité et sûreté. Eh bien, je veux bien faire profiter votre gouvernement de certains renseignements, mais j'entends agir en diplomate ; on me traitera en conséquence.

Le faux comte allait sans doute répondre qu'il trans-
mettrait à qui de droit cette proposition, lorsqu'un grand
mouvement se fit à l'entrée du salon. Les joueurs de
bouillotte, les partenaires du whist interrompirent leur
partie et se précipitèrent vers la porte. L'attention de
tous avait été subitement attirée par un nouvel arrivant,
qui était entré sans se faire annoncer. Dès qu'elle l'a-
perçut, Mme de X... se leva et courut au-devant de lui :

— Prince! quelle surprise! fit-elle, tandis que Louis-
Napoléon s'inclinait devant sa cousine, et prenant sa
main avec une certaine familiarité la portait à ses lèvres.

Le président de la République avait déjà franchi la
quarantaine, mais il paraissait plutôt de quelques années
plus jeune. C'est à peine si une ou deux rides sillon-
naient son front; sa moustache et ses cheveux étaient
noirs, et il avait des mouvements d'une élasticité féline.
Immédiatement un cercle empressé se forma autour du
chef de l'État. Louis-Napoléon s'entretint avec tout le
monde, et dit au marquis de P... :

— Eh bien! monsieur le marquis, préparez-vous beaucoup de philippiques contre moi pour la rentrée?

Le marquis, faisant allusion aux bruits qui couraient
alors, répondit :

— La question, prince, est de savoir si on nous per-
mettra de rentrer.

La figure de Louis-Napoléon se rembrunit. Mme de
X..., en parfaite maîtresse de maison, crut qu'il était op-
portun de créer une diversion et elle présenta « M. le
comte de Herstall », un diplomate allemand, un ami de
M. de Bunsen.

Le président répondit de fort bonne grâce aux sala-
malecs de Stieber, qui s'inclinait aussi profondément
qu'il l'avait vu faire à la cour de Potsdam. Le prince lui

ayant demandé d'où il venait et ayant reçu pour réponse qu'il arrivait en droite ligne de Londres, une assez longue conversation s'engagea sur l'exposition, à laquelle Louis-Napoléon s'intéressait beaucoup et qu'il espérait bien faire revivre prochainement à Paris. Il demanda une foule de détails que le prétendu comte était mieux à même de donner que qui que ce fût.

Au moment où la plupart des invités gagnaient la porte le prince s'approcha de nouveau de sa cousine.

— Il n'y aura rien avant quatre ou cinq mois, fit-il. Le projet de Carlier [1] est reconnu impraticable; il faut que les rats soient dans la souricière pour les prendre.

Puis, ayant de nouveau baisé les mains de sa belle parente, il partit.

Quelques instants auparavant, le faux comte de Herstall, sentant que la discrétion ne lui permettait pas de rester davantage, s'était également éloigné. Sur l'escalier, il croisa le baron de X..., qu'il avait vu la veille et qui rentrait chez lui quand les derniers invités s'éloignaient.

Le baron de X... n'aimait guère le monde et les soirées, mais en revanche, il ne devait pas avoir la même horreur pour le vin de Champagne, car Stieber remarqua que sa démarche était titubante.

L'agent prussien resta encore quelque temps à Paris il avait des entrevues quotidiennes avec le préfet de police; il avait encore revu une ou deux fois la belle baronne de X... et avait emporté de ces visites suffisamment d'indications livrées non sans réticences, qui lui permirent de rédiger un rapport chiffré à l'adresse de M. de Manteuffel.

---

[1] Le préfet de police avait élaboré le plan très détaillé d'un coup d'Etat.

Il était occupé à cette besogne, dans la chambre à coucher du petit appartement meublé, rue Montmartre. Mme Stieber, l'ancienne Geneviève que nous avons connue chez son père, l'ex-comédien, travaillait à une layette; à première vue, on pouvait s'apercevoir que ce genre d'occupation était entièrement justifié par la situation très intéressante de cette jeune personne. Mme Goldschmidt, la belle-mère, venait de rentrer d'une de ses courses à travers Paris, elle reprenait haleine au fond d'un fauteuil.

Tout à coup, le domestique de l'hôtel vint interrompre cette tranquille scène d'intérieur en annonçant qu'un monsieur désirait parler à M. Stieber. L'agent, fâché d'être dérangé au milieu d'un travail qui exigeait une grande tension d'esprit, répondit brusquement qu'il n'avait pas le temps de recevoir. Mais, au bout de quelques instants, le domestique revint; l'étranger insistait absolument pour parler à M. Stieber.

— Va donc voir qui c'est, Geneviève, dit l'agent à sa femme, et tâche de me débarrasser de cet importun.

Mme Stieber se leva pour se diriger vers le petit salon, meublé vulgairement et pauvrement comme les autres pièces de l'hôtel garni. Elle aperçut le visiteur annoncé, qui se promenait de long en large avec tous les signes d'une agitation fébrile.

— C'est vous, monsieur Cheraval, s'écria-t-elle avec surprise, en reconnaissant son ancien professeur de français. C'est bien aimable à vous de venir nous voir... Mais qu'avez-vous?

Le jeune homme était fort pâle, ses doigts crispés semblaient serrer quelque objet qu'il tenait caché dans sa main.

— Madame, fit-il, vous avez commis une infamie!

— Une infamie ! s'écria la jeune femme. Que voulez-vous dire ?

— Allons, ne joignez pas la moquerie à la trahison ! Vous savez fort bien ce dont je veux parler.

— Je vous jure que non.

— Comment ? Vous ne savez pas que mon père est arrêté depuis trois jours ; que, malade et presque mourant, il est au secret ; que je n'ai pas eu l'autorisation de le voir ; que ma mère se désole...

— Mais non, je ne savais rien de tout cela et je le regrette, monsieur Cheraval, dit Mme Stieber d'une voix très douce.

— Allons donc ! vous n'allez pas m'en faire accroire ? C'est votre mouchard de mari qui a dénoncé mon père, qui l'a fait traîner en prison !... Ah ! le misérable !... Lui, qui faisait semblant là-bas d'être mon ami. L'hypocrite ! mais je me vengerai...

L'exaltation du jeune homme augmentait à tel point qu'involontairement Mme Stieber poussa un cri.

Stieber et sa belle-mère accoururent.

En apercevant l'agent, Cheraval se précipita sur lui, et, avançant le bras, il frappa Stieber d'un coup de stylet. Heureusement pour lui, l'agent put parer le coup à temps, l'arme du meurtrier ne fit qu'effleurer l'avant-bras à travers l'étoffe du veston. Néanmoins, quelques gouttelettes de sang teignirent les manchettes. Les deux femmes se jetèrent sur Cheraval afin de lui faire lâcher prise. Le jeune homme entièrement hors de lui, se défendait comme quatre. Il mordit Mme Stieber au bras gauche, et la belle-mère reçut un coup de poing des plus soignés sur l'œil droit. Les gens de l'hôtel, attirés par le bruit de la lutte, réussirent enfin à arracher le stylet des mains de Cheraval et ils le remirent aux sergents de ville.

Dans la même journée, le préfet de police Carlier faisait prendre des nouvelles de « ces victimes d'un attentat socialiste », car on avait grossi jusqu'à ce point l'acte d'accusation d'un malheureux frappé dans ses affections de famille.

Le lendemain, une dépêche du cabinet royal de Berlin annonçait à Stieber qu'une forte gratification lui était allouée pour le courage dont il venait de faire preuve. En même temps, on lui ordonnait de revenir dans la capitale prussienne pour prendre la direction du service de la sûreté.

La nomination de Stieber au poste important destiné à le récompenser de ses exploits à Londres et à Paris avait causé du dépit dans une certaine coterie de l'entourage du roi, qui voyait d'un œil soupçonneux et jaloux un nouveau venu s'insinuer dans la confiance du souverain, un nouveau co-partageant des faveurs que la main royale dispensait aux élus.

Le directeur de la police, M. de Hinkeldey, témoigna à son collègue une défiance hautaine et blessante. Il le tenait à l'écart de toutes les affaires importantes, de celles qui auraient pu attirer l'attention et d'autres récompenses du monarque. On l'employait aux choses infimes, à l'exécution des basses œuvres. Mais Stieber avait pour lui sa bonne étoile. Un incident inattendu devait faire briller de nouveau le mérite du jeune policier.

Le public de Berlin applaudissait alors au *Schau-Spielhaus* (Théâtre-Royal) une actrice qui jouait les héroïnes au théâtre et les « grandes toquées » à la ville. Parmi les excentricités de Mlle Charlotte de Hagen, il convient de noter en première ligne un mariage rapidement bâclé avec un gentilhomme décavé, M. von

Orven, qui avait offert à la belle son cœur, comme beaucoup d'autres. A défaut de sa bourse, qui était vide, il
avait présenté sa main.

Le premier mois, tout alla bien ; le second, monsieur
avait repris ses habitudes de garçon ; le troisième mois,
on se jeta les assiettes à la tête ; et le quatrième, monsieur et madame étaient complètement étrangers l'un à
l'autre. Mais qui a bu, boira. La tragédienne, mécon-
tente de son premier mariage, ne rêvait qu'une chose,
en contracter un second, destiné à la compensation de sa
déconvenue.

Justement elle venait d'ébaucher une églogue avec un
chambellan de la cour de S..., déjà sur le retour, mais
très bien vu et très influent parmi cette coterie, qui
jusqu'alors avait traité l'ex-agent secret avec un dédain,
qui, sans qu'il voulût rien en laisser paraître, blessait
profondément son amour-propre.

Pour que la tragédienne et le chambellan, qui était
décidé à passer par tout ce que voudrait son Égérie,
pussent convoler, il fallait rompre le mariage n° 1 et faire
proclamer le divorce au profit de la femme, libre en ce cas
de s'unir à l'époux de son choix, n° 2. La loi ne permettait de prononcer ce divorce que si le mari s'était rendu
coupable de graves sévices, ou en cas « d'habitudes de
débauche et l'adultère dûment constaté ».

Stieber connaissait la Hagen pour l'avoir vue chez son
beau-père, l'ex-acteur ; sachant quels étaient ses désirs,
il lui offrit son concours, à la condition que le chambellan de S... le garantirait contre tous les désagré-
ments pouvant résulter de la petite mission extra-
officielle qu'il allait remplir.

Ce que Stieber avait prévu arriva.

Non seulement le chambellan lui donna l'assurance

MADAME KRAUSE SE MIT A POUSSER DES CRIS

qu'il pourrait agir à sa guise avec l'autorisation et l'approbation de ses chefs, mais, en cas de réussite, il lui promit sa protection toute-puissante.

C'était tout ce que le policier demandait.

Aussitôt il se mit en campagne.

M. von Oven, le mari congédié, vivait au jour le jour de gains au jeu, d'emprunts, avec les hauts et les bas qui dans tous les pays caractérisent la grande bohème aussi bien que la petite. Il devait certainement avoir des aventures, mais on ne lui connaissait pas de maîtresse attitrée. Quand même il en aurait eu une, cela n'aurait guère avancé les affaires de la tragédienne, il fallait un scandale public, éclatant. C'est ce scandale qu'il s'agissait de préparer.

Il existait alors, et peut-être encore aujourd'hui, dans la dévote capitale du piétisme allemand, un certain nombre de ces matrones qui n'ont absolument rien de vénérable, et dont la haute mission consiste à rapprocher les cœurs aimants et à écarter les obstacles qu'une pruderie surannée élève encore entre des vieillards cossus, pleins de sentiments, et des jeunes créatures peu cruelles de caractère.

Parmi ces « faiseuses d'occasions » (*gelegenheits-macherinnen*), la plus active, la plus renommée, pour l'étendue et la variété de son *répertoire*, la plus connue par sa complaisance et l'aménité de ses relations, était, vers 1853 ou 1854, une dame Krause. C'était dans la rue Dorothée, dans un bon quartier, à deux pas des « Tilleuls », que cette prêtresse de la Vénus tarifée avait dressé ses autels. Une maison d'apparence honnête, très discrète et pas compromettante pour deux pennings. Les banquiers en joyeuse humeur, les conseillers auliques ou intimes, que l'appât des pommes vertes ou suffisamment mûres attirait,

avaient l'air de se rendre à une visite d'affaires. Quant
aux « honnêtes » dames et demoiselles qui arrivaient là,
le voile sur les yeux et un peu frissonnantes, elles auraient pu répondre hardiment à l'indiscret, qu'elles
allaient chez leur modiste ou à une réunion de dames
patronesses. Il est vrai qu'une fois la porte franchie, le
tableau changeait d'aspect. On pénétrait dans un grand
salon tendu de tapis persans, du tissu le plus moelleux
et assez épais pour étouffer tous les chants, tous les cris,
tous les *évohés* d'une orgie. Le parquet était couvert
de peaux de bêtes, ours blancs, ours des montagnes ;
de peaux de tigre et de panthère, constellées de mille
taches. Tout autour de la pièce régnaient des divans de
velours sombre, larges comme des lits, et dont la vue
seule invitait à la posture horizontale. Le plafond, assez
grossièrement peint, représentait une série de scènes
galantes empruntées au *Décameron*. Des lustres de cristal
garnis de bougies bleues et roses pendaient de ce plafond
et un petit jet d'eau de Cologne, toujours murmurant,
répandait sa fraîcheur et son parfum dans ce boudoir
oriental. Quant aux autres chambres du second et du
troisième étage qu'on nous en épargne la description.
Elles se ressemblaient toutes et contenaient ce qu'il faut
pour être confortablement heureux — pendant quelques
instants ou pendant toute une nuit.

La « clientèle » de la Krause était des plus distinguées ;
nulle part on n'avait plus belle occasion d'étudier sur le
nu (c'est le cas de le dire) l'aristocratie, la haute finance,
les grands fonctionnaires, ce que l'auteur d'un livre récent a appelé « la société de Berlin ». L'armée, représentée
par les officiers de la garde les plus huppés, les plus pommadés et les plus musqués, y coudoyait les dignitaires
de la cour, solennels et vicieux vieillards, et les diplo-

mates convaincus qu'en pays étranger il faut avant tout
faire des études de mœurs, connaître et approfondir la
femme.

La situation prospère de cette maison avait une raison
d'être particulière. Tandis que les autres lieux de délices similaires ne pouvaient offrir à leurs visiteurs que
des bacchantes du commun, et que la rencontre d'un
« rat » du corps de ballet ou d'une actrice de province
en rupture d'engagement passait pour le *nec plus ultra*
d'une aventure, chez la Krause, au contraire, les visi-
teuses se recrutaient non pas sur le trottoir, mais parmi
les « femmes honnêtes » [1], dans les rangs de la bourgeoisie et même quelquefois plus haut. Mme Krause pos-
sédait un certain petit carnet relié en maroquin vert, véritable *Almanach Gotha de la galanterie*.

Comment la bonne dame s'y prenait-elle pour attirer
dans son salon oriental tous ces oiseaux rares? C'était
son secret professionnel. On raconte seulement que,
grâce à des relations nombreuses et efficaces dans le
corps médical, l'hôtesse de la Dorotheen-Strasse était
au courant de tous les cas de grande fougue amoureuse
que les Esculapes berlinois étaient appelés à traiter.
Munie de ces précieuses adresses, l'excellente dame était
assez maligne pour faire savoir à ces intéressantes agi-
tées où elles trouveraient un prompt soulagement, grâce
au concours de partenaires qui ne craignaient point de
faire; à défaut de maris timorés ou insuffisants, le jeu
de celles qui sentaient couler dans leurs veines ce feu
ardent que Vénus communique à sa « proie » quand elle
s'y est « tout entière attachée ».

En dehors de ces clientes pathologiques, il y avait les

---

[1] L'expression est de Stieber lui-même.

« lionnes pauvres », femmes de fonctionnaires ; les co-
quettes de la petite aristocratie sans le sou, qui ne pouvaient se passer de toilettes ; il y avait enfin les dépravées
et les curieuses, qui, étroitement surveillées, trop connues pour se risquer dans les restaurants ou les hôtels
garnis, ne trouvaient guère que dans la discrète Dorotheen-Strasse à satisfaire leurs goûts pervertis.

La Krause entendait fort bien son métier. Celle qui
avait mis une fois le pied chez elle devait renoncer à la
vertu pour toujours, quand même le caprice ou le remords
auraient poussé la pécheresse à imiter Madeleine dans
son repentir. Si l'honnête dame se refusait par hasard
à accepter un autre rendez-vous « arrangé » par la
Krause, l'aimable matrone menaçait de tout dévoiler au
mari ou au père. Quelques-unes voulurent payer d'audace et parlèrent avec défi des « preuves » à fournir. La
Krause s'était bornée à sourire et avait tiré d'un cabas,
qui ne la quittait jamais, pas plus que sa tabatière en
argent et son griffon « Arlequin », une photographie où
la coupable était portraiturée traits pour traits dans un
costume et dans une posture qui ne permettaient aucun
doute sur le genre d'occupation qui avait motivé sa présence dans la rue Dorothée. L'opération avait été faite
dans un moment où la belle ne songeait certes pas à la
récente invention de MM. Daguerre et Niepce. Il fallait ou
céder ou verser une jolie somme pour éviter le scandale.

La police s'était à différentes reprises occupée de
Mme Krause, qui avait été frappée de fortes amendes ; et
tout dernièrement elle avait subi une condamnation à
plusieurs mois de prison pour proxénétisme, mais elle
n'avait cure de ces accidents. Une heureuse étoile ou
quelque autre astre plus terrestre et très puissant semblait la protéger. Jusqu'à présent elle n'avait pas payé

un sou de toutes ses amendes et nul « schutzmann » ne s'était présenté pour la conduire à la maison encore plus hospitalière que la sienne du *Molkenmarkt* [1].

Aussi, grande, très grande fut la stupéfaction de la bonne dame, quand le nouveau directeur de la sûreté l'ayant fait appeler dans son cabinet, elle entendit ce fonctionnaire lui dire très tranquillement :

— Vous savez que je vous garde, et si vos amendes ne sont pas payées dans les quarante-huit heures, nous vendrons à l'encan vos beaux meubles et vos superbes tapis de la rue Dorothée.

Mme Krause se mit à pousser des cris d'orfraie, jurant qu'elle avait été condamnée injustement, qu'elle était la plus digne et la plus innocente des femmes, qu'on la ruinait.

— Mon bon commissaire, mon doux monsieur, criait-elle, dites, que faut-il faire pour vous fléchir?... Que voulez-vous? ajouta-t-elle à voix basse, et elle exhiba de son cabas un vieux portefeuille graisseux dont elle tira une bank-note.

— Tenez, voulez-vous vous charger de remettre ces cinquante thalers aux pauvres... je ne vous en demanderai pas de reçu... Mon bon monsieur le commissaire, vous les donnerez quand et à qui vous voudrez... faut-il encore en mettre cinquante, demanda-t-elle en poussant un gros soupir... Je ne suis pas riche, mais pour faire le bien, je me saignerais à blanc... et que personne n'en sache rien! Cela restera entre vous et moi, mon bon commissaire.

Stieber fit de la main un geste de refus.

— Eh bien soit, dit-il, je veux bien encore une fois

[1] Le Dépôt.

intercéder pour vous et vous accorder un sursis, mais vous exécuterez de point en point mes instructions.

— C'est entendu, cher monsieur le commissaire ; à vos ordres ; tout ce que vous voudrez, fit la Krause en réintégrant prestement dans le portefeuille les deux bank-notes.

— Vous allez réunir chez vous demain soir une douzaine de « vos clientes », dit Stieber ; vous les choisirez parmi les plus volcaniques, — celles qui se prêtent le mieux à toutes les fantaisies, même les plus risquées... Réfléchissez, pouvez-vous convoquer votre monde pour demain ?

La Krause eut un mouvement d'orgueil :

— Pour ce soir s'il le faut, monsieur le commissaire, dit-elle en tirant de sa poche un paquet qui ressemblait à un jeu de cartes, mais qui n'était qu'une collection de photographies. Elle les étala devant Stieber sur la table recouverte du tapis administratif.

— Comment ? la femme du Justizraht [1] de H...! La fille de Z..., le banquier ! Madame la doctoresse R.... une mère de famille qui a quatre enfants ! Qu'est-ce que cette plaisanterie ?

— Ce n'est pas une plaisanterie, mon bon monsieur le commissaire : je vous jure sur la tête d' « Arlequin », que j'aime comme mon enfant, je vous jure que toutes ces dames sont mes clientes...

— Tiens... c'est bon à savoir à l'occasion, pensa Stieber. Puis, tout haut, il répondit : Pour ce qui est du choix, je m'en remets à votre expérience. Vous veillerez à ce que le champagne ne manque pas et qu'on fasse flamber un punch où le rhum domine tout à fait. Ne vous

[1] Conseiller de justice.

inquiétez pas de la dépense vous présenterez votre note ici le lendemain. Ne ménagez rien, une orgie complète !

— Bien, monsieur le commissaire, bien ; et à quelle heure viendrez-vous avec vos amis ?

— Ne dites-donc pas de bêtises... La fête n'est pas pour moi ; vous saurez demain pour qui je la commande. On arrivera vers neuf heures du soir.

— C'est fort bien, mon bon commissaire ; vous serez obéi de point en point. Je vais immédiatement me mettre à la recherche de mes tourterelles pour demain.

A peine la Krause, portant l'éternel « Arlequin » sous son bras, se fût-elle éloignée, que sur un signe de Stieber, l'huissier introduisit un individu de trente à trente-cinq ans, d'une figure trop jolie, trop efféminée pour plaire, frisé comme un caniche, pommadé, sentant le musc et tiré à quatre épingles. Ce dandy tenait entre ses mains gantées un jonc à pomme d'or ; un monocle fixé artistement sous l'arcade sourcillière de gauche achevait de donner à sa physionomie le cachet « petit crevé » le plus prononcé.

— Monsieur le baron, fit Stieber, M. le directeur général de la police a reçu la demande d'augmentation que vous lui avez adressée ; mais je ne dois pas vous cacher que Son Excellence ne paraît pas disposée favorablement en votre faveur.

— Et pourquoi, monsieur ? fit le dandy en affectant de parler du nez et en mangeant les pronoms et les adverbes selon la mode élégante des dandys berlinois. Qu'ai-je pu faire ?

— Rien, justement, monsieur le baron ; on se plaint que vous ne fassiez rien ! Vous devez fréquenter les réunions de la société, les bals, les concerts et les soirées diplomatiques, où vous avez vos petites et grandes entrées, grâce au nom que vous portez. On vous rembourse tous vos frais, on vous permet de vivre sur un certain pied, on vous fait une pension... et vous n'adressez pas seulement un rapport par mois !... Et cela, pourquoi ? Parce que, au lieu de remplir votre mission, d'être partout afin de nous tenir au courant de ce qui se dit et se chuchote, vous vous êtes sottement amouraché d'une intrigante, qui vous prend tout votre temps et qui mange tout votre... pardon... notre argent...

— Ah ! fit l'espion homme du monde, ah ! savez... Irma..., divine créature... divine... étonnante, parole d'honneur !... soyez tranquille, durera pas... Dans quinze jours, séparation amiable... alors tout à vous... service avant tout !... Vous le jure !

— Je suis enchanté, monsieur le baron, de cette promesse, et j'espère que lorsque Son Excellence apprendra vos dispositions, dont je lui ferai part, elle consentira à accorder au moins une partie de ce que vous demandez... seulement j'y mets une condition...

— Laquelle... laquelle?... accepte d'avance... parole d'honneur !

— Vous connaissez M. van Owen ?

— Si je connais van Owen !... mon meilleur ami... ancien camarade de régiment... a fait bêtise... épousé la Hagen... y pense toujours... pauvre garçon !

— Eh bien ! puisque vous êtes son ami, il faut le distraire, lui faire oublier ses chagrins conjugaux... Que diriez-vous d'un grand dîner chez Hiller pour demain ?

— Parfait... parfait !...

— Ensuite un tour au cirque ?

— Bonne idée... bonne idée !

— Et ensuite une visite chez Mme Krause de la Dorotheen-Strasse.. Hein ! que pensez-vous de ce programme?

LES DEUX CANDIDATS EN THÉOLOGIE GRIMPÈRENT SUR DES CHAISES

— Très joli... fort complet.., sur l'honneur! mais je crains que van Owen ne veuille pas...

— Il faut qu'il le veuille, il faut que vous l'y décidiez, monsieur le baron... votre augmentation en dépend...

— On fera son possible, Mais l'argent... hé !... suis sans le sou.

— Ne vous inquiétez pas. Voici pour les premières dépenses. Et Stieber remit un rouleau de frédérics d'or au « baron », qui le fit glisser dans la poche de son pantalon.

Le lendemain soir, chez la Krause, les volets étant clos, les rideaux et doubles rideaux tirés, le salon aux tapis persans présentait un aspect fort animé. Une douzaine de jeunes femmes, la plupart assez belles, le corsage entr'ouvert, les traits en feu, étaient étendues mollement sur les divans et vidaient des coupes de vin de Champagne que remplissaient des cavaliers servants on ne peut plus empressés.

Il y avait là des échantillons nombreux et divers de la race germanique : de grandes créatures, hautes en chair d'une taille qui aurait enthousiasmé un sergent recruteur des grenadiers de Potsdam et dont les traits n'avaient plus rien de féminin ; des maigres sentimentales, mièvres et intéressantes, avec les cheveux d'un blond pâle, d'un blond scandinave, qui entouraient, comme une auréole, une figure pâlie de désirs ; des petites filles boulottes et replètes, semblables à des poupées abondamment garnies de son.

L'orgie n'était qu'à son début ; mais lorsque vers dix heures, le « baron », que nous avons vu en conférence avec le chef de la sûreté, fit son entrée avec M. van Owen et deux autres amis, les choses prirent immédiatement

une tournure plus animée. Ces messieurs étaient abomi-
nablement gris. Le « baron » avait bien fait les choses,
et presque tout le rouleau y avait passé.

M. van Owen, le mari de la tragédiennne, était un
homme de quarante ans environ, à l'allure militaire, et
qui devait être de manières assez distinguées lorsqu'il
n'avait pas bu. Mais ce soir-là, il avait de la peine à se
tenir. Le « baron », qui connaissait les autres convives,
le présenta. Il y avait un capitaine de la garde, un Landrath (sous-préfet) en congé et deux « candidats » (aspi-
rants pasteurs), qui évidemment préludaient à l'exercice
de leur saint ministère. La connaissance une fois faite, le
« baron » proposa d'allumer un punch monstre ; et
comme si ce désir eût été prévu, deux petits grooms
attachés à l'établissement apportèrent un immense bol
grand comme une baignoire, où la boisson était déjà
préparée. Il ne restait qu'à la faire flamber. Les lueurs
bleues et rougeâtres qui emplissaient le salon et se réflé-
taient dans les glaces arrachèrent des exclamations à
quelques-unes de ces dames. « Que c'est beau, que
c'est beau ! »

Une idée vint alors au « baron ».

— Ce serait bien plus beau encore, dit-il, si on étei-
gnait les lustres !

— Oui, oui, répondit-on de toutes parts.

Les deux candidats en théologie grimpèrent sur des
chaises, et bientôt après le salon ne fut plus éclairé que
par les lueurs bleuâtres qui voltigeaient au-dessus du
bassin de simili-argent contenant la boisson alcoolique.

Le baron procéda à une première distribution de
punch ; les dames s'écrièrent avec une grimace que
c'était « trop fort ». Mais elles burent tout de même.

Le baron était en veine. Il fit une autre proposition.

Il demauda à deux de ces dames, qu'il connaissait au point de les appeler par leur petit nom, de donner à l'honorable société une « petite séance », en reproduisant un groupe académique que l'on venait d'envoyer au Musée et qui faisait fureur et scandale. Cela représentait *l'Amour et l'Amitié*.

Les deux dames — l'une appartenait à la catégorie des athlètes et l'autre à celle des blondes mièvres — ne se firent pas prier bien longtemps. Dépouillées de tous leurs atours, ajustements et colifichets, elles se montrèrent sans le plus léger voile, reproduisant fidèlement le groupe académique. Cela leur valut des bravos et des compliments.

— A la bonne heure, fit le baron... en faisant circuler de nouveaux verres de punch, voilà qui est bien... Vrai... tout le monde ne pourrait pas en montrer autant... Hé ! hé !

Une toute jeune femme, très brune, très grassouillette, sur laquelle le champagne et le punch avaient visiblement opéré, s'avança vers l'espion :

— Qu'est-ce qu'il dit ce baron sans le sou ?... ce pleutre... nous ne pourrions pas en montrer autant que ces chiffes... Tiens, regarde donc... regarde donc... mais regarde donc...

Et pour bien convaincre de mensonge l'audacieux qui paraissait douter de l'authenticité de ses charmes, à chaque « regarde donc », la petite brune enlevait et jetait au hasard un objet faisant partie de son costume. Robe, jupons et le reste, tout y passa.

Le baron présenta ses excuses.

— Pas voulu parler de vous..., fit-il, tout est vrai ici !... Voyez, messieurs... aussi ferme que mur de for-

teresse... pourrait résister aux bombes ! pas voulu parler
de vous, belle enfant !

— De qui, de qui avez-vous voulu parler, de qui ?
demandèrent les autres dames, dont les yeux émeril-
lonnés avaient des lueurs de phosphore... Est-ce de moi ?
est-ce de moi ? Et toutes imitèrent l'exemple de la
petite brune. En moins de cinq minutes, un véritable
vestiaire s'était amoncelé dans un des coins du salon, et
toutes, Caroline, Henriette, Hélène, Juliette, Lina,
avaient le droit d'ambitionner un seul nom, celui d'Ève,
puisqu'elles portaient toutes le costume sommaire de la
compagne d'Adam.

Un tel spectacle ne pouvait laisser froids les habitués
du bazar de Mme Krause. Que diable ! on n'est pas « de
bois ». Van Owen lui-même, qui paraissait d'abord taciturne et morose, et n'avait pas prononcé une seule
parole, se dérida ; il s'en prit à la petite brune replète.

Seul le capitaine de la garde regardait le tableau en
philosophe impassible, le cigare à la bouche, en ache-
vant de vider une bouteille de vin de Champagne déposée
à côté de lui.

Quelqu'un proposa de danser. Le Landrath se mit au
piano et attaqua une valse viennoise de Lanner, le rival
du vieux Strauss.

— Halte ! fit le « baron » quand les couples commen-
cèrent à tourner, halte !... une proposition... ces dames
en costume naturel.., adorables !... nous autres pouvons
pas garder vêtements... impossible, sur l'honneur... impossible ! Propose que nous dansions en costume naturel... nouvelle danse... quadrille des Sauvages...

— Nous garderons nos bottes et nos lorgnons, s'écria
l'un des candidats en théologie.

Cette proposition fut acceptée à l'unanimité.

Bientôt le quadrille des Sauvages fut organisé ; le
vestiaire des hommes établi en face du vestiaire des
dames, et les couples se firent vis-à-vis. Van Owen
s'était décidément apprivoisé, il regardait tendrement
la blonde, dont il entourait de son bras nu le corps à la
peau rosée et douce.

— Allons, en place, première figure !... fit le « baron ».

Le Landrath attaqua un quadrille parisien. D'abord
on dansa avec une gravité affectée, comme dans un salon
collet-monté, à une soirée de contrat. Les dames feignant de ramasser leurs robes absentes, s'inclinaient en
faisant la révérence, les messieurs exécutaient gravement et en mesure les pas, contre-pas et entre-chats
que leur maître à danser leur avait enseignés. L'effet de
ces balancements, de ces échanges de révérences, de
ces croisés, de ces pirouettes, étaient des plus comiques,
étant donné le costume très sommaire des danseurs. Mais
peu à peu, de part et d'autre, on commençait à sentir la
griserie de l'orgie ; on marquait les figures avec plus
d'animation ; le cérémonial raide et prétentieux fut remplacé par le plus grand laisser-aller ; à la fin, les règles
du quadrille furent complètement méconnues, danseurs
et danseuses s'enlacèrent comme dans une ronde de
démons. Les flammes ravivées du punch éclairaient
comme de grands jets électriques cette scène, qu'un
peintre aurait pu intituler « l'Apothéose de la luxure »,
lorsque les portières se soulevèrent et une voix formidable fit entendre ces mots : « Que personne ne bouge ! »

En même temps Mme Krause, apparut en gesticulant,
suivie de son « Arlequin », qui poussait des aboiements
aigus :

— La police ! la police ! cria-t-elle, oh ! quel malheur !

Un des agents imposa silence à la vieille ; on fit passer

les dames à gauche et les hommes à droite, et lorsque ceux-ci _urent habillés, ils durent donner leurs noms, adresses et qualités.

Assis devant un guéridon, Stieber verbalisait.

Un mois après, Mme de Hagen obtenait son divorce, et un an plus tard, elle épousait son chambellan, qui tint sa promesse et fit le plus grand éloge de Stieber dans son clan.

A partir de ce moment, le chef de la sûreté n'eut plus à lutter contre les hostilités qui avaient entravé sa carrière au début.

Quant à M. van Owen, on ignora ce qu'il était devenu.

Le directeur de la police générale, M. de Hinkeldey, avait eu l'art de capter la confiance du roi.

L'éclat de sa position auprès du souverain excitait l'envie et la jalousie d'une foule d'autres courtisans. Les adversaires les plus violents du directeur général de la police étaient les membres du parti féodal *pur*.

Cependant le ministère alors aux affaires en Prusse, avec M. de Manteuffel pour président du conseil, était suffisamment réactionnaire ; il avait habilement escamoté une à une toutes les conquêtes de 1848, toutes les garanties que la Constitution de 1850, dite « charte Waldeck », avait assurées à la liberté de la presse et à la liberté individuelle. Mais, tout réactionnaire qu'il fût, M. de Manteuffel maintenait la fiction constitutionnelle ; il n'annihilait pas les deux Chambres, il se refusait à rétablir le roi absolu, et le seul pas qu'il fît pour retourner au système féodal, ce fut de charger les grands propriétaires de rendre la justice sur leurs terres dans les cas de simple police.

Ce n'était pas assez aux yeux des seigneurs, qui avaient désiré rétablir la suprématie absolue de la noblesse et faire revivre les traditions du moyen âge dans toute leur primitive candeur.

La reine Elisabeth, — l'épouse mystique beaucoup plus que réelle du roi, — favorisait ces tendances ultra-réactionnaires et encourageait toutes les conspirations dirigées contre le ministère et la plupart des hauts fonctionnaires accusés de libéralisme.

M. de Hinkeldey était surtout « visé » par les « féodaux ». On savait qu'il conférait tous les jours avec le roi, soit dans le petit salon tendu de damas jaune et orné de la statue de Frédéric le Grand, au château de Berlin, soit à Potsdam, dont le roi préférait de beaucoup le séjour à celui de la capitale. Sa Majesté se faisait raconter par le menu les petits scandales, les histoires de tripots et d'alcôves, les aventures croustillantes dont la police était appelée à s'occuper. Le roi, qui méritait de plus en plus le sobriquet de « Fritz-Champagne », que le peuple lui avait donné, était toujours de fort belle humeur quand M. de Hinkeldey arrivait avec son bagage d'anecdotes et d'indiscrétions piquantes. Tout en écoutant le grand chef de la police, Frédéric-Guillaume prenait du thé, mais un thé fortement étendu de rhum de la Jamaïque et « d'arrac »; et, à chaque historiette qui lui était contée, sa belle humeur augmentait; il lâchait des mots de plus en plus risqués, il se livrait à des éclats de rire qui ébranlaient les murs du palais. Parfois ces éclats de rire duraient plus longtemps que ne le comportaient des accès de gaieté chez un homme tout à fait sain d'esprit. Ils se terminaient par un hoquet et des contorsions qui pouvaient faire prévoir déjà alors quelque fâcheuse catastrophe.

IV

Après l'entente d'Olmütz, en 1851, l'ancienne Confédération germanique fut rétablie, conformément aux
traités de 1815.

Les affaires fédérales, qui, selon la tradition populaire,
devaient être discutées et résolues dans un Parlement
élu, étaient portées devant le *Bundesrath* (Conseil fédéral
ou Diète), siégeant à Francfort et composé de représentants diplomatiques désignés par la cour de chaque État.

Les petites principautés minuscules étaient réunies en
groupes, formés de cinq ou six de ces États difficiles à
percevoir sans verre grossissant.

L'Autriche s'était réservé la présidence du Conseil fédéral et elle employait toutes les ressources imaginables
pour tenir la majorité dans sa main.

BISMARK AVAIT OTE SA REDINGOTE

Le cabinet de Vienne profitait de ses relations, souvent fort intimes, avec les gouvernements des petits États, pour faire nommer ambassadeurs à la Diète des gentillâtres dont les cadets, selon l'ancienne coutume, servaient dans l'armée autrichienne. Ces jeunes officiers étaient considérés comme des ôtages, ils répondaient des bons sentiments et des votes de leurs pères ou oncles ; l'avancement et toutes les faveurs dont les débutants dans la carrière militaire sont si friands dépendaient de l'attitude de leurs ascendants au *Bundesrath*.

Les résultats de cette politique étaient fort appréciables et la Prusse avait beaucoup de peine à combattre et à contrebalancer l'influence autrichienne.

Or, l'ambassadeur de Prusse, chargé de lutter contre la politique de Vienne, n'était autre qu'un gentilhomme de Poméranie, qui s'était fait remarquer à la Chambre des députés de Berlin par la fougue réactionnaire de ses discours et quelques mots très mordants à l'adresse des démocrates [1].

M. Otto de Bismarck-Schœnhausen était parti pour Francfort avec la volonté bien arrêtée de battre en brèche l'Autriche, de prendre en détail — en attendant le moment où il la prendrait en grand — la revanche pour les humiliations subies par la Prusse à Olmütz.

L'humeur batailleuse du représentant prussien se ma-

[1] Voici une des nombreuses anecdotes attribuées à M. de Bismarck à l'époque dont nous parlons (1849). Il siégeait dans une commission avec un des principaux orateurs de l'extrême gauche, connu par sa petite taille, M. d'Ester. Un jour, le démocrate ayant fortement déjeuné proposa à M. de Bismark un échange de promesses portant que, si l'un ou l'autre parti, les féodaux ou les radicaux, arrivait au pouvoir, les deux contractants se garantissaient la vie sauve. — « Non, mon petit d'Ester, répondit le futur chancelier, si jamais vos amis arrivent au pouvoir, il ne vaudra plus la peine pour moi de vivre ; si mes amis y arrivent, nous vous pendrons ; — mais soyez tranquille, nous serons polis... jusqu'au nœud coulant ! »

nifestait dans toutes les occasions. Dès les premières
séances de la Diète, il se posa très carrément en adversaire systématique du cabinet de Vienne, et il groupa dans
sa villa de la Bokenheimer-Strasse tous les éléments sus-
ceptibles d'être entraînés dans un mouvement hostile à
l'Autriche.

Ces soirées de la Bokenheimer-Strasse ne tardèrent
pas à devenir célèbres dans les fastes de Francfort. L'intérieur de la villa, le service, un domestique assez nombreux et vêtu de livrées somptueuses, tout cela avait fort
grand air; dans les salons, au contraire, on affectait la
simplicité et la cordialité, telles qu'on les célèbre dans
les vieux bouquins et dans les antiques « lieder » ger-
maniques.

Mme de Bismarck faisait les honneurs de la maison
comme une bonne mère de famille allemande. Quant au
« maître », il simulait toujours une gaieté sans nuages,
ou une hilarité qu'il s'efforçait, souvent sans résultat, de
communiquer à ses hôtes. Le buffet était abondamment
pourvu, les tables de whist ou de bouillotte attendaient
les amateurs.

Le premier ambassadeur autrichien, M. le comte de
Thun, faisait encore assez bon ménage avec son partenaire prussien. M. de Bismarck avait, dès le début, mis
son président au pas. La diplomatie autrichienne n'affectait de hauteur aristocratique que dans ses notes, elle
avait des habitudes familières et même débraillées dans
ses rapports avec les représentants d'États moins con-
sidérables.

C'est ainsi que, peu de temps après son arrivée à
Francfort, M. de Bismarck crut devoir faire une visite au
comte de Thun, président de la Diète.

C'était, il faut le dire, en plein été, par une après-midi
très chaude.

Le visiteur fut introduit dans un cabinet où il trouva
le comte travaillant en manches de chemise. Sans interrompre sa besogne, M. de Thun indique un siège à son
collègue. Au bout de quelques instants, lorsqu'il lève le
nez de dessus ses papiers, M. de Thun pousse une exclamation de surprise.

M. de Bismarck avait ôté sa redingote et son gilet; son
buste de cuirassier n'était plus recouvert que par un
simple plastron de toile.

— Votre Excellence a bien raison, fit en véritable
pince-sans-rire M. de Bismarck; il fait si chaud, vous
voyez, j'ai suivi votre exemple.

Le comte de Thun était un homme d'esprit; il prit la
chose du bon côté, en rit, et depuis, malgré les dissentiments politiques, ses relations avec M. de Bismarck
furent supportables.

Il n'en fut pas de même avec le comte de Prokesch-
Osten, qui succéda à M. de Thun.

Le nouveau représentant de l'Autriche était d'un caractère acariâtre, d'allures cassantes ; de plus, il arrivait
de Constantinople, où il avait rempli les hautes fonctions
« d'internonce » (ambassadeur), et où l'influence autrichienne était alors considérable.

M. de Prokesck-Osten, que l'on a pu revoir plus tard
à Paris, où il se reposait sur ses lauriers, était un diplomate de l'école de Talleyrand et de Fouché, se servant
indistinctement de tous les moyens et de tous les
individus quand il s'agissait d'obtenir un résultat
convoité.

Ennemi de la Prusse, il enrégimentait tous ceux qui
avaient des griefs contre la cour de Berlin. On avait déjà

signalé ses accointances avec des démocrates du plus
beau rouge, des chefs de corps francs, des orateurs de
l'Assemblée nationale de 1848. Ce représentant des sa-
breurs et des jésuites — qui régnaient alors à Vienne —
devenait l'allié des proscrits, des Hecker et des Struve,
lorsqu'il s'agissait de battre la Prusse en brèche.

M. de Bismarck aurait donné beaucoup pour convaincre son adversaire de liaisons démagogiques et démontrer de la sorte quel fonds on pouvait faire sur la politique
du cabinet autrichien, ultra-réactionnaire et cléricale à
Vienne, révolutionnaire à Francfort.

Pour prouver cette duplicité et en tirer parti, il aurait
fallu prendre M. de Prokesch-Osten sur le fait et avoir
quelques-unes de ces preuves écrites et accablantes qui
défient les démentis et les protestations.

Chacun des deux ambassadeurs avait naturellement sa
petite police qui surveillait l'autre, et il n'entrait aucun
personnage politique chez M. de Prokesch-Osten sans
qu'aussitôt M. de Bismarck en fût informé, et récipro-
quement ; cependant, les informations recueillies par
l'envoyé prussien étaient plus nombreuses, plus exactes,
plus précises que celles du représentant viennois. C'est
ainsi que M. de Bismarck apprit, que, deux fois par
semaine, le soir, M. de Prokesch-Osten s'enfermait
dans son cabinet de travail avec un écrivain très démocrate jadis, gagné à l'Autriche, et que le diplomate et le
journaliste rédigeaient ensemble des articles dirigés
contre la Prusse, articles que l'écrivain en question
écoulait ensuite dans des feuilles de nuance écarlate du
sud de l'Allemagne et de la Suisse.

L'ambassadeur autrichien avait coutume de rédiger à
l'avance les brouillons de ces articles, et, en attendant
la prochaine conférence avec son collaborateur, il les

enfermait dans le tiroir d'un secrétaire à cylindre, dans
un grand salon qui lui servait aussi de cabinet de travail.
Cette pièce était encombrée de meubles curieux que le
diplomate avait rapportés de ses voyages en Orient, de bibelots de prix, d'objets d'art, pour la plupart des cadeaux
de souverains. M. de Prokesch-Osten était un amateur,
et, comme beaucoup de ses pareils, s'il ne résistait pas
à l'attrait d'acheter, même fort cher, un objet qui lui
plaisait, il ne pouvait se défendre du plaisir de réaliser un
gros profit sur tout bibelot qui avait cessé de lui plaire.

Quand il voulait se défaire d'un objet, il s'adressait à
un marchand d'antiquités très habile de la Zeil [1], qui
était en relation avec beaucoup de collectionneurs et
qui, bien entendu, touchait un honnête courtage sur
tous les marchés conclus par son entremise.

Or un jour, l'ambassadeur autrichien vit arriver un
individu à tournure de Yankee, avec une longue barbe
fauve, la figure colorée par le soleil et le wisky, des
bagues plein les doigts et parlant le jargon anglo-allemand
le plus grotesque.

Le visiteur exotique présenta une carte de maître
Samuel Gelbschnabel, l'antiquaire de la Zeil, et mani-
festa le désir de voir un meuble à incrustations, rapporté
de Constantinople, que l'Excellence désirait vendre.
L'Américain parut émerveillé, on s'entendit facilement
sur le prix. Le Yankee paya immédiatement, en ajoutant
qu'il ferait enlever le meuble le lendemain. M. de Prokesch-Osten répondit qu'il était forcé de quitter Francfort
pour trois jours, mais qu'il laisserait des ordres à son
majordome.

Le lendemain, en effet, M. de Prokesch-Osten était

---

[1] Principale rue de Francfort.

parti ; deux vigoureux commissionnaires se présentèrent
de la part de l'Américain pour enlever le secrétaire
acheté la veille. Le majordome les conduisit dans le
salon, mais quelle fut sa surprise lorsqu'il les vit
charger sur leurs épaules, non pas le précieux meuble
oriental, mais le vulgaire secrétaire à cylindre.

— Vous vous trompez, braves gens, leur dit-il, ce n'est
pas là le meuble que vous devez emporter, c'est celui-là.

Et il désigna du doigt l'objet acheté la veille.

Mais les commissionnaires insistèrent ; ils déclarèrent
être sûrs de leur affaire ; on leur avait décrit le meuble
très exactement ; aucune erreur n'était possible et ils ne
tenaient pas à mécontenter un client généreux, qui leur
avait donné un bon pourboire. Sous ce rapport, ils pouvaient avoir raison ; ils semblaient pris de vin et disposés
à faire du vacarme, si on les contrariait. Pour éviter
tout tumulte, le majordome les laissa faire, persuadé
qu'il les verrait revenir au bout d'une heure pour répa-
rer leur erreur...

Mais les commissionnaires ne revinrent pas, et lorsqu'à son retour M. de Prokesch-Osten, très perplexe au
sujet de cette substitution, envoya aux renseignements,
il apprit que l'Américain était parti le jour même où
l'achat avait été conclu, en donnant l'ordre de faire
envoyer ses bagages à Berlin.

Or, le Yankee n'était autre qu'un des collaborateurs
les plus assidus de Stieber, un agent nommé Bormann,
expédié de Berlin sur la demande de M. de Bismarck.
Les deux commissionnaires simulant l'ivresse étaient
aussi deux *détectives*, et, une fois maîtres du meuble,
ils l'avaient porté à la villa de la Bockenheimer-Strasse.

Là, on fit sauter les serrures des tiroirs avec des pinces
monseigneur, et M. de Bismarck se frotta les mains en

découvrant ce qu'il cherchait : une volumineuse correspondance très compromettante, et les minutes de plusieurs articles écrits de la main de M. de Prokesch-Osten, et dont l'un, entre autres, contenait de violentes attaques contre le système monarchique.

M. de Bismarck s'empressa d'envoyer à Berlin tout le paquet, avec des indications sur la manière de s'en servir.

Sa dépêche se trouve tout au long dans le recueil de pièces publiées par M. de Poschinger : *la Prusse à la Diète*.

M. de Manteuffel, craignant de blesser les partisans de l'Autriche, encore très nombreux à la cour de Prusse, ne fit pas publier ces documents ; il se contenta de prévenir le cabinet de Vienne et d'obtenir le rappel de M. de Prokesch-Osten.

Néanmoins, l'affaire fut ébruitée et, les procédés dont s'était servi M. de Bismarck n'augmentèrent pas la sympathie qu'on avait pour lui à Francfort [1].

L'ambassadeur prussien n'était guère aimé des habitants de la cité libre. On se moquait de son air hautain, de ses façons arrogantes, du monocle qu'il avait constamment fiché dans l'œil et de sa calvitie ornée des trois cheveux devenus légendaires depuis cette époque. Quand il sortait, les gamins l'accompagnaient de leurs sifflets et de leurs huées. Aussi, en 1866, M. de Bismarck s'est-il noblement vengé de ces petites piqûres d'épingle en imposant une énorme contribution de guerre aux Francfortois et en confisquant pour toujours leur antique liberté.

---

[1] M. Busch, dans son apologie du chancelier (*Unser Kanzler*), publié récemment, mentionne ce curieux incident, mais en attribuant la découverte de ces pièces au hasard! C'est le cas de rappeler les vers de Ruy Blas :

Hasard!

Mets que font les fripons, pour les sots qui le mangent,

Pendant la guerre de Crimée, la police secrète de Berlin eut beaucoup à s'occuper des différents agents russes et français, ainsi que d'une foule d'aventuriers qui venaient tenter la fortune et essayer leur savoir-faire dans la capitale de la Prusse, terrain neutre où les influences tantôt favorables, tantôt hostiles à la Russie l'emportaient tour à tour.

La plus célèbre de ces affaires, celle qui eut le plus grand retentissement, fut le « vol des dépêches » commis par le lieutenant de Teschen et que découvrit l'infatigable Stieber.

Nous avons dit un mot des coteries qu'il y avait à la cour de Prusse. L'une de ces coteries, très puissante, parce que ses chefs, le général de Gerlach, aide de camp du roi, son frère, juge à la cour de cassation, et M. Niebuhr, secrétaire particulier du roi, vivaient dans l'intimité du souverain, était la coterie féodale, appelée aussi *parti de la Gazette de la Croix*. Ce journal, la plus haute expression de la réaction, était son *Moniteur*. Le juge de Gerlach y publiait des *Revues hebdomadaires*, que tous les hobereaux et tous les momiers dégustaient ligne par ligne.

Le ministre Manteuffel avait ses raisons pour se méfier des intentions des hommes de la *Gazette de la Croix*, et il avait gagné à beaux deniers comptants un ancien officier, M. de Teschen, vieillard âgé de soixante-dix ans, qui était arrivé à accaparer la confiance de MM. Gerlach et Niebuhr.

L'agent Teschen eut recours aux traditions rudimentaires de la police prussienne; il acheta les valets de chambre de ces messieurs, et ces fidèles serviteurs lui communiquaient toutes les lettres que leurs maîtres recevaient.

LE ROI ENTREPRIT UNE EXCURSION SUR LES BORDS DU RHIN

Parfois l'ex-lieutenant prenait copie lui-même de ces
lettres, mais souvent les domestiques lui évitaient cette
peine ; ils copiaient de leur plus belle écriture les communications dont ils réservaient la primeur à l'agent de
M. de Manteuffel.

Teschen s'empressait de communiquer ces lettres à
son chef, qui les payait plus ou moins grassement sur
les fonds secrets et faisait servir les renseignements qu'il
apprenait de la sorte aux intrigues qui se tramaient
autour du roi.

Prévenu à l'avance des intentions et des projets du
parti de la *Gazette de la Croix*, le ministre pouvait dresser
à temps ses batteries et parer les bottes qu'on voulait
lui porter.

Quand ces lettres contenaient des choses désobligeantes
pour tel ou tel personnage, le ministre s'arrangeait de
façon à ce que l'intéressé apprît de quelle manière les
amis de M. de Gerlach et de M. Niebuhr le traitaient. Il
grossissait ainsi le nombre des ennemis de ses propres
adversaires. C'était de bonne guerre. Pour se mettre à
couvert vis-à-vis de sa propre conscience, M. de Manteuffel, qui était casuiste à ses heures, ne demandait
jamais à l'honnête Teschen de quelle façon il s'était
procuré ces missives. Évidemment, il devait croire
qu'elles lui étaient tombées du ciel. Parmi ces lettres, il
y en avait plusieurs qui contenaient des imputations très
graves, très blessantes, contre le directeur général de la
police, M. de Hinkeldey.

M. de Manteuffel promit une forte prime à Teschen
s'il pouvait se procurer les originaux et les faire tomber,
comme « par hasard », sous les yeux de M. de Hinkeldey. Grâce à ses éminents collaborateurs d'antichambre
l'ex-lieutenant réussit à merveille.

Quarante-huit heures après, M. de Hinkeldey trouva
sur son bureau toutes ces lettres qui l'accommodaient
de si belle façon.

Lorsque l'occasion de traiter de la même manière ces
messieurs de la *Gazette de la Croix* s'offrit, il ne la manqua pas.

Pendant deux ans, le ministre Manteuffel accepta et
paya les services de Teschen. Mais au commencement
de l'année 1856, un rapprochement s'opéra entre le premier ministre et le général de Gerlach. Les services de
Teschen devinrent inutiles, et bientôt, au lieu de l'accueillir avec empressement au ministère, on le traita en
solliciteur importun ; les subsides se firent plus rares,
enfin ils tarirent complètement.

Cela ne faisait pas le compte de l'espion.

Ne trouvant plus preneur pour sa marchandise au ministère d'État, il se mit en quête d'autres clients. Cet
honnête homme en était arrivé à se persuader qu'il exerçait une industrie des plus honorables, et qu'il était
parfaitement naturel de chercher un débouché pour les
produits de son espionnage.

M. le général de Gerlach était en relations très suivies
avec l'attaché militaire de Prusse à Saint-Pétersbourg,
le comte de Muenster-Mainhœrel. Celui-ci, très bien vu
à la cour et dans les cercles militaires, tenait le général
au courant des mouvements de l'armée russe et des
principaux incidents du siège de Sébastopol. Toutes ses
lettres étaient religieusement copiées par les domestiques
et communiquées à Teschen. Celui-ci comprit quelle
importance ces renseignements militaires pouvaient
avoir pour les assiégeants de la grande forteresse russe,
et il ne douta pas qu'on les lui payerait un bon prix.

Après avoir hésité pendant quelque temps entre l'am-

bassade britannique et l'ambassade française, Teschen
donna la préférence à cette dernière.

Il y avait alors à l'hôtel du « Pariser Platz [1] » un jeune
secrétaire d'origine alsacienne, parlant parfaitement
l'allemand, très au courant des hommes et des choses du
pays qu'il habitait, et réputé dans le monde diplomatique
pour son esprit d'initiative et son humeur remuante.

Grâce à ses connaissances et à l'activité qu'il déployait,
on le considérait comme le bras droit de l'ambassadeur.
Ce fut à ce jeune secrétaire, M. Rothan, que Teschen
s'adressa.

Il lui écrivit un billet non signé, l'informant « qu'un
ami de la France » désirait lui faire une communication
de la plus haute importance pour son pays. Le billet
portait que si M. Rothan consentait à écouter cet « ami
de la France » il n'avait qu'à faire insérer dans les
annonces de la *Gazette de Voss* qu'il était prêt à se trouver tel jour, à telle heure, au village de Zehlendorf
près Berlin. L'inconnu ne manquerait pas de s'y rendre.

Le 24 juillet 1855, la *Gazette de Voss*, celle que les
Berlinois appellent la « tante Voss », sans doute parce
que, dans la langue familière berlinoise, « tante » est
synonyme de radoteuse, contenait l'avis suivant :

Oui ; aujourd'hui 24 juillet, à cinq heures de l'après-
midi.

A l'heure indiquée, Teschen était au rendez-vous avec
la précision d'un vieux militaire. Mais grand fut son
désappointement, lorsqu'à la place du diplomate français,
qu'il connaissait de vue, il fut abordé par un de ses
compatriotes qui l'interpella par son nom.

---

[1] « Place de Paris », où se trouve l'hôtel de l'ambassade de France à
Berlin.

Cet individu exhiba une carte de visite de M. Rothan, en ajoutant qu'il était le fondé de pouvoirs du secrétaire d'ambassade ; il dit qu'il s'appelait Hassenkrug, autrefois employé dans les bureaux de la préfecture de Berlin, et pour le moment agent secret de l'ambassade de France.

Hassenkrug, pour mieux gagner la confiance de Teschen, se lança dans un interminable récit de ses prouesses, des services rendus à l'ambassade française, et fit sonner bien haut combien un tel concours était récompensé largement.

— Ce ne sont pas des grippe-sous comme nos gens à nous, fit-il, qui retournent cent fois un billet de cent thalers et se décident à la fin à ne lâcher qu'un louis d'or.

Mais Teschen se montra très boutonné.

L'ancien employé de la police ne lui disait rien qui vaille ; il craignait quelque piège ; il se refusa à toute communication s'il n'était pas mis en présence de M. Rothan lui-même.

Son désir fut satisfait peu de temps après.

M. Rothan et Teschen se rencontrèrent au Thiergarten, devenu depuis le Bois de Boulogne de Berlin, mais qui, il y a trente ans, était un endroit presque désert, rendez-vous des rôdeurs et des malfaiteurs.

Le secrétaire d'ambassade fut très frappé des révélations de l'agent ; les renseignements sur le siège de Sébastopol pouvaient être très précieux pour les généraux alliés, et lorsque Teschen, après avoir lu les lettres du général Muenster à son ami M. de Gerlach, produisit un carnet où le général avait l'habitude de résumer au jour le jour ses entretiens les plus confidentiels avec le roi, M. Rothan, ravi d'admiration, ne put cacher son enchantement.

Dans ces conversations quotidiennes du roi avec son ministre, il n'y avait rien moins que le secret de l'attitude de la Prusse pendant toute la guerre de Crimée. × ×
Ce que l'ambassadeur de France et celui d'Angleterre, ce que les ministres des affaires étrangères des deux États se cassaient la tête à deviner, était là! Frédéric-Guillaume pensait tout haut avec ses amis du parti de la *Gazette de la Croix*.

M. Rothan demanda de lui-même à revoir Teschen, et il fut convenu que les entrevues auraient lieu au domicile des époux Hauptmann, famille de petits négociants, et dont l'appartement modeste et retiré devait échapper à toute surveillance.

Lorsque, deux jours plus tard, Teschen se rendit à l'endroit indiqué, il n'y trouva que la dame Hauptmann. Elle lui apprit que M. Rothan était empêché de venir ce jour-là; mais qu'elle était chargée de lui remettre quelque chose. Ce « quelque chose » était une enveloppe contenant cinq billets de mille francs. Teschen, qui n'était pas habitué à tant de générosité, faillit se trouver mal de joie.

Il continua pendant plus de six mois à tenir l'ambassade de France au courant de tout ce qu'il savait et celle-ci paya largement ses services.

Au mois de septembre 1855, le roi Frédéric-Guillaume entreprit une excursion sur les bords du Rhin. M. Rothan chargea Teschen de se rendre dans ce pays enchanteur et d'observer de très près ce qui allait s'y passer.

L'idée de la conquête des bords du Rhin obsédait déjà quelque peu les Tuileries, il importait de connaître exactement le degré de popularité dont le roi jouissait dans cette partie de ses États.

Fidèle à ses traditions de libéralité, M. Rothan remit mille francs à son agent à titre de frais de voyage. Pour

le coup, le secrétaire de légation fut roulé comme une
simple cigarette. M. Teschen empocha la somme et partit pour Neustadt, à quelques lieues de Berlin, où il se
reposa au sein de sa famille de ses glorieuses fatigues.

De retour dans la capitale, il raconta à son patron
qu'il avait été aux bords du Rhin, qu'il s'était donné énormément de mal, mais comme le roi était entouré d'une
nuée d'agents, il lui avait été impossible d'apprendre
même combien Sa Majesté buvait de bouteilles de vin de
Champagne dans la journée.

Quelque temps plus tard, M. Rothan reçut à l'hôtel de
l'ambassade de France la visite d'un inconnu qui insista
vivement pour le voir.

Introduit dans le cabinet du secrétaire de légation,
cet individu mit M. Rothan en garde contre le même
Hassenkrug, qui, depuis plusieurs années, servait d'agent
à l'ambassade de France, et que M. Rothan avait envoyé à Zehlendorf lors du premier rendez-vous donné
par Teschen.

Au dire de l'inconnu, Hassenkrug, comme beaucoup
de ses confrères, jouait double jeu, ou plutôt mangeait
à deux râteliers. Il touchait à l'ambassade de France et
renseignait également l'ambassade de Russie. Et comme
M. Rothan parut douter du fait, l'inconnu lui résuma très
fidèlement un entretien qui avait eu lieu quelques jours
auparavant entre le diplomate français et son agent,
dans le domicile de ce dernier.

Selon l'inconnu, un secrétaire de l'ambassade de
Russie, caché dans une armoire, avait écouté cet entretien et s'était empressé de mander ce qu'il avait entendu
à son gouvernement. Le délateur avait eu connaissance
de la dépêche.

Sans savoir positivement jusqu'à quel degré cet individu, qui déclarait se nommer Henfelder, méritait
créance, M. Rothan se hâta d'avertir Teschen d'être sur
ses gardes, car Hassenkrug pouvait également dénoncer
ses relations avec l'ambassade de France. Mais déjà il
était trop tard. Hassenkrug avait parlé. Stieber faisait
filer l'ex-lieutenant; et lorsqu'on sut que l'on trouverait
enfin chez lui les preuves de sa culpabilité, on l'arrêta
sous l'accusation de vol de dépêches et de haute trahison.

En même temps, les époux Hauptmann et Henfelder
(l'inconnu qui avait averti M. Rothan) furent mis en
lieu sûr.

Le soir même, M. de Hinkeldey présentait au roi un
rapport sur cette affaire et il recevait l'ordre formel de
faire instruire le procès non pas par voie ordinaire, mais
par la police, en gardant les accusés au secret le plus
rigoureux. L'innocence de Henfelder fut bientôt démontrée. Sollicité par les parents de l'inculpé, M. de Kinkel-
dey signa, pendant un dîner chez le ministre de la justice,
l'ordre de sa mise en liberté. Plus tard, les époux Hauptmann, qui avaient servi d'intermédiaires, bénéficièrent
aussi d'une ordonnance de non-lieu; seul, Teschen passa
en jugement vers la fin de l'année 1856.

Quant à M. Rothan, on sait qu'il a continué sa brillante carrière, interrompue par la chute de l'empire. Il
est devenu depuis un écrivain remarquable dont les
ouvrages pleins de révélations et d'aperçus hardis et
nouveaux contribueront certainement à fixer l'histoire
contemporaine.

Pendant la guerre de Crimée, la police berlinoise eut
des démêlés avec un prétendu agent russe nommé Klind-

morff, que l'on soupçonnait d'être envoyé pour découvrir le secret du fusil à aiguille, dont on parlait déjà tout bas.

La police prussienne s'occupa également beaucoup à la même époque d'une individualité restée énigmatique, malgré toutes les tentatives qu'on fit pour découvrir son identité.

Sous le titre un peu fantastique de prince d'Arménie, ce personnage parvint à s'introduire dans la société berlinoise, grâce à des recommandations émanant de cette même Mᵐᵉ de X... que nous avons vue figurer dans un chapitre précédent.

Cette parente de Napoléon III n'avait pas tardé à se brouiller avec le chef et sa famille pour des raisons qui n'ont jamais été exactement connues, mais où le sentiment, la politique et les questions d'argent entraient à doses différentes. Elle s'était retirée en Savoie, dans une belle propriété qu'elle venait d'acquérir, et où l'on faisait des vers, de la musique, tout en devisant de choses tendres. Le mari existait toujours pour ceux qui le connaissaient, sauf pour sa femme, qui avait toutes les allures libres d'une jeune veuve. Les relations nouées par Mᵐᵉ de X.... avec la diplomatie allemande continuaient, bien qu'elle ne fût plus si bien posée pour fournir sur son cousin des renseignements aussi détaillés et aussi précis qu'à la veille du coup d'État. Elle avait donc qualité pour donner des recommandations et elle ne les marchandait pas quand elle avait affaire à un beau cavalier, d'une mine avenante, dont les traits avaient la correction et la grâce séduisante du type grec le plus accompli et qui se présentait avec le titre quelque peu hypothétique mais ronflant d'Altesse. Malheureusement la police berlinoise se méfiait du bel Oriental protégé par

LES AFFAIRES DES OFFICIERS FURENT ARRANGÉES PAR STIEBER

Mme de X..., et M. de Hinkeldey l'avait particulièrement
en grippe sans que l'on sût pourquoi.

Le pseudo-prince s'était plaint à la police de ce que la
propriétaire de l'appartement garni qu'il occupait ouvrait
toutes ses lettres. La bonne femme, qui agissait en vertu
d'ordres secrets de la police, ne fut nullement inquiétée
En revanche, le prétendu prince fut happé au collet;
mais comme on ne pouvait pas le faire passer en jugement, puisqu'il n'avait commis aucun délit, le directeur
général de la police l'enferma dans une maison de
correction, où les mendiants et les vagabonds étaient détenus par ordre de l'administration. On raconte que le
beau prince d'Arménie avait beaucoup plu à certaines
dames de Berlin, et que parmi celles sur lesquelles il
exerçait la plus grande impression se trouvait une
femme à qui M. de Hinkeldey s'efforçait vainement de
faire agréer ses hommages. L'acharnement que M. de
Hinkeldey mit à poursuivre le malheureux semble démontrer qu'il devait entrer quelque grief personnel dans
cette « fringale » de persécution.

M. de Hinkeldey alla lui-même un jour à la maison de
correction où le prince était détenu, et il le fit amener
devant lui.

Quand il vit arriver le jeune homme, qui portait les
vêtements bourgeois qu'il avait au moment de son arrestation, le directeur de la police entra dans une violente
colère, demandant pourquoi on n'avait pas mis à l'Altesse
le costume de la prison. — Il donna l'ordre de l'en re-
vêtir immédiatement. Pendant tout cet entretien ou
plutôt cet interrogatoire, M. de Hinkeldey se montra
brutal, emporté, grossier, tandis que le prince d'Arménie lui opposa le plus grand calme. Malgré tout son
désir d'être désagréable au jeune homme et en dépit de

13

toutes ses rancunes diverses, il ne put le garder sous les verrous et dut se contenter de l'expulser. L'affaire avait commencé à s'ébruiter et différentes influences s'étaient mises en campagne en faveur du noble jeune homme, à qui l'on s'intéressait beaucoup, non seulement dans les chancelleries, mais encore dans les boudoirs.

Plus tard, la police berlinoise fit tous ses efforts pour percer le mystère que le détenu avait laissé planer sur son origine et sur sa personne; différents rapports furent adressés au successeur de M. de Hinkeldey : tantôt on représentait cet énigmatique personnage comme le bâtard d'un prince oriental, tantôt on l'identifiait avec des escrocs, condamnés par les tribunaux; mais tous ces renseignements se rapportaient à d'autres, et aujourd'hui encore on serait embarrassé de dire si ce fut un prince authentique qui, vers 1855, porta pendant quelques jours le pantalon et le sarrau de toile bise des détenus correctionnels. Une chose est certaine, c'est qu'il était oriental, et peut-être ne s'avance-t-on guère en affirmant qu'il devait-être à peu près chez lui dans le palais du souverain de Cettinje.

Les deux incidents que nous venons de relater eurent des épilogues qui sont rapportés dans les mémoires de Stieber.

M. Rothan avait gardé une forte dent — cela se conçoit — contre l'agent Hassenkrug, qui introduisait les diplomates russes dans les armoires pour surprendre les confidences des diplomates; qui touchait à la fois des subsides des Français et des Russes, et qui faisait incarcérer les meilleurs espions de l'ambassade [1].

---

[1] Parmi les papiers surpris par Teschen et livrés à M. Rothan, se trouvait entre autres une lettre autographe de l'empereur Nicolas, don-

Feignant d'ignorer la double trahison de l'espion,
M. Rothan continua de l'accueillir et de l'employer dans
des circonstances peu importantes, mais qui suffisaient
à confirmer Hassenkrug dans l'idée qu'il pouvait toujours se considérer comme un agent dont la fidélité n'é-
tait pas suspectée.

Au commencement de l'année 1857, M. Rothan, qui
avait son plan, pria Hassenkrug de se charger de quelques commissions pour sa famille à Paris, ne pouvant se
rendre lui-même en France en ce moment. Hassenkrug,
enchanté de faire sans bourse délier une excursion dans
la « Babylone moderne », accepta avec empressement ;
mais à peine eut-il passé la frontière qu'un commissaire
de police lui mit la main au collet et le dirigea sous
bonne escorte à Mazas, où il fut gardé pendant quatorze
mois. On était alors en plein despotisme impérial, on s'in
quiétait médiocrement d'un étranger arbitrairement détenu, surtout s'il n'était pas réclamé par son ambassade
Or, le ministre prussien se serait bien gardé d'intervenir
en faveur de Hassenkrug, dont on redoutait les révélations sur l'espionnage des conservateurs proscrit par
M. de Manteuffel.

En 1859, Hassenkrug fut rendu à la Prusse. On ignore
ce qu'il est devenu.

L'autre épilogue regarde le pseudo-prince monténé-
grin. Stieber assure que M. de Hinkeldey croyait deviner dans ce personnage un agent politique, à cause de
lettres trouvées en sa possession et dans lesquelles il
était question, en termes très sympathiques, de Louis

nant des détails très précis sur l'état des forces russes dans Sébastopol
et indiquant jusqu'à quelle date la forteresse pourrait tenir. On juge
combien ces renseignements étaient précieux pour le gouvernement de
Napoléon III.

Blanc et de Kossuth. Ce fut là une des raisons qui fit si durement traiter le malheureux oriental.

Vingt années plus tard, l'écrivain Gustave Rasch, voyageant dans le Monténégro, visita la prison d'État de Cettinje, car la petite principauté s'est offerte ce luxe. Il fut frappé de la bonne mine et de l'allure distinguée d'un détenu, qui était particulièrement bien traité et dont toute l'occupation consistait à donner des leçons de langues étrangères au personnel de la prison. Ce captif raconta au voyageur prussien qu'il était le « prince d'Arménie », dont l'affaire avait causé tant de bruit à Berlin.

Pourquoi l'ex-prince était-il réduit à la condition de prisonnier d'État? C'est ce que M. Gustave Rasch a négligé de nous apprendre; mais il est probable que, contrairement au cas de Bilboquet dans les *Saltimbanques,* la politique n'était pas étrangère à l'événement.

V

Nous arrivons maintenant à un événement des plus
poignants, qui eut une grande portée politique, et qui,
en précipitant peut-être le dénouement d'une crise, provoqua un changement de front dans les procédés et la
manière oppressive et tracassière de la police prussienne.
Nous voulons parler du duel dans lequel fut tué d'un
coup de pistolet le grand-maître de cette police, le confident de Frédéric-Guillaume, M. de Hinkeldey.

Pour comprendre les origines de cette rencontre, qui
se termina d'une façon si tragique, il est nécessaire que
nous disions encore quelques mots de cette police, qui,
avec MM. de Hinkeldey et Stieber pour chefs, fut l'instrument par excellence de la réaction en Prusse, alors
que l'état de siège et la dictature militaire avaient cessé
depuis longtemps.

Cette police était un véritable Protée ; elle revêtait
toutes les formes, s'affublait de tous les costumes, se
manifestait sous toutes les espèces. Elle se mêlait de ce

qui ne la regardait et de ce qui ne la corcernait pas ; elle était une complice pour ceux qui jouissaient de hautes protections ou à qui était familier l'art de gagner les bonnes grâces de ses séides : par contre, elle inspirait la terreur à tous ceux qui ne réunissaient pas les conditions indiquées. M. Stieber et ses sous-ordres avaient surtout à intervenir dans les contestations entre créanciers et débiteurs. En pareil cas, on arrêtait tout simplement les débiteurs récalcitrants ou les créanciers trop exigeants (selon que l'adversaire de l'un ou de l'autre s'était *entendu* avec l'autorité) et on les gardait sous clefs jusqu'à ce qu'ils se fussent arrangés avec l'autre partie. Il va sans dire que celles des parties pour qui la police s'était mise en campagne ne manquait pas de témoigner sa reconnaissance en espèces sonnantes et trébuchantes. C'était là le casuel attaché aux différentes places ; et franchement, comme tout ce monde de fonctionnaires était assez chichement payé, il ne faut pas s'étonner si ces messieurs battaient monnaie comme ils pouvaient.

L'intervention de la police était surtout fréquente quand il s'agissait de dettes d'officiers. Hâtons-nous de dire que les individus contre lesquels on procédait n'étaient pas bien intéressants. Il s'agissait, la plupart du temps, d'affreux usuriers, de marchands de crocodiles empaillés comptant 100 à 1,000 (oui, mille pour cent!) d'intérêts, et parfois même de véritables escrocs, qui faisaient souscrire des billets, promettaient de les « passer » et ne remettaient rien à leur victime, qui, à l'échéance, était cependant obligée de payer l'effet. Ces oiseaux aux griffes et au bec crochus ne se contentaient pas de billets, ils exigeaient de leurs créanciers un « revers » dans lequel ceux-ci s'engageaient SUR LEUR HONNEUR DE GENTIL-HOMME ET D'OFFICIER à payer à l'échéance l'effet souscrit.

Ce document s'appelait un *Ehrenschein*.

Entre les mains de l'usurier, c'était une arme terrible ; car, si le non-paiement de la valeur souscrite n'exposait le malheureux qu'à des poursuites civiles, la production de l'*Ehrenschein* pouvait le faire chasser ignominieusement de l'armée et le mettre au ban de la société.

Les officiers contractaient beaucoup de dettes ; ils y étaient forcés par l'exiguïté de leur solde, et puis c'était de bon ton. Il y eut de nombreux suicides et des désertions, à un tel point que le roi Frédéric-Guillaume s'en émut.

Il fit appeler Stieber à Potsdam.

— Il faut que vous tiriez mes officiers des griffes de ces juifs, dit-il ; cela devient inquiétant ; informez-vous de tous ceux qui ont des dettes. Saisissez les billets, faites venir l'usurier et offrez-lui le remboursement de l'argent réellement avancé avec les intérêts au denier cinq.

C'était, comme on le voit, le procédé dont use le père Poirier envers les créanciers de son noble gendre, dans la belle comédie d'Augier.

— Et, demanda Stieber, si l'usurier refuse l'arrangement ?

— Alors, il n'aura pas un liard et vous l'enverrez aux cinq cents diables.

Stieber a déclaré plus tard, au cours d'un des procès qui lui furent intentés pour abus de pouvoir lors de l'avènement du ministère libéral, que si le roi lui eût donné l'ordre d'arrêter le premier ministre et ses collègues, il n'aurait pas hésité à exécuter cet ordre, sans se soucier de la Constitution et des lois existantes.

Il n'eut donc pas le moindre scrupule à agir selon les instructions de son royal maître. A partir de ce moment, ce fut dans le bureau du chef de la sûreté que les

affaires d'intérêts de MM. les barons, comtes et autres officiers titrés de la garde furent « arrangées », et aucun de
c es preux ne songea à récuser cette singulière juridiction.

L'usurier était obligé d'en passer absolument par les
conditions que lui imposait son débiteur.

Que pouvait-il faire ? La police commençait par s'emparer du billet ; si le porteur se refusait à le livrer, on le
fourrait en prison ; s'il l'avait remis à un avocat (faisant
fonction d'huissier) pour entamer les poursuites, un
agent de police muni d'un ordre formel se rendait chez
l'homme de loi et s'emparait du titre de la dette. Le débiteur était libre d'indiquer telle somme qui lui convenait, comme lui ayant été réellement remise ; on ne
croyait que sa parole et nullement le dire du créancier :
de cette manière, il arrivait que le chrétien, au lieu d'être
volé par le juif, le volait.

Le roi avait déclaré qu'il payerait sur sa cassette le
montant des traites, revu et considérablement réduit
quand l'officier serait trop pauvre pour acquitter lui-
même la somme. A cet effet, Stieber fut mis en rapport
avec le trésorier de la liste civile, M. Schœnning, qui,
à différentes reprises, lui remit des sommes importantes,
trop importantes même au gré du roi, qui commençait
à trouver que ses officiers avaient le double tort de souscrire trop facilement des billets et d'être trop souvent in-
solvables.

Sa Majesté s'entretenait un jour de l'inconvénient de
cette situation avec M. de Hinkeldey, qui ne voyait pas
de fort bon œil la faveur toujours croissante de son su-
bordonné. Bien que son chef hiérarchique ne l'eût pas
proposé le moins du monde pour cette distinction, Stieber
avait reçu tout récemment l'ordre de l'Aigle Rouge.
M. de Hinkeldey, sachant combien cette affaire des

LES OFFICIERS ORGANISÈRENT UN GRAND CARROUSEL

dettes d'officiers tenait à cœur au roi, s'efforça de se
rendre utile.

— Voyez-vous, sire, fit-il, ce qui perd nos officiers,
c'est le jeu effréné auquel ils se livrent. Les rapports
de mes agents me signalent tous les jours l'ouverture de
nouveaux tripots, où de petites fortunes sont aventurées
sur une carte.

Le roi, qui, depuis quelque temps et surtout depuis
l'affaire des dépêches Teschen, donnait des signes
d'une irascibilité nerveuse extraordinaire, se tradui-
sant par de véritables accès de fureur, frappa un
grand coup de poing sur le guéridon de marbre devant
lequel il était assis :

— Pourquoi tolérez-vous ces tripots ?... Parbleu ! ces
messieurs trouvent cela très joli et très commode; ils
perdent, ils s'en vont faire des billets, et, à l'échéance,
c'est la cassette royale qui paye. Eh bien ! non, il faut
que cela finisse, je ne comprends pas que vous n'ayez
pas encore agi.

— Mais, sire, objecta M. de Hinkeldey, c'est que les
hôtes de ces tripots ne sont pas les premiers venus ; il y
a parmi eux de grands noms, même des membres de la
Chambre des Seigneurs.

— Qui, par exemple ?

— M. de Rochow, sire.

— Oui, il a toujours eu des goûts dissipateurs, celui-
là. Où se réunissent ces messieurs ?

— A l'hôtel du Nord, où ils ont créé un « Jockey-
Club ».

— Eh bien ! monsieur de Hinkeldey, j'entends que
dans les quarante-huit heures le Jockey-Club soit fermé
et les scellés apposés sur les locaux où l'on joue ; c'est
dit, n'est-ce pas ?

14

M. de Hinkeldey s'inclina profondément et sortit, ne pouvant réprimer sur ses lèvres un sourire de satisfaction et de triomphe.

Une vieille inimitié existait entre M. de Hinkeldey et ce comte de Rochow, issu d'une des plus nobles familles de l'ancienne Prusse. Cette aristocratie considérait toutes les charges de l'Etat comme autant de fiefs qui lui revenaient de droit. Lorsqu'un étranger de petite extraction arrivait à une position importante, ces messieurs le regardaient comme un aventurier et ne lui marchandaient pas leur opinion. A plusieurs reprises, de petits conflits, des froissements avaient eu lieu entre le directeur de la police et le jeune comte ; M. de Hinkeldey était donc enchanté de pouvoir lui faire sentir son autorité.

Un soir de juillet 1855, pendant que la partie chauffait dans les salons du Jockey-Club, une expédition s'organisait à l'hôtel de la direction générale de police. Un commissaire recevait les dernières instructions du chef, tandis que quatre agents et une douzaine de gendarmes étaient réunis dans une grande salle voûtée, prêts à partir au premier signal.

A minuit la colonne s'ébranla. Agents et gendarmes rasèrent les maisons comme des larrons méditant un mauvais coup. Toutes les boutiques étaient hermétiquement closes, les bons bourgeois de la capitale dormaient du sommeil du juste, leurs appartements étaient plongés dans l'obscurité la plus profonde. De loin en loin un rayon de lumière filtrait au ras du sol, par les soupiraux d'une de ces caves-restaurants qui, moyennant certains arrangements, avaient le droit de débiter de la bière blanche et du kummel pendant toute la nuit.

Au milieu de la ville noire et silencieuse, le premier

étage de « l'hôtel du Nord » resplendissait de lumières ;
quelques fenêtres toutes grandes ouvertes laissaient pénétrer dans les salons l'air tiède de cette belle nuit d'été.
Les membres du Jockey-Club, croyant n'avoir de
comptes à rendre à personne, ne se cachaient pas.

En se dressant sur la pointe des pieds, de l'autre côté
du trottoir, le passant pouvait parfaitement suivre les
péripéties des différentes parties engagées autour de
trois tables.

On jouait gros jeu pour l'époque et pour les habitudes
modestes de l'ancien Berlin. L'or était réuni en tas,
les rouleaux de thalers et de doubles thalers s'alignaient
à l'infini et les billets de caisse s'amoncelaient en paquets
d'une respectable épaisseur. Le comte de Rochow tenait la banque ; c'était un bel homme, très grand, très
sec et très distingué dans son maintien, un gentilhomme
de race. Les autres joueurs appartenaient tous à l'aristocratie, ils étaient également officiers de l'armée active
ou de la landwehr.

— Messieurs, il y a deux cents frédérics en banque,
dit M. de Rochow ; qui est-ce qui les tient ?

— Moi ! moi ! répondirent de plusieurs côtés de jeunes
seigneurs ; et en moins d'une minute le tableau fut couvert de nouveaux rouleaux de monnaie et de liasses
fraîches de bank-notes.

— J'abats neuf, fit le banquier ; — à vous le sort,
ajouta-t-il en poussant le paquet de cartes vers un des
« pontes ».

Mais au moment où celui-ci voulut « donner », l'attention des joueurs fut attirée par un carillon énergique
suivi du bruit d'une assez vive discussion.

Quelques-uns des partenaires quittèrent les tables et
coururent aux fenêtres pour voir ce qui se passait.

Ils aperçurent le portier de l'hôtel se querellant avec plusieurs individus qui voulaient pénétrer dans l'intérieur de la maison malgré la résistance du concierge.

A quelque distance, on voyait briller les casques des gendarmes.

— Mais c'est la police, firent quelques jeunes gens, que peut-elle bien nous vouloir ?

— Je vais le savoir, dit M. de Rochow en se levant de son siège.

Quelques instants après, suivi de la plupart des joueurs, il intervenait dans le colloque très animé entre le portier de l'hôtel et le commissaire, qui, un ordre à la main, demandait impérieusement qu'on lui livrât passage ainsi qu'à ses gens :

M. de Rochow protesta très vivement.

— Nous sommes chez nous, nous ne sommes pas des escrocs, nous jouons entre nous, personne n'a rien à y voir.

— J'ai reçu mes ordres, monsieur le comte, répondit le commissaire, imperturbable ; je suis obligé d'obéir.

M. de Rochow prit le papier et l'examina à la lueur des becs de gaz :

— Ah ! c'est M. de Hinkeldey, dit-il, qui vous a donné cet ordre, je le reconnais bien là ; eh bien, j'en ferai mon affaire, vous pouvez le lui dire : il se conduit avec nous comme le dernier des cuistres !

Le commissaire avait profité de ce que la porte était entrebâillée pour se glisser dans le vestibule de l'hôtel ; sur un signe, les agents l'avaient suivi.

Mais les joueurs n'étaient pas d'humeur à se laisser troubler, à peine arrivés dans le salon de jeu, le commissaire et son monde se virent entourés de tous les côtés et sérieusement menacés. Un hobereau meklembourgeois taillé en hercule avait saisi un des policiers par la peau du cou et se disposait tout tranquillement à le jeter par la fenêtre. Le commissaire avait reçu un formidable coup de poing, quand, sur un appel, les gendarmes accoururent, bousculant le malencontreux concierge, qui cherchait toujours à s'opposer à cette invasion. La vue des uniformes refroidit beaucoup l'ardeur des gentilshommes, à qui la livrée du roi inspirait instinctivement un certain respect. Ils laissèrent saisir les enjeux, mettre les scellés et ils sortirent ensuite jusque sur le trottoir de *Unter den Linden*, où ils passèrent une bonne partie de la nuit, déblatérant à plein gosier contre la police et, en particulier, contre M. de Hinkeldey.

Le lendemain M. le comte de Rochow envoyait des témoins au directeur général. M. de Hinkeldey reçut très brutalement les envoyés et se retrancha derrière les obligations professionnelles, d'autant plus impérieuses dans ce cas, qu'il agissait d'après les ordres du roi. M. de Rochow écrivit alors une lettre au directeur général de la police, dans laquelle il le traitait de lâche et lui exprimait tout son mépris. M. de Hinkeldey jugea bon de ne pas y répondre. Seulement, le soir même, il mettait ce papier sous les yeux du roi.

— Promettez-moi de ne pas vous battre, lui dit Frédéric-Guillaume. C'est en vertu de mes prescriptions formelles que vous avez agi ; s'il vous arrivait un malheur, c'est sur moi qu'il retomberait.

A la suite de cet incident, la faveur du directeur général de la police ne fit que croître ; il était certainement le personnage le mieux vu de Sa Majesté ; il faisait la pluie et le beau temps à Sans-Souci, où Frédéric-Guillaume s'était décidément fixé.

Vers le milieu du mois de mars **1856**, les officiers de

cavalerie de la landwehr du Brandebourg organisèrent
un grand carrousel, qui eut lieu dans le manége des
gardes du corps.

Les meilleurs cavaliers du royaume, costumés en chevaliers du moyen âge, armés de toutes pièces, montant
de superbes chevaux empanachés et caparaçonnés
comme à Bouvines et à Azincourt, suivis de leurs
écuyers portant leurs épées et leurs boucliers, devaient
exécuter les plus brillantes passes d'armes en présence
des nobles dames et demoiselles magnifiquement parées
et mollement renversées dans des fauteuils aux dossiers
armoriés, dans des tribunes drapées de brocart et d'étoffes
richement brodées. La cour tout entière, les hauts dignitaires de l'armée, les grands fonctionnaires, les ambassadeurs avaient été invités; — seul, soit effet du hasard,
soit à dessein, le directeur général de la police n'avait
pas reçu de carton historié et enluminé, couvert d'ara-
besques au milieu desquelles se détachaient des lettres
gothiques portant que M. X... était prié d'honorer de
sa présence la fête dont tout le *high-life* s'entretenait.
Déjà la société la plus aristocratique, la plus exclusive
qu'un d'Hozier eût pu rêver, était rassemblée dans les
loges et sur les gradins; des hérauts, dont le costume
emprunté au Musée était d'une authenticité rigoureuse
et dont le pourpoint portait par devant et par derrière
l'aigle de Prusse aux ailes déployées, avaient sonné
une fanfare retentissante pour saluer l'entrée de la
famille royale; on n'attendait plus que l'ordre de Sa
Majesté pour commencer les exercices, quand la portière
du fond, qui fermait l'entrée du manége, se souleva, et
M. de Hinkeldey, en grand uniforme, avec toutes ses
décorations, parut, donnant le bras à une jeune dame
d'une beauté extraordinaire.

C'était la comtesse R..., celle-là même auprès de qui le malheureux pseudo-prince d'Arménie avait montré tant d'assiduité, une Autrichienne de race roturière, qui avait épousé, Dieu sait grâce à quels sortilèges, un général de S. M. Impériale dont elle portait très allègrement le deuil. M. de Hinkeldey, connu comme un soupirant malheureux auprès de la superbe Viennoise, était rayonnant. A l'entrée de l'arène, le couple s'arrêta quelques instants ; le directeur général de la police sembla chercher du regard un fauteuil disponible pour sa compagne. Il allait s'avancer, quand un jeune homme en uniforme de dragon bleu, portant au bras le brassard blanc et noir auquel on reconnaissait les commissaires de la fête, lui barra le passage. M. de Hinkeldey, malgré son assurance, pâlit en reconnaissant ce commissaire : c'était M. de Rochow. Celui-ci s'inclina profondément devant la dame, et d'un ton froidement poli :

— Veuillez me montrer votre invitation, monsieur, dit-il au directeur général.

M. de Hinkeldey sentit le sang lui monter au visage. Il devint rouge cramoisi.

— Je n'en ai pas, monsieur, fit-il, en cherchant à se contenir ; mais je suis le directeur général de la police, ajouta-t-il, et comme tel j'ai le droit d'entrer partout où se trouve Sa Majesté.

— Pardon, monsieur, répondit M. de Rochow avec hauteur ; ici le roi est l'hôte de ses officiers, il est en parfaite sûreté au milieu de nous et nous n'avons pas besoin de la police pour le garder. Si vous n'avez pas d'invitation, veuillez vous retirer pour éviter un éclat... Quant à madame la comtesse, fit le gentilhomme avec une exquise politesse, si elle veut me faire l'honneur d'accepter mon bras, je la conduirai au fauteuil qui lui est réservé.

Mme de R..., sans se soucier de son cavalier, remercia M. de Rochow d'une gracieuse inclinaison de la tête; elle prit le bras que l'officier lui offrait, et tous deux s'éloignèrent.

Ce petit colloque avait attiré l'attention de quelques spectateurs; la honte, la confusion et la colère du directeur général en furent augmentées. « Ah! je le tuerai! je le tuerai! » fit-il en quittant le manége.

— Où faut-il conduire Votre Excellence? demanda le valet de pied.

— Chez le général Münchhausen, répondit M. de Hinkeldey en montant dans sa voiture, dont il ferma la portière avec tant de violence que les vitres volèrent en éclats.

Le général Münchhausen, aide de camp du roi, était le seul qui, dans tout l'entourage de Frédéric-Guillaume, vît sans jalousie et sans amertume l'élévation de M. de Hinkeldey. Les deux hommes s'étaient liés d'une amitié solide. En cette circonstance délicate, la première pensée de M. de Hinkeldey fut d'aller demander conseil à son ami.

Après avoir écouté le récit du chef de la sûreté :

— Cette fois, dit le général, il est difficile, sinon impossible, d'éviter une rencontre. L'offense a été publique, il faut une réparation publique.

— Aussi, dit M. de Hinkeldey, suis-je bien résolu à me battre; vous serez mon second [1].

— Je ne puis vous refuser ce service, mon ami... Espérons en Dieu et prions-le de se prononcer pour vous, car vous êtes dans votre bon droit. Vous savez que M. de Rochow est une des plus fines lames de l'armée;

[1] Dans les duels allemands, un seul témoin, un « second », est regardé comme suffisant.

SON ADVERSAIRE GISAIT SUR LA NEIGE

pour que les chances soient plus égales, nous choisirons
le pistolet.

— Je m'en remets complètement à vous; épée ou pistolet, quelle que soit l'arme qu'on me mettra entre les
mains, je saurai la manier, et malheur au misérable qui
m'a humilié devant *elle !*

Le général parut réfléchir quelques instants, puis sai-
sissant les deux mains de Hinkeldey :

— Oh, mon ami ! fit-il d'un ton de prédicateur, souvenez-vous que nous sommes tous dans la main de
Dieu, souvenez-vous aussi des devoirs que vous avez à
remplir envers votre maître et des éventualités qu'il
faut prévoir, même si elles ne devaient pas se réaliser,
comme je l'espère bien.

— Vous avez raison, général, dit froidement le directeur de la police, et pour vous prouver qu'il n'y a pas
besoin de me rappeler au sentiment du devoir, je vous
remets dès à présent cette clef. Elle ouvre une petite
cassette de fer scellée dans l'intérieur du mur de mon
cabinet de travail. Le panneau qui la cache est masqué
par le portrait du roi, au-dessus de mon secrétaire. Il
suffit de presser légèrement un clou doré dans la partie
inférieure du cadre pour faire jouer un ressort et ouvrir
le panneau. Dans cette cassette se trouvent rangés, par
ordre de date et soigneusement classés, tous les papiers
secrets de la police, et notamment les lettres que notre
maître m'a fait la grâce de m'adresser. S'il m'arrive
malheur, vous remettrez cette clef à Sa Majesté ; nul ne
doit toucher à ces archives secrètes avant lui !

M. de Münchhausen prit d'un air solennel la petite
clef en fer forgé :

— Je suis sûr, dit-il, que demain, à la même heure,
je vous aurai rendu cette clef, mais ce que vous faites là

est d'un noble et digne serviteur de la royauté ! Dans
deux heures, M. de Rochow aura reçu votre cartel, et ce
soir je m'aboucherai avec son second. Irez-vous au dîner
donné au palais en l'honneur de l'ambassadeur de Suède ?

— Sans doute, le maître ne doit pas avoir le moindre
soupçon ; vous savez avec quelle insistance il m'a défendu
de me battre.

— Eh bien ! après le repas, nous aurons occasion de
nous rencontrer pendant quelques instants dans une
embrasure de fenêtre, ou dans quelque coin, — je vous
communiquerai ce qui aura été décidé.

Une neige épaisse était tombée vers le soir, après le
carrousel. De ses longues nappes blanches, étendues sans
pli, elle couvrait la grande avenue conduisant de la gare
de Potsdam au château de Frédéric le Grand. Il avait
suffi de quelques heures pour changer en un paysage
sibérien, en une froide plaine glacée, les plus beaux
gazons de ce parc servilement copié sur celui de Versailles. Les arbres, mélancoliquement alignés, laissaient
pendre leurs branches, auxquelles étaient accrochées
des draperies de neige. Çà et là se dressait une statue
de déesse ou d'Amour dont la nudité frissonnante était
à demi voilée par un manteau d'hermine. Les voitures
avançaient péniblement, soulevant avec leurs roues de
gros paquets de neige qui retombaient en s'effritant. Le
cou tendu, les naseaux fumants, les chevaux marchaient
avec lenteur et sans bruit, comme sur de la ouate.

Les calèches des invités au dîner de la cour pénétraient
dans le parc par la grande grille ; puis, tournant pour
gagner le perron, elles s'arrêtaient devant le vestibule
du rez-de-chaussée, qui précédait la salle à manger où
était dressé le couvert de trente-deux personnes. Les
hôtes étaient tous des ambassadeurs ou des généraux ; le

ministre de Manteuffel et M. de Hinkeldey étaient les
seuls hauts fonctionnaires civils admis ce jour-là à la
table royale. Quand M. de Hinkeldey, l'air hautain,
revêtu de son grand uniforme, la poitrine constellée de
décorations, pénétra dans le salon, des propos rapides
et des clignements d'yeux s'échangèrent autour de lui;
il surprit au milieu des chuchotements les mots de « carrousel », « comtesse de R... »; évidemment son aventure ou sa mésaventure était connue et donnait lieu à
des commentaires indiscrets ou malveillants.

Le roi, depuis deux jours assez souffrant, fit un effort
pour se lever du fauteuil dans lequel il était assis, et
allant au-devant de M. de Hinkeldey, il lui tendit la
main. Aussitôt les conversations à demi-voix cessèrent.

L'heure du dîner ayant sonné, Frédéric-Guillaume
offrit le bras à la reine et se dirigea vers la salle à manger.

L'ambassadrice de Suède, — le dîner était donné en
l'honneur de son mari, — s'assit à la gauche du roi,
tandis que l'ambassadeur prit place à côté de la reine.
Le repas eut lieu selon l'étiquette : des valets gigantesques revêtus d'une livrée chamois ornée de broderies,
de tresses et d'aiguillettes, passaient silencieusement
les plats, emplissaient les verres, tandis que les convives
échangeaient quelques mots sans élever la voix. Selon
son habitude, le roi mangea peu, mais but beaucoup. Du
sherry, servi après le potage, il passa au vin de Champagne, et, après chaque rasade, son humeur devenait
moins officielle et plus expansive.

Quand on fut passé dans le salon, le roi aborda de
nouveau M. de Hinkeldey et lui demanda pourquoi il
n'avait pas été au tournoi. — « Affaire de service, n'est-
ce pas ! » dit Sa Majesté.

Le chef de la police s'inclina silencieusement.

Le roi parla de la petite fête, loua fort l'habileté déployée par plusieurs écuyers pendant les différents exercices. « On reconnaît bien à première vue, ajouta-t-il, ceux qui, dans leur précédente vie, ont déjà été des hommes d'armes, et qui, au moyen âge, se sont mesurés dans de vrais tournois ou dans des jugements de Dieu.

« Vous riez, messieurs, fit Frédéric-Guillaume en apercevant quelques sourires discrets sur des lèvres de diplomates, tandis que les invités qui ne venaient pas fréquemment à la cour se regardaient d'un air étonné, mais je vous assure que je ne plaisante pas, je crois fermement à une existence antérieure, à une continuité de l'être ou de l'âme sous une forme physique différente... La métempsycose n'a rien d'absurde... Et c'est peut-être un des privilèges royaux de pouvoir se souvenir de ce qu'on a fait et de ce qu'on a été... Ainsi moi, par exemple, je me rappelle très bien avoir vécu dans une petite cour d'Italie, en 1756... Quel beau palais ! quels jardins superbes ! Et quelle musique, mesdames ! Et quelles adorables princesses, messieurs ! Il me semble y être encore. Le duc passait des journées entières à la chasse. De temps en temps, on rencontrait un paysan, et Son Altesse, selon son humeur, lui jetait une bourse remplie de sequins ou le faisait pendre aux branches de l'arbre le plus proche... Le duc ne pouvait se passer de moi, je ne le quittais pas d'une semelle... Il m'aimait beaucoup, car je l'amusais, j'étais son bouffon... »

Les courtisans les plus habitués aux divagations du maître échangeaient maintenant des regards inquiets.

— Que dites-vous de cela, monsieur de Humboldt ? demanda brusquement le roi.

L'illustre savant répondit d'une voix grave et avec beaucoup de sang-froid :

— Je crois, sire, que vous venez de lire le dernier ouvrage du professeur Gaunesar sur la métempsycose, et que cette lecture a frappé votre belle et vive imagination au point de lui ouvrir les mêmes horizons qu'à un pauvre diable de poète. Comme vous avez une prédilection pour l'Italie, le cadre s'est trouvé tout naturellement...

— Alors vous croyez que j'invente ou que je vous conte des histoires pour me moquer de vous?...

— Non, sire, non ; mais...

Et le bon savant se mit à expliquer l'effet de certaines lectures sur les organisations d'élite « comme celle du roi ». Son discours, qui dura une demi-heure, eut le don de faire revenir Sa Majesté à elle. M. de Humbolt fut écouté avec la plus profonde attention par toute l'assistance.

Seul, le général de Gerlach, selon son habitude, s'était installé dans un fauteuil ; il avait écouté d'abord le roi causant avec M. de Hinkeldey, mais peu à peu la fatigue et une digestion laborieuse eurent raison du conseiller intime du souverain. Il ferma les yeux et ne bougea plus ; en revanche, des sons gutturaux très significatifs s'échappaient de ses narines.

Quand l'éloquent Humbolt jugea enfin à propos de s'arrêter, cette petite musique nocturne emplit seule le salon.

Alors le roi, frappant sur l'épaule de son aide de camp :

— Voyons, Gerlach, lui dit-il, dormez si vous voulez, mais ne ronflez pas si fort [1] !

Le lendemain matin, à sept heures, la voiture du général de Münchhausen s'arrêtait devant l'hôtel de la police. Le général n'était pas seul. Un homme correctement

---

[1] Historique.

vêtu de noir, coiffé d'un petit chapeau à larges bords, comme en portaient les *quakers,* l'accompagnait. Les deux hommes montèrent lentement un petit escalier étroit qui conduisait directement, sans passer par les bureaux, dans le logement du chef de la sûreté. Au second étage, ils s'arrêtèrent. M. de Münchhausen frappa discrètement trois coups.

Un vieux domestique vêtu d'une livrée noire introduisit le général et son compagnon dans la chambre à coucher de M. de Hinkeldey. Le lit, au fond de la pièce, n'était pas défait, des monceaux de cendres, des débris de papiers à demi-consumés montraient à quelle occupation le directeur de la police avait consacré une partie de la nuit.

— Je suis prêt, fit M. de Hinkeldey en se levant.

Ce fut alors seulement qu'il aperçut le compagnon de M. de Münchhausen.

— Oh! monsieur le pasteur, vous êtes venu aussi; j'espère que vous n'aurez pas besoin de m'assister à l'article de la mort, mais néanmoins je vous remercie, ajouta-t-il avec un sourire.

Le pasteur Richter, de la secte des *Herrenhüter*[1], qui luttaient alors d'influence avec les piétistes, prit un air inspiré :

— Mon fils, je ne suis pas venu pour vous assister pendant le combat, je suis venu pour vous rappeler que le Seigneur défend de verser le sang... N'acceptez pas cette rencontre; au nom de Dieu, n'y allez pas!...

— Au point où en sont les choses, c'est impossible. Qu'en dites-vous, Münchhausen? fit M. de Hinkeldey, fort surpris.

---

[1] Anabaptistes.

Le général parut méditer quelques instants :

— Moi aussi, j'ai cru d'abord qu'il ne vous était plus
possible de reculer, et la demande de notre savant et
vénérable ami m'avait paru inadmissible. Mais j'ai réfléchi à votre position, et surtout à la promesse que vous
avez faite au roi de ne pas vous battre. Cette promesse est
une promesse sacrée. Vous avez été en butte à l'inimitié
de votre adversaire parceque vous avez agi selon les ordres
de votre maître ; il s'agit de service officiel et non d'affaire
personnelle ; par conséquent, restez chez vous, votre
honneur est hors de cause, votre conscience vous ab-
soudra.

— Et puis, Dieu vous approuvera ! fit le pasteur avec
componction, en joignant les mains. Que vous importe le
monde ?

Mais le directeur général de la police, déjà chancelant
et décidé peut-être à céder, car il n'était pas d'un tem-
pérament ferrailleur, vit surgir devant lui la figure
charmante et railleuse à la fois de la comtesse de R..
Il se rappela le coup d'œil qu'elle lui avait jeté lorsqu'elle
s'éloignait au bras du comte de Rochow ; M. de Hinkeldey se dit qu'il n'oserait jamais reparaître devant elle,
s'il ne lavait dans le sang l'affront qu'il avait subi en sa
présence.

Brusquement, comme pour rendre inutile toute nouvelle discussion.

— Partons, partons, messieurs, s'écria-t-il.

Et il sortit le premier.

La voiture fut rapidement hors de Berlin. Elle prit la
direction de la petite ville de Charlottenbourg, qui est
rattachée aujourd'hui à la capitale par une suite non interrompue de constructions, mais qui, alors, était une
localité distincte, habitée par des rentiers et des petits

fonctionnaires, attirés là par le bon marché relatif des loyers.

Rendez-vous avait été pris dans un champ situé au delà de Charlottenbourg, et appelé la *Hasenheide* [1].

La voiture s'arrêta sur la grand'route.

M. de Hinkeldey, le général et le pasteur suivirent pendant quelque temps la chaussée durcie par la gelée ; puis ils coupèrent à travers champs, dans la direction d'un petit bouquet de bois. La neige tombée la veille s'était solidifiée, elle brillait de mille paillettes et craquait comme du verre sous leurs pas. Après cinq minutes de marche, ces messieurs aperçurent le comte de Rochow qui les attendait en fumant son cigare. Il était accompagné d'un parent qui devait lui servir de second.

Les adversaires se saluèrent avec froideur. Les seconds tirèrent les pistolets au sort, puis placèrent M. de Hinkeldey et M. de Rochow l'un en face de l'autre, à cinquante pas.

Au signal donné, les deux coups partirent en même temps.

Mais quand la fumée fut dissipée, on ne vit plus que M. de Rochow debout.

Son adversaire gisait sur la neige, comme une masse inerte ; un flot de sang sortait de sa bouche.

Le pasteur et le général s'élancèrent vers M. de Hinkeldey. Ils ne relevèrent qu'un cadavre. Le cœur avait cessé de battre. La mort avait été instantanée.

Tandis que M. de Rochow et son second s'éloignaient tranquillement et regagnaient l'équipage qui les avait amenés, le général Münchhausen contemplait le corps inanimé de son ami avec toute l'attention, tout le recueil-

---

[1] La Bruyère aux lièvres.

LE ROI AVAIT A SA DROITE UN GÉNÉRAL FRANÇAIS

lement qu'il convenait de consacrer non seulement à un homme mort, mais à un système politique qui s'écroulait.

Le pasteur s'était agenouillé et priait.

Dans la soirée, la nouvelle de la catastrophe se répandit dans la ville. On l'accueillit avec des sentiments très divers. Certes M. de Hinkeldey était détesté de la plus grande partie de la population ; ses procédés terroristes, ses mesures arbitraires, qui pesaient lourdement sur chacun, ne lui avaient pas créé des amis. Il semblait que l'on était plus à l'aise, qu'on respirait, depuis que le fatal coup de pistolet avait retenti dans la plaine de la « Hasenheide ». Pourtant il n'y eut aucune explosion de joie, aucune démonstration malséante ; au contraire, on vit avec surprise le vent de la faveur populaire changer de direction. Maintenant que le policier était mort, on se prononçait en sa faveur et contre son meurtrier. La *Gazette nationale*, organe des libéraux, écrivait que M. de Hinkeldey n'avait pas un ennemi dans le peuple.

Si, en réalité, M. de Hinkeldey n'était guère aimé par les Berlinois, on détestait et l'on redoutait bien davantage le parti petit mais puissant auquel appartenait son adversaire, le « parti féodal », le clan des hobereaux, pour qui, selon l'expression du prince de Windischgraetz, « tous les hommes qui n'étaient pas pour le moins barons ne comptaient pas ». Tout récemment, M. de Hinkeldey avait été violemment pris à partie par l'organe féodal par excellence, la *Gazette de la Croix*, et le public, qui avait suivi cette polémique avec beaucoup d'intérêt, croyait que le duel était une suite toute naturelle de ces attaques, et puisque le représentant des féodaux était sorti vainqueur de la lutte, son parti ne devait pas tarder à recueillir les fruits de sa victoire. Or, réaction pour réaction, on préférait encore aux traditions des *Junker*,

16

qui amèneraient l'ancien régime, le système bureaucra-
tique et pseudoconstitutionnel auquel se rattachait le
chef de la police.

Quand on sut que de M. Hinkeldey, qui n'avait pour
toutes ressources que les appointements de sa place, laissait sa famille dans une situation financière fâcheuse une
souscription s'ouvrit immédiatement à la Bourse ; en quelques heures elle produisit plus de cinquante mille francs.

Quelle animation offrait alors la Bourse de Berlin !
Une foule fiévreuse s'agitait à l'intérieur et autour de
l'édifice, un public affolé se ruait à l'assaut de la spéculation et de la richesse. L'agiotage avait mis toutes les
têtes à l'envers. En quelques heures, comme par enchantement, surgissaient des centaines de maisons de banque
et de sociétés par actions qui étaient autant de prétexte
de hausse et d'émissions nouvelles. Quand les faiseurs
demandaient cinq millions, on leur en apportait dix,
vingt, trente ; les fortunes les plus fantastiques s'édifiaient
en un jour... et s'écroulaient le lendemain, entre l'aurore
et le crépuscule. Et tandis que les nobles de vieille race
qui n'avaient pas pris part à la danse hébraïque autour
du Veau d'Or, étaient relégués au troisième plan et
faisaient triste figure, les banquiers et les spéculateurs
tenaient le haut du pavé, éblouissaient tout le monde par
le luxe de leurs équipages et de leurs maîtresses.

Cinquante mille francs pour les tripoteurs berlinois de
1856, c'était une goutte d'eau échappée de la coupe pleine !

Lorsque, vers midi, le général Münchhausen se présenta à Sans-Souci pour porter au roi la triste nouvelle,
il trouva Sa Majesté en proie à la plus vive impatience.

Frédéric-Guillaume avait fait demander M. de Hinkeldey à plusieurs reprises, par le télégraphe d'abord,
puis par un aide de camp ; mais le grand maître de police

n'était pas encore venu. Le roi, très contrarié de ce retard, était de fort mauvaise humeur. En dépit de toutes les précautions qu'on avait prises, le vol des dépêches s'était ébruité, et les journaux anglais le relataient tout au long avec des commentaires d'une extrême malveillance [1]. Frédéric-Guillaume voulait absolument connaître l'auteur de ces nouvelles indiscrétions. M. de Hinkeldey seul était capable de le découvrir.

Le général Münchhausen ne savait par quel bout commencer pour annoncer au roi la mort de son chef de police.

S'inclinant profondément, il présenta à Sa Majesté la lettre que M. de Hinkeldey lui avait remise la veille. Dans cette lettre, l'adversaire de M. de Rochow demandait pardon à son souverain de manquer à sa promesse et d'enfreindre la loi en allant sur le terrain. Il priait Sa Majesté d'accepter sa démission.

Le roi n'acheva pas la lecture de cette lettre; d'un geste d'impatience il la jeta sur la table :

— Je n'ai que faire de sa démission, s'écria-t-il. J'ai besoin de le voir, je veux le voir, je l'ai attendu toute la matinée... Le duel s'est-il bien passé, au moins?... Dites-lui qu'il vienne me le raconter...

— Sire, balbutia le général...

Le roi remarqua l'extrême pâleur de son adjudant :

— Eh bien! fit-il, que s'est-il passé?... A-t-il tué son adversaire? Ce serait grave!... Non... C'est Hinkeldey qui a été blessé?... Dites vite, que j'aille le voir... Répondez donc !

---

[1] Voir un curieux article du *Times*, du mois de mars 1856, signalant avec indignation la conduite d'un ministre prussien faisant espionner et surveiller les gens de l'entourage du roi. « Jamais chose pareille ne s'est vue et ne se verrait en Angleterre, » ajoutait le *Times*.

— Hélas! sire, c'est trop tard... Hinkeldey n'est plus!
Le roi fut comme anéanti.

Une pâleur mortelle se répandit sur ses traits; il resta
un moment sans pouvoir articuler une parole.

— Mort!... tué! dit-il enfin d'une voix sourde, comme
se parlant à lui-même... Tué à cause de moi! C'est sur
mon ordre qu'il a fait une descente dans leur tripot...
On l'a insulté, on l'a provoqué... il a dû se battre à cause
de moi!... Je l'ai poussé dans la tombe... Dieu me par-
donnera-t-il?

A l'abattement profond, accablant, dans lequel était
tombé Sa Majesté, succéda un de ces accès de violente
colère qui, par leur fréquence, donnaient déjà de sérieuses inquiétudes aux médecins de Frédéric-Guillaume.

— Ah! c'est vous, général, s'écria-t-il, qui lui avez
servi de second! Eh bien! je vous destitue de vos fonctions,
je vous chasse, je vous bannis... Je ne veux plus vous
voir... Vous entendez?

— Mais sire, essaya de répliquer M. de Münchhausen...

— Laissez-moi, ne me parlez pas, je vous déteste, vous
me faites horreur... Sortez, je vous chasse!

Une contraction nerveuse donnait à la figure du roi un
aspect effrayant. Il y avait aussi dans son regard une
fixité étrange. M. de Münchhausen eut peur et sortit. Il
courut, chez le premier médecin de Sa Majesté, l'avertir
que son auguste maître aurait très probablement besoin
de ses soins. Puis il partit le soir même pour la campagne.

Sa disgrâce ne fut pas longue.

Quelques jours après, il était rappelé et il reprenait ses
fonctions au palais.

M. de Rochow s'était présenté dès la première heure

chez le juge d'instruction, et, sur l'ordre de ce magistrat, il avait dû se constituer prisonnier. Mais vingt-quatre heures ne s'étaient pas écoulées que le jeune gentilhomme était réclamé par l'autorité militaire.

Aux yeux de la *Commandature*, le duel n'était pas un délit entraînant une détention préventive, et comme l'adversaire de M. de Hinkeldey était officier de la réserve, il fut mis en liberté.

M. de Rochow put reprendre son siège à la Chambre haute. La veille, le président de cette assemblée, le prince de Hohenlohe, avait exprimé en ces termes la sympathie qu'il éprouvait pour M. de Rochow :

« Un de nos collègues, placé entre la loi du pays et les exigences de l'honneur, a obéi à celles-ci, ce qui l'a empêché de se trouver au milieu de nous. »

L'enterrement de M. de Hinkeldey eut lieu le 17 mars.

Le roi voulut accompagner jusqu'au cimetière celui qui avait été son fidèle serviteur.

Malgré les bruits alarmants mis en circulation, malgré la menace d'un projet d'attentat contre sa personne, Frédéric-Guillaume ne recula pas. Ses conseillers eurent beau le supplier de ne pas se montrer en public, la reine elle-même se jeta à ses genoux pour le dissuader de sortir, il resta inébranlable. Auteur moral et involontaire du duel entre Hinkeldey et M. de Rochow, il devait, disait-il cette dernière marque d'attachement et de reconnaissance à un collaborateur dévoué.

Stieber, qui avait remis à Sa Majesté la cassette de fer renfermant les papiers du défunt, avait du reste garanti sur sa tète que le roi ne courait aucun risque.

Tout se passa en effet le plus correctement du monde.

Le carrosse du roi venait immédiatement après le

char funèbre, et pendant le long trajet de la maison mortuaire au cimetière, on vit plus d'une fois Sa Majesté essuyer ses larmes.

Une foule immense et respectueusement silencieuse s'était massée sur le passage du cortège.

Rentré au palais, Frédéric-Guillaume fut pris d'une syncope. Et à partir de ce jour, sa santé déclina rapidement, certaines perturbations cérébrales se produisirent qui inquiétèrent vivement ses médecins. C'étaient des troubles accidentels ou fébriles de la raison, des hallucinations qui l'obsédaient dès qu'il était couché. A ses côtés, il voyait le cadavre de son ami Hinkeldey, remuant les yeux et le regardant d'un air de reproche. C'est en vain qu'il cachait sa tête dans ses mains ou sous les draps, la funèbre vision était toujours là, devant lui. Son caractère changeait. Il interprétait tout en mal. Le cours de ses pensées semblait se ralentir, s'épuiser. Il répétait les mêmes mots ; il y avait des arrêts dans ses paroles ; et son écriture était devenue un barbouillage indéchiffrable. Des mots manquaient, des lettres étaient tronquées, les jambages se heurtaient, couraient en zigzags, couverts de ratures et de taches d'encre. L'intonation de la voix n'était plus la même.

Ces symptômes étaient trop alarmants pour que les médecins n'agissent pas avec toutes les ressources de la science. Ils parvinrent, sinon à pallier le mal, du moins à en arrêter les trop rapides progrès.

Mais une crise inévitable était prochaine.

Le 16 septembre 1857, il y eut grande parade sur la *Schlossfreiheit*, c'est-à-dire sur la place circulaire et très large qui s'étend devant le Vieux Château royal, à Berlin. La plus grande partie de la garnison de la capitale dé-

fila aux sons des fifres et des tambours devant la statue
équestre du « vieux Fritz ».

En passant au pied de l'image de granit du conquérant de la Silésie, les grenadiers présentaient les armes
à la fois à la statue et aux personnages vivants qui se
tenaient groupés devant le piédestal.

Le roi Frédéric-Guillaume était là, à la tête d'un nombreux état-major. Il avait à sa droite un général portant
l'uniforme français, que les vétérans à barbe grise,
décorés de la Croix de fer de 1813, regardaient avec
stupeur, comme le spectre ressuscité du héros légendaire d'Austerlitz et d'Iéna.

Ce n'était pourtant pas Napoléon Ier sorti de son tom-
beau de marbre des Invalides pour venir parader à Berlin ;
ce n'était que son neveu, le prince Jérôme, fils du roi
de Westphalie, envoyé en Allemagne par son impérial
cousin Napoléon III, afin de sonder le roi de Prusse et
son entourage sur l'éventualité d'une alliance contre
l'Autriche, dont la politique éveillait alors de plus en
plus les susceptibilités des Tuileries.

Une série des fêtes, avait été organisée en l'honneur
de celui que les feuilles officielles traitaient d'Altesse,
mais que le *Kladeradatsch* appelait irrévérencieusement
Plon-Plon.

Cette revue clôturait le programme dressé par le
grand maréchal de la cour, car depuis longtemps le roi
ne s'occupait plus de rien. Sa santé, sérieusement ébran-
lée, s'était cependant un peu remise, mais pas au point
de lui permettre de donner de nouveau ses soins aux
affaires.

Il avait tenu à prendre part à toutes les fêtes, les fatigues qu'il en avait ressenties l'avaient fortement
éprouvé. Le matin, il était tombé en syncope ; peu s'en

était fallu que l'on décommandât la parade. Mais par un
singulier effort d'énergie, il fit assez bonne contenance
pendant la revue, bien qu'il ne répondît que par des mo-
nosyllabes aux compliments flatteurs que le prince
Napoléon lui adressait sur la bonne tenue de ses troupes
et la précision de leurs mouvements.

Quand la revue fut terminée, on vit défiler devant le
roi et la statue du « vieux Fritz » les plus beaux équipages de Berlin. Il y avait là toute la noblesse et tout le
corps diplomatique.

Dans une des dernières calèches, le roi reconnut Mme de
R..., la belle Autrichienne, en compagnie du comte de
Rochow, le meurtrier de Hinkeldey.

Aussitôt, la figure du roi changea ; le souvenir funeste
de la tragédie de Charlottenbourg revint à son esprit
dans toute sa sanglante horreur. Il s'imagina revoir devant lui le cadavre de Hinkeldey. Ses hallucinations
étaient revenues.

C'est à peine si, arrivé devant le palais, il eut la force
de descendre de cheval et de monter dans la chaise de
poste qui le ramena au galop à Sans-Souci.

Deux domestiques durent le soutenir pour l'aider à
monter dans ses appartements. Entré dans sa chambre
à coucher, il s'assit devant un petit guéridon sur lequel
il y avait toujours un flacon d'eau-de-vie de grains et
un de kummel Gilka, comme en boivent les maçons.

Il prit le flacon de kummel et se mit à le vider à gor-
gées bruyantes, précipitées, le goulot sur les lèvres. Les
deux valets de chambre se tenaient à ses côtés, respectueux et impassibles, comme des gens habitués à un
pareil spectacle. En vain les médecins avaient prescrit à
Sa Majesté un régime rigoureux s'il voulait éviter d'autres crises. Pendant quelque temps, il s'était modéré

IL LUI FALLAIT DE L'ALCOOL.

dans son abus des boissons alcooliques, et sa santé s'était un peu rétablie ; mais depuis un mois, même le champagne, qu'il aimait tant jadis, n'avait plus de saveur pour son royal gosier ; il lui fallait de l'alcool, du « dur », comme disent les ivrognes de profession.

Quand il eut fini le flacon, un sourire hébété dérida sa figure ; il demanda qu'on le couchât ; tout tournait autour de lui. Il parlait par saccades, avec beaucoup de peine, comme si sa bouche eût été pleine de bouillie. Une écume blanchâtre moussait au coin de ses lèvres. Ses yeux, aux pupilles horriblement dilatées, étaient hagards. Il contractait ses membres, serrait les poings, se pelotonnait, comme sous une impression de terreur, au fond du lit.

Les deux valets de chambre, effrayés, firent immédiatement chercher le médecin.

Quand celui-ci arriva, Frédéric-Guillaume était en proie à une crise terrible :

— Ah ! brigands... hurlait-il ; et à tort et à travers il agitait ses bras nus pour se défendre contre des fantômes imaginaires.

L'ivresse l'avait plongé dans cette prostration du rêve accompagné d'hallucinations et de cauchemars, qui est le commencement de la folie.

L'agitation produite par l'irritation du cerveau et l'excitation des liqueurs alcooliques se prolongea pendant plusieurs jours. Puis, sous l'action de remèdes puissants, les convulsions douloureuses des muscles cessèrent ; il y eut une accalmie ; mais les médecins ne purent rien contre l'oblitération des facultés mentales. Les idées étaient de plus en plus confuses, incohérentes, l'imagination déréglée, le discernement obscurs. On eût dit qu'il rêvait tout haut.

Souvent, il restait des heures entières sans rien dire, muet, assis dans son fauteuil, les regards fixés sur quelque chose qu'il voyait dans le monde imaginaire où il était.

Quand on lui demandait des nouvelles de sa santé, il répondait : « Vous voulez savoir comment va le roi Frédéric ? Mais il n'y a plus de roi Frédéric. Il est mort. Ils l'ont assassiné avec Hinkeldey. Ce que vous voyez devant vous est un mannequin qui lui ressemble. Vous devriez bien leur dire d'en faire un autre. Ce rôle de mannequin est ridicule et fatigant. »

Parfois, il se sentait si lourd qu'il ne pouvait marcher, ou si léger qu'il voulait voler, ou si gros qu'il ne pouvait plus remuer dans la chambre qu'il croyait remplir tout entière.

Il vieillissait et maigrissait à vue d'œil. Il ne mangeait plus et demandait toujours à boire. A la tombée de la nuit, des peurs subites la prenaient, secouant tout son corps, provoquant un roulement convulsif des yeux.

Il traîna ainsi pendant trois ans, n'étant plus que l'ombre de lui-même.

Son état fut soigneusement caché au public. Son frère, le prince de Prusse [1], exigea que la régence lui fût conférée.

Enfin, un soir, le 30 décembre 1860, Frédéric-Guillaume s'éteignit doucement et presque oublié.

On l'enterra, conformément au vœu qu'il avait exprimé, dans la petite église de la Paix, à Potsdam.

---

[1] L'empereur actuel.

Bien que l'hôtel de Bristol ne ressemble guère à un
hôtel, car ce mot n'est pas même inscrit au-dessus de ses
deux portes sévèrement encadrées de noir qui donnent
sur la place Vendôme et conduisent chacune dans une
cour différente, il n'est pas de Parisien un peu au courant de Paris qui ne le connaisse et sache que c'est encore aujourd'hui un des hôtels les plus fashionables de
la capitale. Son extérieur correct, ne se distinguant
presque pas de celui des aristocratiques hôtels particuliers qui l'entourent, indique une clientèle sérieuse et
choisie d'hommes d'État, de diplomates, d'ambassadeurs, de hauts dignitaires étrangers. Là, rien du va-et-
vient étourdissant et banal de ces grands caravansérails
modernes qui ressemblent à des Babels où se confon-
dent toutes les langues et toutes les nationalités. Les
escaliers et les couloirs sont discrets et silencieux. Pas
de nuées de sommeliers qui s'abattent sur vous, pas de

portier en uniforme et à casquette galonnée posté en
sentinelle ; on se croirait dans une maison privée, on y
est aussi tranquille et à l'aise que chez soi.

Déjà, sous Louis-Philippe, les grands seigneurs venant
de Londres, de Vienne ou de Berlin, descendaient de
préférence à l'hôtel de Bristol, dont ils savaient mieux que
personne apprécier la nuance de tenue. Mme de Montijo
et sa fille, qui habitaient place Vendôme, y faisaient de
fréquentes apparitions. En 1848, le prince Napoléon y
logea ; mais comme il ne put obtenir du propriétaire, or-
léaniste enragé, un appartement avec balcon sur la place,
il transporta ses pénates ambitieuses à l'hôtel du Rhin,
devant lequel se produisirent les manifestations populaires que l'on sait. C'est à l'hôtel du Rhin que fut arran-
gée sa candidature et que se tinrent les conciliabules
impérialistes jusqu'à l'installation du prince à l'Élysée.

Au mois de mars 1856, par une de ces jolies et fines
matinées parisiennes qui ont déjà le charme riant du
printemps, un personnage à tournure germanique, les
lunettes d'or à cheval sur un gros nez, des gants neufs
mal boutonnés, la démarche pédante et solennelle, se
présentait devant la loge du concierge de l'hôtel de
Bristol. Avec un accent tudesque des plus prononcés et
d'une voix emphatique, il demanda :

— S. Exc. M. le comte de Buol, ministre des affaires
étrangères de S. M. Impériale d'Autriche, est-elle chez
Elle ?

— Veuillez, s'il vous plaît, monsieur, me remettre
votre carte ou me dire votre nom.

Le visiteur déboutonna son paletot marron, prit dans
la poche de sa redingote un petit portefeuille en maroquin orné de ses initiales surmontées d'une couronne et
en retira une carte qu'il tendit au concierge.

Quand celui-ci eût vu le nom de l'étranger, il s'inclina
en souriant :

— Parfaitement, monsieur... Son Excellence est chez
Elle.

Il sonna. Un domestique conduisit l'étranger au premier étage, à la porte de l'appartement occupé par
S. Exc. le ministre des affaires étrangères d'Autriche,
à ce moment à Paris pour prendre part aux séances du
Congrès.

M. le comte de Buol était devant son bureau, en robe
de chambre de soie richement brodée et en cravate
blanche. Dès qu'il aperçut le matinal visiteur, ses petits
yeux s'aiguisèrent de malice, et il répondit par un salut
sec et froid de nobleman anglais à la profonde révérence
de l'Allemand.

— Monsieur le chevalier, dit le ministre, je vous ai
écrit de venir me rejoindre à Paris, où vous pourrez
m'être très utile pendant le Congrès... Tous les matins,
à la même heure, vous vous présenterez chez moi, et je
vous dirai les points à traiter dans vos correspondances...
Nous sommes très attaqués depuis quelque temps. Il
s'agit de ne pas se laisser manger... La Russie nous
en veut; la Prusse cherche à circonvenir l'empereur Napoléon, et les Piémontais ameutent la presse contre nous
en nous représentant comme des barbares... Le jeu du
Piémont et de la Prusse est de s'attirer les sympathies de
la France en affichant un libéralisme exagéré, opposé
aux vieilles idées prétendues rétrogrades de l'Autriche...
Les journaux français donnent dans le panneau... Sans
qu'ils s'en doutent, ils reçoivent des inspirations de
Turin et de Berlin... L'Autriche est conspuée... Il faut
que nous accommodions ce Congrès à notre sauce, et
comme vous êtes bon cuisinier, je vous ai fait venir...

A demain, monsieur le chevalier, fit M. le comte de
Buol en se levant pour prendre congé du visiteur.

— A propos, reprit le ministre, j'oubliais de vous recommander de fréquenter les cabinets de lecture, les
cafés de Paris où se réunissent vos compatriotes, afin de
me tenir au courant de leurs faits et gestes...

L'Allemand se plia en révérences répétées et se retira.

M. le chevalier Wollheim da Fonseca, docteur en droit,
ancien *privat docent* à l'Université de Berlin, ex-direc-
teur du théâtre de Hambourg, auteur de plusieurs traités
de droit international et d'une infinité de brochures exé-
cutées sur commande comme des pantalons ou des
bottes à l'écuyère, avait mis depuis deux ans sa plume
féconde au service de l'Autriche.

Détaché du « bureau de l'esprit public », qui fonc-
tionnait alors sur les bords du Danube, il était venu rejoindre M. de Buol, son patron, à Paris.

Pendant toute la durée du Congrès qui suivit la guerre
de Crimée, il envoya à une dizaine de journaux allemands, danois et américains des lettres inspirées par le
ministre des affaires d'Autriche, et il recueillit pour ce
haut fonctionnaire divers renseignements qui ne se chu-
chotaient que dans les coulisses de la diplomatie interlope.

M. le chevalier Wollheim da Fonseca personnifie le
type le plus accompli du *reptilis vulgaris domesticus*. On
l'emploie à toutes les besognes, aux œuvres les plus
basses, et il s'en glorifie avec une naïveté cynique. Dans
une sorte d'autobiographie qu'il vient de publier[1], il
fait étalage de ses accointances « mystérieuses », de ses
besognes occultes, racontant avec une prolixité de po-

---

[1] *Neue Indiscretionen von Wollheim da Fonseca*, Berlin, Krempel, éditeur, 1883. — Le volume doit avoir une suite.

licier tous ses tours de bâton, dévoilant ses intrigues, se vantant d'avoir touché, tel jour, à telle heure, telle somme sur la caisse des fonds secrets.

En 1857, ce « reptile », encore à la solde de l'Autriche, se glissa en Italie jusqu'aux pieds de Cavour, qu'il avait connu à Paris pendant le Congrès, et que le cabinet de Vienne l'avait chargé de confesser. Mais Cavour était sur ses gardes. Il l'écouta avec une patience dénuée d'intérêt et finit par lui demander comment il se faisait qu'il portait un nom à moitié germanique et à moitié latin.

Le gouvernement de Vienne payait alors bien plus largement que celui de Berlin. À la suite de ce voyage, l'habile chevalier reçut les sommes nécessaires à la création d'une revue politique hebdomadaire : *Die Controlle*, destinée à défendre les intérêts de l'Autriche, qui commençaient à être sérieusement menacés par la Prusse. M. Wollheim fit paraître ce journal à Hambourg, sa ville natale.

En 1864, le *Contrôle* disparut, et M. le chevalier s'étant brouillé avec ses patrons, vola sous d'autres cieux à la recherche de la meilleure des subventions. Il revint sur les rives de la Seine, où fleurissait dans tout son éclat l'espionnage prussien. Manœuvrant avec l'habileté d'un vieux loup de mer, M. le chevalier Wollheim da Fonseca commença par se rapprocher lentement de M. Bamberg, consul de Prusse, agent attitré de M. de Bismark, et grand dispensateur des récompenses secrètes. M. Bamberg ne manqua pas de présenter un aussi précieux personnage à M. Drouyn de L'Huys. Le ministre des affaires étrangères s'entretint longtemps avec l'ex- « reptile » au service de l'Autriche et lui demanda un Mémoire sur la question danoise, qu'il lui

paya en belles paroles. M. le chevalier, qui préférait
les espèces sonnantes et trébuchantes, se plaint avec
amertume de ce manque d'égards et trouve les Français
en général, assez « serrés ». Dans ses *Indiscrétions*, il médit
également beaucoup de M. Émile de Girardin, qui lui
marchandait ses informations et ses articles comme une
livre de beurre à la halle. Pour décider l'illustre maître
de l'alinéa, M. Wollheim le menaçait de porter « la marchandise » à la coucurrence du coin, — à M. Nefftzer,
directeur du *Temps*.

Grâce à ses relations, M. Wollheim entra au *Mémo-
rial diplomatique*, rédigé par un Autrichien, M. Dela-
brauz, et il fut en même temps engagé par l'*Agence
Havas* en qualité de traducteur.

L'*Agence Havas* avait alors à sa tête, dit M. da Fonseca, les deux frères Auguste et Chrétien, pour la partie
administrative et commerciale, tandis que M. Ernaud
« un homme très instruit et très aimable », s'occupait de
la partie littéraire. M. Auguste Havas était, au dire du
chevalier, un homme habile mais brutal. M. Chrétien
était plus sympathique. L'agence subissait alors l'influence du gouvernement impérial, comme elle fut depuis
sous la coupe des cinquante et quelques ministères qui se
sont succédé en France. Quand une dépêche douteuse ou
suspecte arrivait, M. Auguste sautait en voiture et allait
demander des instructions particulières à M. Rouher.

Au cours de son travail quotidien, M. Wollheim remarqua combien le khédive Ismaïl était bien traité dans
les fameuses « feuilles bleues » ; on ne négligeait aucune occasion de le mettre en relief, de le proclamer un
grand prince ; on citait son administration comme un
modèle de sagesse et d'économie.

M. Wollheim voulut aller au fond des choses. En fu-

DANS UN WAGON A BESTIAUX, AVEC DES PRISONNIERS

retant, il découvrit dans les papiers que le souverain égyptien avait souscrit une quantité inusitée d'abonnements à l'*Agence Havas*.

Grâce à cette subvention indirecte, le khédive se faisait porter aux nues. « Cela une fois constaté, raconte M. da Fonseca, il me vint une idée que je crus sainement patriotique ; j'avais remarqué que la rubrique *Allemagne* était généralement fort écourtée dans les feuilles Havas [1], et que les articles concernant ce pays n'étaient pas rédigés sur un ton des plus bienveillants. J'en conclus que la plupart, sinon tous les gouvernements allemands, avaient négligé de se faire inscrire sur la liste des abonnés de la correspondance. Cinquante francs (13 thalers 1/3) par mois pour quelques lignes de publicité, c'était évidemment trop cher, étant donné les principes d'économie de nos sages ministres des finances. Les journaux français eux-mêmes trouvaient le prix de la correspondance *Havas* trop élevé. Ne pouvant obtenir une réduction, ils firent leur *pronunciamento* et organisèrent une contre-agence. Mais comme le gouvernement leur refusait toute communication, ils retombèrent sur le sol, les ailes brisées, et se virent forcés de dire leur *pater Havas peccavi* et de continuer à *abouler* leur cinquante *balles* par mois. »

Cette dernière phrase, aussi élégante qu'expressive, se trouve en français dans le livre de M. Wollheim, qui tient à prouver que l'argot des brasseries parisiennes lui est familier.

Mais écoutons la suite. « Ne serait-il pas possible, se

---

[1] Il s'agit ici des feuilles dites bleues, qui sont communiquées par l'agence aux journaux abonnés et qui contiennent des correspondances de toutes les capitales européennes. Les journaux font généralement précéder la publication de ces correspondances de la mention : « *On nous écrit de...* »

demanda le chevalier, qu'un roi allemand fasse ce que
fait un simple vice-roi d'Egyte ?

« N'écoutant que mon zèle patriotique, je dis un jour
à M. Havas :

« — J'ai une proposition à vous faire, monsieur Au-
« guste. Que diriez-vous, si je vous procurais quelques
« abonnements parmi les différents gouvernements qui
« règnent sur les trente-deux États de la Confédération
« germanique? Seriez-vous disposé, le cas échéant, à
« consacrer une plus grande attention dans votre feuille
« aux affaires d'outre-Rhin ? »

« Les traits bilieux et parcheminés du ministre des finances de la maison Havas s'éclairèrent tout à coup. Il
devint aimable, ou à peu près :

« — Voilà une proposition qui vaut la peine qu'on
« l'examine, me dit-il. Demain après le courrier, atten-
« dez-moi au café Cardinal, au coin de la rue Richelieu
« et du boulevard des Italiens.

Il paraît que cette idée de conquérir de nouveaux
abonnés trottait tellement par la tête de M. Auguste,
qu'il n'attendit pas le rendez-vous fixé par lui-même. Il
alla trouver son collaborateur dans son bureau et le pria
de laisser de côté pour ce jour-là les feuilles suédoises,
danoises, grecques, etc., que M. Wollheim, polyglotte
émérite, avait l'habitude de traduire.

« — Partez pour Berlin et pour Vienne, fit M. Au-
« guste : nous vous donnons six semaines de congé ;
« vos appointements courront et vous voyagerez aux
« frais de la maison ; tâchez d'obtenir six à huit abon-
« nements à cent francs par mois, dont cinquante pour
« la maison et cinquante pour vous, — seulement,
« ajouta M. Auguste, en homme qui ne perd pas la
« carte, comme vos visites aux différents ministres vous

« laisseront du temps de reste, vous aurez l'obligeance
« d'aller voir tous les journaux qui se publient dans les
« capitales allemandes, pour vous entendre avec eux au
« sujet de nos annonces et pour leur demander quelle
« commission ils veulent nous accorder [1]. »

M. da Fonseca, transformé en double commis-voyageur « fit » dans la politique et dans les annonces. Sui-
vons le dans ce qu'il appelle lui-même son expédition
des Argonautes à la recherche des fonds secrets, cette
toison d'or gardée non par des dragons, mais par une
infinité de ministres, de conseillers auliques, intimes et
secrets.

M. Wollheim alla droit au but. Arrivé à Berlin au
mois de février 1865, il demanda une audience à M. de
Bismark, ministre président du conseil de Prusse. Au
moment où l'huissier introduisit le solliciteur dans le cabinet du ministre, celui-ci était assis derrière son bureau
à moitié caché par un amoncellement de brochures, de
documents et de cartes géographiques.

« L'homme d'Etat prussien, raconte M. Wollheim,
me toisa d'un seul regard, rapide comme un éclair; il se
leva, vint à ma rencontre d'un pas élastique, bien qu'il
ne fût pas exempt, dans son maintien, de quelque raideur. Après m'avoir dévisagé, il me montra du geste
un siège devant lequel était étendue la peau d'un ours,
tué sans doute par l'officier diplomate pendant son séjour
en Russie...

« — Je suis très heureux dit-il, non sans une nuance
« d'ironie dans la voix, de faire la connaissance person-
« nelle d'un de nos plus intimes ennemis. »

« Très surpris par cette apostrophe dite d'un ton en-

---

[1] *Neue Indiscretionen.*

joué et à laquelle j'étais loin de m'attendre, je répondis
en souriant vaguement :

« — *Votre Excellence est trop bonne.* »

Et M. Wollheim s'informa très candidement pour
quel motif M. de Bismark le considérait comme un ennemi de la Prusse.

Le premier ministre rappela à l'oublieux ex-reptile à la
solde de l'Autriche qu'il avait écrit, par ordre du cabinet,
différentes brochures dirigées contre la Prusse, qui ne
devaient pas le faire noter d'une façon bien avantageuse
à Berlin. M. le chevalier da Fonseca prit son air bête, ce
qui sans doute ne lui coûtait guère d'effort, et fit comme
s'il ne comprenait pas.

L'entretien dura longtemps, et le commis-voyageur
de la maison Havas ne manqua point de donner libre
cours à son babillage sur la question autrichienne, la
question danoise, les affaires des duchés, etc. Quant à
l'objet de sa visite, les abonnements à la correspondance
Havas, il obtint la promesse que le gouvernement prussien en prendrait quelques-uns.

« — Il faut vous adresser à M. le conseiller de légation
Keudell, ajouta le futur chancelier; c'est lui qui s'occupe
de la presse. Au fond, tout ce que les journaux écrivent ou
n'écrivent pas m'est indifférent. Mais je ne voudrais pas
cependant que vous vous fussiez dérangé inutilement. »

A la fin de cette entrevue, M. de Bismarck ayant appris
que son interlocuteur allait se rendre à Vienne :

« — Connaissez-vous le ministre des affaires étran-
« gères autrichien actuellement en fonctions ? demanda-t-il.

« — Je n'ai pas cet honneur, répondit M. Wollheim,
mais j'espère qu'il me recevra aussi favorablement que
Votre Excellence.

« — Vous connaissez plusieurs de ces messieurs des affaires étrangères à Vienne ?

« — Oh ! oui, il y en a même qui sont de mes bons amis.

« — Eh bien ! rendez-moi le service, fit M. de Bismarck, d'un ton solennel et décidé, de dire ceci en mon nom à messieurs les Viennois : *Ils ne savent pas ce qu'ils veulent, mais moi je sais ce que je veux et je le leur prouverai...* »

Le lendemain, M. Wollheim se rendit chez l'*alter ego* de M. de Bismarck, le conseiller Keudell, dont le talent musical (il est excellent pianiste) produisait sur M. de Bismarck le même effet calmant que la lyre d'Orphée sur les bêtes fauves. M. de Keudell reçut très froidement le plénipotentiaire de « M. Auguste », mais il l'informa que le gouvernement prussien consentait à prendre quatre abonnements à la correspondance Havas, et que le grand dispensateur de la manne « reptilienne », M. Bamberg, était chargé d'en verser le montant contre reçu en bonne et due forme. Mais notre excellent chevalier ajoute qu'il eut beaucoup de peine à tirer de M. Bamberg la somme convenue. Ce ne fut que trois mois plus tard, en mai, que la caisse des fonds secrets de Prusse s'entr'ouvrit au profit de la célèbre Agence [1].

Les Autrichiens se montrèrent plus empressés; leurs quatre abonnements furent payés rubis sur l'ongle.

M. de Beust, alors ministre de Saxe, à qui M. da Fonseca s'adressa également, ne prit pas d'abonnement.

Voyant décidément qu'il n'y avait plus rien à glaner du côté de l'Autriche, et comme, d'autre part, M. Drouyn de L'Huys continuait à apprécier très platoniquement les

---

[1] Tous ces renseignements, nous le répétons, sont empruntés à l'ouvrage déjà cité : *Neue Indiscretionen*, par M. Wollheim da Fonseca. C'est donc à cet auteur que remonte la responsabilité de ces révélations.

services de M. Wollheim, celui-ci résolut de se tourner
ouvertement vers la Prusse et de saluer le soleil levant.
Il eut l'idée de créer une grande agence télégraphique à
la dévotion du gouvernement prussien, et, dans sa proposition, il insista sur l'utilité d'un tel projet au moment
où la guerre de 1866 allait éclater. Mais la première offre
fut assez dédaigneusement repoussée par M. de Bismarck; quant à la seconde demande, qui devait être remise directement au roi par le lecteur ordinaire de Sa
Majesté, un ancien comédien, M. Schneider, elle resta en
souffrance à Berlin : Sa Majesté était déjà partie pour
l'armée avec le grand état-major, quand arriva la missive
de M. le chevalier Wollheim da Fonseca.

C'était pour combattre l'Autriche que M. da Fonseca
proposait de créer le bureau en question. Mais son idée
fut définitivement écartée. Comme fiche de consolation,
on lui accorda une maigre subvention de cent thalers par
mois, dans le but de faire reparaître à Hambourg, où il
était retourné son journal hebdomadaire : *Die Controlle*.

Cette feuille, autrichienne avant 1866, devint prussienne. La couleur politique changeait avec la couleur
de l'argent.

Comme ce sont ceux qui payent le moins qui se mon-
trent le plus exigeants, on ne fut pas satisfait, paraît-il,
en haut lieu, des services rendus par le *Contrôle*, qui ne
contrôlait pas grand'chose. On trouvait qu'il y avait trop
de nouvelles théâtrales et pas assez de renseignements
politiques; on chicana bientôt M. de Wollheim sur ces
misérables 375 francs qu'on lui attribuait par mois, et
finalement on les lui supprima. C'était peu de temps
avant la guerre de 1870. Pour la seconde et dernière fois,
la *Controlle* mourut de sa triste mort.

M. le chevalier Wollheim da Fonseca, redevenu dis-

ponible, était entré en pourparlers avec un grand journal
anglais pour l'envoi de correspondances de Berlin, lorsqu'il reçut, au mois de septembre 1870, une dépêche du
prince Charles de Hohenlohe, ainsi conçue :

REIMS. *Si vous êtes disposé à accepter un poste de journaliste auprès du gouvernement militaire de cette ville, je
vous prie de venir immédiatement ici.*

Ayant le choix entre la position indépendante de correspondant d'une grande feuille britannique et celle de
Presshusar [1] à la solde d'un gouvernement, le fier chevalier n'hésita pas une minute.

Dès le lendemain, un train express l'emportait vers la
France envahie.

Comme tant d'autres, après y avoir joui de l'hospitalité la plus entière et vécu pendant un an de l'argent des
contribuables français (il avait rempli en 1867 les fonctions d'interprète en chef au bureau de poste établi dans
l'enceinte du Champ de Mars), ce preux Hambourgeois
revenait en France en vainqueur; il accourait à l'heure
de la curée.

Le voyage ne s'effectua pas sans encombre, sans quelques petites mésaventures. Jusqu'à la frontière, cela alla
bien; mais à partir de Forbach, toute exploitation réglementaire ayant cessé, pour continuer sa route il fallait
s'en remettre à la grâce de Dieu.

Bien que muni d'un billet de première classe, M. le
chevalier fit le voyage de Forbach à Pont-à-Mousson dans
un wagon à bestiaux, avec des prisonniers français qui le
prennent d'abord pour un « mouton » chargé de les espionner, mais qui s'apprivoisent lorsque M. le chevalier
se met à raconter en argot militaire ses campagnes de

---

[1] Hussard ou cosaque de la presse.

1832 en Portugal, où il a servi dans un bataillon de
tirailleurs français auxiliaire; et lorsqu'il offrit des cigares et du vin, M. de Wollheim raconte que « les
pauvres diables lui serrèrent la main »; il prétend même
qu'il fut acclamé, mais la Prusse aussi a ses gascons.

A Commercy, notre « reptile » essaye de s'introduire
dans un wagon de seconde classe. Tous officiers qui s'y
trouvent repoussent brutalement leur compatriote. M. le
chevalier nous dit qu'il serait resté en panne sur le quai
de la gare, si de simples soldats, plus humains et plus
hospitaliers que leurs chefs, n'avaient consenti à le recueillir dans un compartiment des troisièmes, où il passa
la nuit à jeun, mais rêvant qu'il faisait un excellent
souper chez Hiller, le Brébant de Berlin.

Le lendemain soir, on arrive à Châlons. Nouvelle halte
de nuit à cause des francs-tireurs et des détachements
d'infanterie qui battent l'estrade et coupent fréquemment
la voie. Tourmenté par la faim et surtout par la soif,
M. de Wollheim se met en quête d'un restaurant, d'un
marchand de vin, d'une auberge ou de tout autre établissement de ce genre. Il s'adresse à quelques officiers qui
se promenaient dans la rue et dans les « vignes du Seigneur ». L'un de ces guerriers lui désigne une maison
d'assez belle apparence, dont les fenêtres sont illuminées.
Aiguillonné par le désir de faire un bon repas, le noble
chevalier se dirige rapidement vers l'endroit désigné,
mais il est tout étonné de trouver, au lieu d'un maître
d'hôtel, de garçons et de femmes de chambre, des soldats
de la landwehr répandus dans le vestibule et couchés
sur les escaliers. Il avise un brigadier et lui demande par
où l'on va dans la salle à manger.

— Quelle salle à manger? répond le brigadier. Où
vous croyez-vous donc ici?

LE VOYAGEUR EXHIBA UN PASSEPORT

— Dans une auberge; un officier à qui je me suis adressé m'a désigné cette maison comme telle.

Le peloton entier partit d'un bruyant éclat. Ce jour-là on rit dans l'armée prussienne comme dans la gendarmerie française.

— Comment, comment, s'esclaffait le brigadier, comment? Ils vous ont dit que c'était une auberge! Eh bien! ils se sont joliment f... de vous. Savez-vous où vous êtes? Dans la prison de la ville, tout bonnement. Suivez la rue jusqu'au coin, tournez à gauche, puis à droite, et vous aurez un hôtel devant vous.

Le lendemain, nouvelle étape qui s'arrête à Épernay. Là, le chevalier Wollheim da Fonseca se fait passer pour Espagnol; il trouve, grâce à ce changement de nationalité, un bon bourgeois de Reims qui s'engage, moyennant la somme de dix francs, à le prendre dans son véhicule pour le transporter en ville.

On file rapidement. En route, le père Valmot — c'est le nom du Rémois — s'arrête dans un cabaret, pour laisser souffler ses chevaux et vider un flacon.

La salle basse de l'auberge est remplie de buveurs, de paysans armés de fusils à tabatière, de pistolets et de sabres. M. de Wollheim boit sec et, selon son habitude, il bavarde. Il adresse même une harangue en trois points à ses auditeurs, qui écoutent bouche béante cette rhétorique de *privàt docent*, quand tout à coup des cris du dehors se font entendre : « Voici les uhlans, voici les uhlans! » Aussitôt les paysans détalent et se cachent dans une cave dont la trappe se referme sur eux. Vite le père Valmot grimpe sur son siège; son voyageur monte à côté de lui et la voiture roule à fond de train. Mais les uhlans la rattrapent, et le digne bourgeois de Reims voit avec stupeur son Espagnol exhiber un passeport signé du commandant de place d'Épernay, et sa surprise augmente quand il l'entend causer en patois allemand avec les porte-lance.

En arrivant à Reims, le père Valmot, qui n'avait plus desserré les dents, dit d'un ton de reproche au voyageur : « Vous êtes un petit Prussien, monsieur l'Espagnol. »

Mais M. de Wollheim était arrivé à destination ; c'était pour lui l'essentiel.

C'est de la bouche même du grand-duc régnant de Meklembourg, gouverneur général militaire de la Champagne, que M. Wollheim apprend quel genre de service on attend de lui et pour quel motif on l'a fait venir. Il s'agissait de créer un journal officiel, destiné à servir de truchement aux autorités allemandes auprès des populations françaises qu'elles étaient appelées à régir,

— Avant tout, dit le grand-duc, et avant que je me prononce sur l'esprit et la tendance qui doivent présider à la rédaction de ce *Moniteur*, il faut que nous trouvions une imprimerie. Je vous autorise à vous en procurer une, et je vous laisse le soin de recourir à tous les moyens pourvu que nous en ayons une le plus tôt possible. Le prince Charles de Hohenlohe vous prêtera tout son concours officiel, en qualité de commissaire civil. Comme je sais que vous avez une plume très acérée, je vous prie de bien vouloir, autant que possible, en atténuer les écarts. Votre polémique doit avoir un caractère défensif et non offensif. Je vous prie de ne pas faire étalage d'animosité envers la France et les Français ; au contraire, je désirerais vivement que l'amour-propre national des Français fût ménagé. Voulez-vous me promettre de vous tenir dans ces limites ?

C'étaient là, à coup sûr, de généreuses paroles, qui décelaient un adversaire chevaleresque. Mais M. de

Wollheim n'entendait pas de cette oreille. Il s'engagea, il est vrai, à « respecter » l'ordre de Son Altesse ; mais il fit remarquer qu'étant donné l'excitation des esprits en France et l'irritation produite par les événements, il serait bien difficile de laisser passer sans réponse les nombreuses et violentes attaques des journaux français, et que son patriotisme pourrait parfois répliquer avec vigueur à des agressions injustes.

Le grand-duc répondit qu'il tenait beaucoup à ne pas envenimer l'esprit d'hostilité des habitants du territoire occupé, et que le prince de Hohenlohe avait reçu des instructions détaillées relativement à la presse. — Mais, continua l'Altesse, vous êtes déjà depuis hier à Reims, pourquoi n'êtes-vous pas venu me voir immédiatement ?

— Ah ! répliqua le journaliste, ma toilette était tellement défectueuse, que jamais je n'aurais osé me présenter ainsi devant Votre Altesse.

— Bah, fit le grand-duc, vous auriez pu vous présenter même avec des pantalons en loques, vous étiez tout excusé... Mais ce sont là des détails, l'important est d'avoir une imprimerie.

M. Wollheim se mit aussitôt en campagne. Après avoir essuyé différents refus, il s'adressa enfin à M. Lagarde, un des principaux imprimeurs rémois. Celui-ci ne paraissait pas tenir énormément à prêter ses presses à l'impression du *Moniteur* de l'invasion.

Voici, ou à peu près, la conversation qui s'engagea entre l'industriel français et le journaliste allemand :

— Monsieur, bien votre serviteur, dit ce dernier ; j'ai besoin d'une imprimerie pour un journal dont j'ai l'honneur d'être le directeur et le rédacteur en chef. Je viens m'entendre pour les conditions.

— C'est que... j'ai beaucoup d'ouvrage... plus que je

n'en puis livrer, et puis la plupart de mes ouvriers sont partis... enfin je regrette infiniment... vous feriez peut-être bien de vous adresser à F..., mon collègue.

— J'en viens de chez F..., de chez R..., de chez V... également; partout on répond à mes offres par des défaites. Cependant il faut que le journal paraisse. Aussi je vais jouer cartes sur tables. Si vous consentez de bon gré à imprimer notre feuille, vous ferez une excellente affaire, on sera très coulant sur les prix. Si vous refusez, le journal paraîtra quand même, et chez vous, seulement votre imprimerie sera mise en réquisition, séquestrée s'il le faut. Si vos compositeurs désertent, eh bien, nous ne sommes pas embarrassés : dans nos bataillons il ne manque pas de « typos » qui ont travaillé en France, et une équipe sera bien vite trouvée. Ainsi choisissez : d'un côté, la fermeture de votre maison, une grosse perte, peut-être la ruine; de l'autre côté, une bonne opération avec des bénéfices certains.

M. Lagarde comprenait fort bien quelles désastreuses conséquences aurait pour lui la mesure dont on le menaçait.

— Mais songez donc, fit-il, que si la population apprend que j'imprime le *Moniteur* prussien, on brisera tout chez moi. Après la guerre, le gouvernement me poursuivra pour intelligence avec l'ennemi.

— Pour ce qui est d'une émeute, nous sommes de force à la comprimer et à vous protéger, et ceux qui voudraient se livrer à des violences envers vous seraient cruellement punis; quant au second point, je vous garantis, moi Wollheim, *doctor juris* et auteur d'une foule de brochures, d'articles et de volumes sur le droit des gens, que vous ne pouvez être inquiété. Tous les traités de paix portent que les parties belligérantes s'interdisent

de rechercher leurs nationaux pour les faits de connivence avec l'ennemi, qui auraient pu se produire au
cours des opérations.

Nous ne savons pas de quelle façon l'entretien fut
continué, mais il aboutit à la réquisition suivante, qui
fut envoyée à M. Lagarde le jour même où il signait son
contrat pour l'impression du *Moniteur* :

*Le gouvenement général de Reims a décidé de faire
paraître un journal officiel. En vertu de cette résolution
et vu votre refus d'accorder de bon gré le concours de votre
imprimerie, je vous fais parvenir l'ordre de publier sans
retard et dès que vous aurez reçu le manuscrit :* Le Moniteur officiel du gouvernement général de Reims.

*Pour le cas où vous refuseriez encore à mettre votre im-
primerie à ma disposition, l'autorité militaire sera invitée
à l'occuper. Pour le cas où vos compositeurs refuseraient
le travail je les avertis que je prendrai les dispositions nécessaires pour les y contraindre.*

Le commissaire civil du gouverneur général,

Signé : CHARLES, PRINCE DE HOHENLOHE.

Le premier numéro de ce « Moniteur », qui paraissait
à intervalles inégaux, selon les événements et l'importance du service, fut publié le 8 octobre ; il ne cessa son
apparition qu'à la conclusion de la paix. Chaque exemplaire était signé par M. de Wollheim da Fonseca comme
rédacteur, et par l'imprimeur, dont le nom était précédé
de la mention : *Imprimerie mise en réquisition.*

Un des premiers et des plus curieux documents com-
muniqnés par l'autorité supérieure au nouveau rédacteur en chef de son « Moniteur » contenait les instructions relatives à la presse française dans les départements

occupés. Le gouverneur y exprimait le désir « qu'en principe » les journaux français continuassent leur publication ; mais, comme il vaut mieux prévenir que réprimer, ils étaient assujettis à un « contrôle préventif », — bel euphémisme pour désigner la censure.

D'après ces instructions, les censeurs avaient à envisager les articles qu'ils étaient appelés à « contrôler » sous deux aspects différents : les articles contenant le simple récit des faits et les articles d'appréciation.

Pour les premiers, le devoir du censeur était de veiller à ce que les récits de faits ne fussent pas de nature à entretenir parmi les populations françaises des espérances et des illusions pouvant provoquer des soulèvements contre les autorités militaires allemandes. « Seulement, disait le document, il convient d'examiner si les nouvelles de ce genre doivent être simplement supprimées ou s'il ne vaut pas mieux les laisser publier en les faisant précéder ou suivre d'une rectification officielle. De cette façon, ajoute l'instruction donnée par le commissaire civil, on parviendrait à ruiner de fond en comble le crédit des journaux français auprès de leurs lecteurs. Quant aux articles de raisonnement ou articles de fond, le censeur devra biffer tout appel à la désobéissance ou à la résistance envers les autorités allemandes, mais il pourra permettre la discussion calme et modérée des affaires intérieures de la France ; surtout lorsqu'il s'agira d'articles tendant à faire prévaloir chez le lecteur la reconnaissance du fait accompli. »

Enfin le rédacteur de ce curieux document, fidèle au principe de certains dentistes : « guérissez, mais n'arrachez pas, » recommande de « modifier autant que possible les articles hostiles », et « non de les *supprimer* » et prescrit de ne tolérer la mention des actes du gouvernement de Paris, que sous la rubrique : *Nouvelles d'origine française*. Les actes du gouvernement allemand seuls peuvent être désignés comme « documents officiels ».

Le même jour où cette circulaire était adressée aux préfets (prussiens) de Châlons, Rethel, Laon, Meaux, Versailles et Reims, M. Wollheim recevait ses instructions particulières relatives à la publication du *Moniteur*. Le chevalier avait décidé de confectionner le journal à lui tout seul, il avait repoussé avec indignation l'offre de faire venir un ou deux collaborateurs d'Allemagne.

Il s'était borné à demander que les appointements destinés à ces aides lui fussent attribués. Le grand-duc de Mecklembourg lui avait gracieusement accordé ce supplément de solde : « Allez, ne vous gênez pas, vous auriez pu demander davantage, fit le prince en riant ; en temps de guerre tout sort de la grande caisse. »

La grande caisse était celle des contribuables français, dont l'argent devait, en vertu d'un autre ordre de l'autorité prussienne, être versé entre les mains du receveur principal allemand, M. Pochhammer, conseiller de n'importe quoi, et dont le nom tudesque fut changé par les Rémois en celui de *Poche-amère*.

Si M. Wollheim da Fonseca avait réussi à éviter le concours importun de collaborateurs, il n'avait pu échapper au joug d'un surveillant officiel, qui lui fut octroyé dans la personne d'un diplomate bavarois, M. le comte de Taufkirchen, commissaire civil adjoint, que ses propres compatriotes ne se gênaient pas d'appeler comte de *Sauf*kirchen [1], à cause de sa virtuosité dans l'art de sécher les *moos* de bière de son pays.

---

[1] *Saufen* veut dire, en allemand, boire un peu plus qu'un Polonais, presque comme un Bavarois.

M. de Taufou de Saufkirchen fut donc chargé de revoir, avant leur insertion, les élucubrations de M. de Wollheim, qui, du reste, fit tous ses efforts pour échapper à cette tutelle. Il y réussit assez bien, le diplomate bavarois n'était pas un mentor bien sévère ; il fuyait d'ailleurs avec empressement les longues dissertations remontant au déluge et les digressions pédantes dont le rédacteur du *Moniteur* ne manquait jamais de le régaler, quand le comte se permettait une observation ou faisait une réserve au sujet d'un article.

Si M. Taufkirchen laissait la bride sur le cou à l'*ex-privat docent* pour la partie politique du journal, il s'occupait en revanche, personnellement et avec une louable persistance, d'extirper la peste bovine qui, au début de la guerre, ravageait la Champagne.

Chaque numéro du journal officiel contenait une ou plusieurs circulaires, ordonnances, etc., concernant cette épidémie ; les colonnes du journal en étaient si encombrées, que les Rémois appelèrent la feuille de M. Wollheim le *Moniteur bovin*. Les efforts de M. Taufkirchen ne furent du reste point stériles, la maladie ne s'étendit pas aux Prussiens, elle disparut au début de l'hiver ; et jugeant sans doute sa tâche terminée, M. de Taufkirchen s'en retourna en Allemagne.

M. Wollheim, se sentant complètement libre de toute entrave, poussa un grand *ouf !* il se mit alors à entasser dans le *Moniteur* une montagne d'articles lourds et indigestes, bourrés de citations, pour démontrer que l'Allemagne était la première nation du monde et que les Français n'avaient plus qu'à se prosterner devant les souverains, les généraux, les *privat docent* venus d'outre-Rhin.

Dans un article inséré en tête d'un des premiers numéros du *Moniteur*, M. Wollheim avait mis la main

UN HUSSARD S'ESCRIMAIT CONTRE LA CANNE D'UN MONSIEUR

sur son cœur et protesté de son amour pour la France,
« où, disait-il, il avait étudié, *qu'il avait habitée,* et où
il comptait des relations de famille. »

Il promettait de prendre pour devise de son journal :
La vérité, toute la vérité, rien que la vérité.

Cette profession de foi était signée : « Dʳ Wollheim,
chevalier da Fonseca, ancien *docent* à l'université de
Berlin, etc., etc. » Il va sans dire que, revêtu de cette
qualité, M. da Fonseca se prenait pour un grand personnage ; mais il ne cessait de faire résonner son importance,
tout comme les lieutenants des uhlans faisaient résonner
les fourreaux de leurs sabres sur le pavé de la ville. Le
trait suivant montre jusqu'où ce reptile pouvait pousser
l'outrecuidance :

Averti que, sous prétexte d'effectuer des achats pour
des maisons de Reims, des agents de la Prusse, dont
tous malheureusement n'étaient pas des Allemands ,
s'introduisaient dans le département du Nord et recueil-
laient des renseignements de nature à servir l'ennemi,
le préfet (français) de Lille avait interdit, par un arrêté,
tout rapport avec les territoires occupés, et prohibé
l'entrée en Champagne des denrées alimentaires, com-
bustibles et tissus, que Reims et Châlons ont de tout
temps tirés des environs de Lille et dont le commerce
avait été toléré jusque-là. Cette prohibition, nécessaire
au point de vue militaire, pouvait entraîner pour Reims
les plus désastreuses conséquences au point de vue économique. Le conseil municipal décida donc l'envoi d'une
adresse au préfet du Nord pour lui exposer que son
ordonnance affamerait et livrerait aux rigueurs d'un
hiver extraordinairemement dur une cité française de
60 à 70,000 âmes, qui avait déjà le malheur de subir
l'invasion étrangère.

20

Quelques jours après le vote de cette adresse, les
édiles rémois étaient réunis à l'hôtel de ville, dans la
salle ordinaire de leurs séances; le maire, M. Dauphinot,
présidait. Soudain la porte s'ouvre et livre passage à un
quidam qui s'avance vers le maire et lui dit : « Je suis
le chevalier Wollheim, rédacteur en chef du *Moniteur
de Reims.* »

Avant que les pères de la cité se fussent remis de
leur étonnement, l'intrus, prenant une posture oratoire,
leur débita avec force gestes le petit speech suivant :

« Monsieur le maire et vous tous, messieurs, je viens
de mon plein gré vous présenter mes compliments au
sujet des mesures que vous avez prises pour opposer
une digue à la misère, qui malheureusement sévit dans
de fortes proportions. Messieurs, j'ai étudié à Paris, j'ai
passé de longues années en France. Vous voudrez
bien croire à la sincérité de ce que je dis, en exprimant
le vœu que toutes les villes de ce beau pays soient
administrées par une municipalité semblable à celle
de cette magnifique cité. Alors, — croyez que mon
immense amour de l'humanité seul me porte à vous
adresser ces quelques paroles, — alors nous jouirions
bientôt de cette paix, que la Bible promet aux hommes
de bonne volonté ».

A la suite de cette allocution ou plutôt de cette homélie
prononcée le sourire sur les lèvres, M. le chevalier
Wollheim s'attendait à recevoir des remerciements et
des compliments; mais il apprit à ses dépens qu'en
dépit de la réputation faite aux Français par quelques
romanciers et quelques chroniqueurs, il ne suffit pas,
toujours du moins, de jouer au cabotin pour en imposer aux gens et pour récolter des applaudissements. Un
silence glacial accueillit ces paroles : il ne resta plus au

rédacteur du *Moniteur* qu'à battre en retraite avec le
sentiment peu agréable d'avoir manqué son effet.

Ce modèle du parfait « reptile » avait su s'arranger
une vie des plus confortables. Une jeune dame fort avenante, — honni soit qui mal y pense ! — faisait les honneurs de son intérieur. Et aujourd'hui encore l'estomac
reconnaissant de M. Wollheim lui inspire des accents
presque lyriques pour célébrer les merveilles de la cuisine rémoise, soit au « Lion d'Or, » soit au restaurant
Pêcheur, mais surtout à la table de Mme veuve Pomery,
l'heureuse propriétaire de la fameuse fabrique de vin de
Champagne.

L'hôtel de Mme Pomery est un des plus luxueux de
Reims ; aussi M. le prince de Hohenlohe, commissaire
civil de la Champagne, le trouva-t-il à son gré et y
établit-t-il son quartier général pendant toute la durée
de l'occupation. Presque tous les soirs, M. le commissaire civil recevait les fonctionnaires ainsi que les officiers supérieurs de passage, et le champagne de la veuve
coulait à flots. Dans les cas extraordinaires, c'est-à-dire
quand les visiteurs étaient gens de marque, on organisait une partie fine à grand menu dans l'un des premiers
restaurants, et l'on mangeait, on buvait toute la nuit,
« on s'en fourrait jusque-là, » comme le baron de Gon-
dremark dans la *Vie parisienne*. Des voitures vides
attendaient ceux qui étaient pleins pour les reconduire
chez eux. Le digne chevalier était invité à tous ces gueu-
letons, et lorsqu'il avait plusieurs verres de surcharge,
on s'amusait à le « monter », il servait de bouffon à la
noble société.

Vers le mois de décembre, un grand dîner fut offert
au prince de Ratibor, parent de M. de Hohenlohe.

Le richissime prince allait rejoindre un régiment de hussards rouges, dont il portait l'uniforme.

Un des dadas du chevalier Wollheim était de prétendre que les dragons, dans lesquels il avait servi autrefois, étaient les premiers cavaliers du monde, tous les autres ne leur allaient pas à l'étrier. Un des convives du festin mit, pour égayer la société, la conversation sur ce chapitre.

M. Wollheim da Fonseca, qui avait déjà son plumet, ne manqua pas de proclamer la supériorité de ses anciens frères d'armes.

— Prince, dit-il en s'adressant au héros de la petite réunion, vous êtes très aimable, très spirituel, mais vous le seriez cent fois davantage si, au lieu de servir dans les hussards, vous serviez dans les dragons.

Le prince, qu'on avait averti, feignit de se fâcher et répondit par quelques paroles dédaigneuses pour les dragons.

Alors le rédacteur du *Moniteur*, oubliant toute mesure et même le respect inné à tout Allemand pour une Altesse sérénissime, riposta :

— Eh bien, moi, j'affirme qu'un dragon, même avec une canne, est capable de se défendre contre le sabre d'un hussard !

Décidément la comédie devenait intéressante.

— Eh bien, puisqu'il en est ainsi, répondit le prince, sortons, nous allons bien voir !

— Oui, sortons ! rugit le chevalier en enfonçant son gibus sur l'occiput.

Les bons Rémois qui à cette heure déjà avancée gagnaient hâtivement leur logis, virent alors, en passant devant le restaurant Pêcheur, une scène fort comique, malgré la rigueur et la tristesse des temps.

Armé de son grand sabre, un hussard rouge s'escrimait contre la canne d'un monsieur en habit noir, pouvant à peine se tenir et paraissant furieux. Une dizaine
d'officiers de toutes armes assistaient à cette scène héroï-
comique en s'esclaffant de rire. Après plusieurs passes,
le sabre du prince de Ratibor s'abattit sur le couvre-chef
de Wollheim, qui roula dans le ruisseau. Le chevalier
sentant alors combien il était ridicule fut comme dégrisé.

Il ramassa d'un air penaud et mélancolique le chapeau
tout neuf qu'il avait immolé à la gloire des dragons, et
s'esquiva.

Dans ses *Indiscrétions* d'ancien « reptile » et d'employé
aux besognes publiques et clandestines du gouvernement
prussien, M. le chevalier Wollheim da Fonseca consacre
de nombreux chapitres à son séjour à Reims. La science
culinaire du chef de Mme Pomery ayant également été
célébrée par le directeur de la police secrète, Stieber,
dans ses *Mémoires,* M. Wollheim tourne en ridicule
l'ébahissement de ce Berlinois, qui, nourri de vulgaires
pommes de terre et de radis noirs, ne semblait pas se
douter, là-bas dans le nord, de ce qu'étaient les beaux
fruits et les bons vins en France.

Ah! ces dîners de Mme Pomery, avec quels trans-
ports en parlent ceux qui purent s'en régaler!

« Mme Pomery, écrit Stieber à sa femme, a mis toute
sa maison à ma disposition plutôt que d'avoir à loger
de simples soldats. J'ai autant de Champagne, marque
Pomery, à ma disposition, que je puis en désirer. Cette
dame est seule avec sa fille, qui tremble de peur; car
lors de l'entrée de l'armée, nos troupes, par erreur, ont
tiré sur elle. Nos dîners sont splendides; quatre domestiques nous servent à table. Après tant de privations,

quel changement à vue!... Je voudrais seulement pouvoir vous envoyer les pêches et les raisins du dessert! »

Quelle bonne maison! Et comme le chef s'ingéniait! Ses plats étaient de vrais chefs-d'œuvre. On ne regardait pas à la dépense, on servait les primeurs les plus délicates, les vins les plus exquis. Et le champagne, c'était une averse continuelle, on en était imprégné jusqu'aux os!

La veuve Pomery présidait à ces goinfrades.

M. Wollheim a enregistré soigneusement les réparties spirituelles qui s'échangeaient entre elle et lui. Un jour, la maîtresse du logis lui ayant offert de la salade :

— Merci, dit en français M. le chevalier, — *je ne broute pas*.

Une autre fois, on parlait d'une nouvelle favorable donnée par un journal français :

— Mais j'ai démenti cela dans le *Moniteur*, fit M. Wollheim.

— Pardonnez-moi, monsieur, répondit Mme Pomery, mais je ne lis jamais le *Moniteur* (prussien).

— Voyons, madame, fit alors le rédacteur de cette feuille, *vous n'allez pas me la faire à l'oseille!*

Ces deux « traits d'esprit », qui donnent la mesure de la hauteur du « plafond » de M. le chevalier, sont en français dans le livre qu'il a publié.

Malheureusement le volume d'indiscrétion de M. Wollheim s'arrête au mois de décembre 1870, sur le récit d'une pantagruélique ripaille en l'honneur de la fête de Noël. Nous ignorons donc ce que M. le chevalier da Fonseca a fait dans la suite pour la plus grande gloire de M. de Bismarck. Tout ce que nous pouvons dire en terminant ce long chapitre, destiné à faire connaître, d'après ses propres aveux un des plus beaux échantillons

de « reptiles de presse » et d'agent politique secret, c'est
que M. le chevalier Wollheim da Fonseca adressa de
Reims un mémoire très détaillé à M. de Bismarck pour
la création, à Paris, d'un grand journal en langue française, destiné à défendre après la guerre les intérêts de
la Prusse.

Ce beau projet n'a pas été, que nous sachions, mis à
exécution. M. de Bismarck n'avait pas besoin d'un organe
particulier, dont on aurait bientôt vu le bout de l'oreille.
On pouvait, par d'autres moyens et sans éveiller l'attention, arriver aux mêmes fins.

VII

Nous avons anticipé sur les événements en suivant M. le chevalier Wollheim jusqu'en 1870. Pour que notre exposé de l'histoire de la police secrète prussienne soit complet, nous sommes obligé de revenir en arrière, à la fin de l'année 1858.

A Berlin, le ministère Manteuffel a été remplacé par le cabinet libéral Hohenzollern.

On a déclaré la guerre à tous les abus de la réaction, la police secrète est en plein *krach*. Pour bien affirmer le caractère sincère de ce revirement, des poursuites sont exercées contre Stieber pour les différentes illégalités dont il s'est rendu coupable, notamment dans l'affaire du vol des dépêches (Teschen), dans celle du prétendu prince d'Arménie et dans les règlements des billets d'officiers.

Ces poursuites, qui motivèrent même un instant l'arrestation de Stieber, firent un bruit énorme.

Pour se défendre, le chef de la sûreté produisit des

LA DAME VOILÉE L'INVITA A LA SUIVRE

POLICE SECRÈTE PRUSSIENNE   PAGE 151

21

pièces qui compromettaient fortement le ministre de la justice, M. Simons, et le procureur général, M. Schwark. Il est vrai qu'après de longs débats, Stieber ayant pu prouver qu'il avait agi par ordre supérieur et quelquefois sur l'injonction personnelle du roi Frédéric Guillaume, mort au cours du procès, le policier fut acquitté ; mais il n'échappa pas à la mise en disponibilité, qui entraînait une réduction considérable de ses appointements.

Stieber, à cette époque, fut non seulement inculpé d'arrestations arbitraires et d'abus de pouvoir, on l'accusa également d'avoir fait mourir de faim un de ses propres enfants. Cette imputation se produisit d'abord dans un journal de Hambourg : *la Réforme*. Un écrivain qui montrait alors une très vive hostilité contre Stieber raconta qu'en 1849 celui-ci avait confié un de ses enfants, le premier né, à une recéleuse qui avait reçu l'ordre de laisser mourir le petit d'inanition. Cette calomnie (car c'en était une) gagnait un peu en consistance, en raison de la mort de l'enfant. Mais le procès intenté d'office par le procureur général à Eichhoff démontra que le décès de l'enfant, survenu beaucoup plus tard, devait être attribué à la fièvre scarlatine. L'action se termina par une condamnation à neuf mois de prison du journaliste hambourgeois.

Voici donc le chef de la police occulte berlinoise rendu aux douceurs de la vie privée, mais pas pour bien longtemps, comme le prouvera la suite. L'accès de libéralisme qui sévit en Prusse pendant le ministère Hohenzollern fut de courte durée et le successeur du « père Antoine [1] », M. le baron de Bismarck,

[1] Surnom populaire donné au prince de Hohenzollern, dont le fils Léopold a servi plus tard de prétexte à la guerre de 1870.

n'était pas homme à dédaigner les services des mouchards.

Mais, en attendant, le policier dégommé ne savait trop
comment employer ses petits talents, peut-être songeait-
il déjà à s'expatrier, quand une lettre l'invita à se rendre
à l'ambassade de Russie.

Il n'eut garde de manquer à cette convocation.

Quelques menus services rendus à la troisième section
lui avaient déjà valu des tabatières, des gratifications,
même la croix de Saint-Stanislas. Ce n'était pas le moment de dédaigner de semblables aubaines. Il se rendit à
l'ambassade à la tombée de la nuit, entre chien et loup,
car il était tellement impopulaire alors à Berlin, que les
gamins le poursuivaient dans les rues. Il fut introduit
dans le cabinet d'un attaché, M. le baron de Mohrenheim,
qui, dans les cercles diplomatiques, passait pour un
homme d'avenir. Cette prévision n'a pas été démentie,
puisque l'ancien attaché de 1861 remplit en 1884 les
hautes fonctions d'ambassadeur du Tzar à Paris.

M. de Mohrenheim exposa rapidement les faits. Une
très grande dame russe avait été remarquée par un grand
duc de la famille impériale, et si les choses n'étaient pas
allées plus loin, il y avait eu un échange de lettres suffisamment compromettant. Or, les lettres du prince
étaient tombées on ne savait trop comment entre les
mains d'un escroc affilié sans doute à une bande de
voleurs. Cet individu menaçait de faire parvenir les missives princières au mari de la dame, pourvu d'un poste
diplomatique très élevé, si on ne lui payait une somme
tellement forte que la dame en question, qui se fût exécu-
tée en présence d'une demande à peu près raisonnable,
se voyait obligée d'échapper à une rançon aussi forte.

Stieber réfléchit un instant.

— Vous m'avez dit, fit-il, que ce maître chanteur s'appelle Edgard R... et qu'il demeure Bruderstrasse, n° ...

— Parfaitement, répondit M. de Mohrenheim.

— Il y aura peut-être un moyen de nous tirer de là, mais il faut que la dame en question nous aide un peu.

— En quoi faisant?

— Il faut qu'elle écrive à cet individu une lettre suffisamment gracieuse, flattant son amour-propre, laissant supposer qu'elle l'a remarqué.

— Y songez-vous, monsieur? se récria le diplomate, Mme la princesse de S... écrire une semblable lettre!...

— Eh! mon Dieu, elle ne sera pas compromise davantage que par les petits papiers que le drôle a en sa possession. Et puis, qu'importe, nous lui enlèverons cette lettre avec les autres. Suivez bien mon raisonnement... Je connais cet Edgard R... C'est un ancien homme du monde réduit aujourd'hui aux expédients, aux escroqueries. Mais il lui reste de son passé une immense fatuité. Qu'il reçoive de Mme de S... un billet tel que je l'indique, il n'aura aucun soupçon si, par un messager que je me charge de lui dépêcher, Mme de S... lui donne un prétendu rendez-vous ici même. Il tombera dans le piège comme un enfant. L'amener là, c'est tout ce que je vous demande. Le reste me regarde, moi et deux ou trois solides gaillards résolus et musclés à souhait.

— Mais s'il n'a pas les lettres sur lui?

— Eh bien! nous l'enfermerons sans boire ni manger dans une de vos caves, jusqu'à ce qu'il indique où les papiers se trouvent. Mais je suppose que cela sera inutile.

En effet, les choses se passèrent comme le très perspicace Stieber l'avait prévu. Sur un billet assez galamment tourné, Edgard R... s'imagina pour tout de bon que la grande dame qu'il voulait exploiter était devenue

amoureuse folle de lui. Il trouva donc tout naturel de se
rendre à un rendez-vous nocturne que la dame lui
donnait dans l'hôtel mitoyen de l'ambassade qu'elle habitait. Introduit dans le jardin très touffu situé derrière
la maison, par une porte donnant sur une petite ruelle,
il trouva une dame ayant à peu près la tournure et portant le costume de la princesse de S... C'était une femme
de chambre ressemblant un peu à sa maîtresse, à qui
elle était toute dévouée. Le doigt sur la bouche, la dame
voilée l'invita à le suivre au fond du petit parc.
Edgard R... était aux anges, lorsque, tout à coup, il se
senti saisi, bâillonné et ficelé. C'étaient les deux gaillards de Stieber, qui, cachés dans l'épais feuillage des
arbres, s'étaient élancés sur l'infortuné amoureux,
l'avaient jeté à terre avant même de lui laisser le temps
de revenir de sa surprise et de crier. Évidemment,
Stieber, qui aimait à puiser ses *trucs* dans les romans,
avait lu les *Mohicans de Paris*, qui venaient de paraître.

Edgard R... fut immédiatement fouillé, et on trouva
cousus dans la doublure de son paletot les précieuses
lettres et le billet de la princesse.

Dès que les gens de Stieber se furent assurés de cette
bonne prise, ils relevèrent leur victime, mais sans lui
ôter son bâillon. Ils conduisirent Edgard R... dans l'une
des pièces de l'ambassade, où une certaine somme, qui
était bien loin d'atteindre celle qu'il avait eu l'audace
de réclamer, lui fut comptée.

— Il y en aura autant pour vous au bout de l'année,
lui dit la personne qui lui remit cet argent, si vous vous
taisez sur ce qui s'est passé ; c'est du reste dans votre intérêt
plus que dans le nôtre, car vous pourriez toujours être
poursuivi pour chantage et complicité de vol.

Edgard R... promit de se taire et se tut.

Or, le plus curieux de l'affaire, c'est que Mme la Princesse de S..., en grande dame slave et fantasque qu'elle était, s'éprit de curiosité et ensuite d'autre chose pour l'homme qui, sur quelques lignes de sa main, avait donné dans un piège en somme assez grossier.

Peu de temps plus tard, la princesse et Edgard R.., qu'un héritage avait remis à flot, se rencontrèrent dans une ville d'eaux où leur liaison causa un grand scandale.

Mais ceci n'est plus de notre compétence. Si nous avons rapporté ce petit épisode, c'est parce qu'il eut pour Stieber les plus brillants résultats. L'insurrection polonaise venait d'éclater; on ne parlait que de complots contre la vie du Tzar, et les rapports secrets affirmaient que ces attentats étaient préparés en Allemagne, et que les conjurés voulaient profiter du voyage annuel d'Alexandre II aux eaux d'Ems pour les mettre à exécution.

Stieber fut chargé, par l'intermédiaire de M. de Mohrenheim, d'organiser un véritable corps de police secrète dont la tâche consistait exclusivement à surveiller les émigrés polonais[1] et à garantir la sûreté personnelle du Tzar, pendant son séjour dans les villes d'eaux allemandes. Stieber reçut carte blanche pour recruter son personnel. Outre le remboursement de tous les frais, des appointements superbes, qui le dédommageaient amplement de la perte de son emploi en Prusse, lui furent accordés. L'ex-chef de la sûreté n'était, du reste, pas aussi à plaindre qu'il avait voulu le faire croire un instant. Malgré sa nombreuse famille, et bien que ses appointements officiels n'eussent jamais dépassé 1,000 thalers, ou 3,750 francs par an, l'ingénieux chef de la

[1] La plupart de ces émigrés vivaient à Dresde et à Francfort.

police secrète avait trouvé moyen d'acheter sur ses « économies » un vaste terrain où il fit bâtir, et qu'il revendit
avec d'énormes bénéfices. Pendant deux ou trois ans,
les affaires russes l'absorbèrent complètement. Il avait
embauché la plupart de ses anciens sbires, que le ministère libéral avait congédiés, et toute une escouade
d'aventuriers et de chenapans à mine patibulaire que
l'on voyait errer à toute heure du jour et de la nuit
autour de la petite villa qu'Alexandre II avait l'habitude d'habiter lorsqu'il prenait les eaux d'Ems. Ces individus marquaient si mal, comme dit le peuple, qu'un
jour l'empereur en fut effrayé, croyant que c'étaient des
voleurs méditant un mauvais coup.

Quant aux émigrés polonais de Dresde, Stieber avait
recours aux belles et faciles demoiselles de cette ville de
joie allemande [1] pour découvrir leurs secrets. Il avait à
son service tout un escadron volant de cotillons qui
souvent lui fournissait — le Polonais a le cœur tendre
et l'humeur volage — d'utiles et précieuses informations.

Trois années se passèrent ainsi, quand, en 1864, le
sieur Brass, rédacteur en chef de la *Gazette de l'Allemagne du Nord*, un renégat démocrate-socialiste, qui
avait vendu son journal à M. de Bismarck, pria Stieber
de passer le soir même au bureau de la rédaction de
cette feuille.

Brass et Stieber se connaissaient et s'appréciaient mutuellement. Le grand « reptile » et le chef policier
étaient deux âmes sœurs capables de se si bien comprendre ! Ils avaient donc des rapports fréquents, presque
journaliers.

Après avoir, en bon père de famille, pris son thé avec

---

[1] Voir l'*Allemagne amoureuse*, 1 vol. Dentu, éditeur.

les siens, Stieber armé d'un parapluie, car il pleuvait à
verse, se mit en route pour la Wilhemtrasse, où sont
situés les bureaux de la feuille officieuse, qui avait alors
les allures d'un véritable pamphlet quotidien, déversant
l'injure, la diffamation et la calomnie sur les libéraux et
les progressistes soutenant la lutte célèbre connue sous
le nom de « conflit parlementaire ».

La grosse besogne du jour était terminée, les bureaux
étaient complètement déserts. Seul le rédacteur en chef
travaillait encore dans son cabinet directorial. M. Brass
corrigeait des épreuves qui lui avaient « été remises en
double », car un paquet de placards du même article
était posé sur un coin de la table, devant un siège vide
attendant un visiteur.

— Mon cher ami, dit le rédacteur en chef, lorsque
Stieber eut été introduit et tandis que le policier se
chauffait auprès d'un grand poêle, cette soirée peut
avoir pour vous d'immenses résultats. Depuis longtemps
je voulais vous mettre en rapport avec le premier ministre. Il va venir dans quelques instants pour corriger,
comme il le fait fréquemment, un article rédigé sur des
notes envoyées par lui ce matin. Vous aurez l'air de vous
trouver ici comme par hasard. Tâchez de lui plaire, je
suis sûr qu'à la première occasion, il vous emploiera et
vous rendra la position que ces gredins de libéraux vous
ont enlevée.

Stieber n'eut pas le temps de remercier son ami.

Une petite porte en tapisserie communiquant par un
escalier directement avec la rue s'était ouverte, et la
puissante carrure surmontée de la tête de bouledogue
de M. de Bismark parut dans l'encadrement.

Le premier ministre était assez difficile à reconnaître:
d'une part, le collet de son ample manteau relevé jus-

qu'aux oreilles, de l'autre sa casquettte d'uniforme en-
foncée jusque sur les yeux dissimulaient complètement
sa figure.

A peine entré, il se débarrassa de son manteau, qu'il
jeta négligemment sur un meuble, ôta sa casquette et
se montra dans cet uniforme de colonel de la landwehr,
qui semble avoir été créé exprès pour lui, tellement il le
porte bien. Il tendit la main à M. Brass et répondit par
une légère inclinaison de tête au profond salut de Stieber.

— Ah! voici les épreuves, fit M. de Bismark en apercevant les placards. Et immédiatement — après s'être
toutefois donné le temps d'allumer un cigare — il prit
dans un plumier un énorme crayon long de trente à
quarante centimètres, taillé des deux bouts ; et, sans se
préoccuper autrement de MM. Brass et Stieber, il parcourut l'article changeant une phrase par-ci, modifiant un
mot par-là, le tout rapidement, d'un coup de crayon
brusque et sec.

— C'est cela, c'est parfaitement cela, s'écria-t-il, lorsqu'il eut fini, vous leur donnez leur compte ; décidément,
mon cher Brass, vous êtes un bon molosse et vous vous
entendez à mordre. MM. Virchow, Gneist et autres progressistes vont encore pousser des rugissements !

D'un signe de tête, M. de Bismark indiqua Stieber,
que M. Brass présenta enfin.

— Je regrette beaucoup, fit le premier ministre, sans
autre préambule, de ne pouvoir vous rendre votre ancienne position, mais il y aurait trop de criailleries. Il
faut encore laisser passer quelque temps... Mais en attendant, je voudrais vous confier quelques missions très confidentielles à l'étranger, en Saxe et en Bohême, il y a là
une foule de renseignements à recueillir et dont j'aurai
besoin quand les choses se gâteront décidément avec nos

LES TIRAILLEURS TIRAIENT PAR LES FENÊTRES

voisins et chers amis les Autrichiens... Ensuite, comme vous vous occupez des Polonais, je ne serais pas fâché de savoir ce que ces gens-là font, et surtout ce qu'ils méditent relativement à notre grand duché de Posen... Il ne faut pas que l'on soupçonne nos relations, cela ferait trop de bruit ; et, dans l'intérêt même de vos renseignements, le public doit croire que votre disgrâce continue. Brass se chargera de me faire parvenir vos notes ; de temps en temps, nous nous rencontrerons ici. Servez-moi bien ; je ne suis pas de ceux qui *lâchent* leurs colloborateurs. Le jour viendra où je n'aurai plus de ménagements à garder, où tous seront à mes pieds me demandant pardon de m'avoir méconnu. Ce jour-là, nous pourrons régler nos comptes.

A la suite de cette entrevue, Stieber déguisé en mouchard ambulant, — tantôt en photographe, tantôt en saltimbanque ou en marchand de statuettes de plâtre et d'objets de piété, parcourut les contrées où deux ans plus tard devait se jouer le drame de Sadowa.

Pendant cette tournée, il lui arriva une mésaventure dans la petite ville de Trautenau, où, il s'était présenté en « colporteur », offrant à tout le monde des marchandises qui ont le don de plaire aux paysans : foulards aux vives couleurs, bijoux en simili-or et simili-argent, livres de messe et livres d'images. Un voyageur de commerce de Berlin crut reconnaître le prétendu « camelot », et le dénonça aux buveurs rassemblés dans la salle commune de la principale auberge. Justement des rumeurs relatives aux espions couraient par tout le pays ; la foule, excitée par le voyageur, très heureux de se défaire d'un concurrent, se rua sur le faux camelot, le roua de coups et le conduisit ensuite devant le bourgmestre, M. Roth, qui le garda en prison pendant toute la nuit et

22

le fit expédier le lendemain à la frontière par la gendarmerie.

Peu de jours avant la déclaration de guerre à l'Autriche, M. de Bismarck traversait la Wilhelmstrasse,
rentrant à l'hôtel des affaires étrangères, quand un jeune
homme d'une vingtaine d'années, qui depuis quelques
instants suivait le ministre, l'assaillit à coups de revolver. Les balles s'aplatirent sur la cotte de mailles que
le comte, prévenu vaguement, portait sous ses vêtements. M. de Bismarck se jeta sur l'auteur de cette tentative, le désarma lui-même et le remit aux gardiens
accourus au bruit des détonations. Conduit au poste le
plus voisin, le jeune homme s'affaissa sur le plancher,
et, avant qu'il fût possible de lui administrer le plus
léger secours il avait cessé de vivre. Au moment de son
arrestation, il avait avalé un poison violent contenu dans le
chaton d'une bague. Les papiers trouvés dans ses poches
établirent que ce jeune Brutus germanique était Charles
Blind, fils adoptif d'un des principaux chefs du parti républicain allemand, réfugié à Londres depuis 1848.
Sans doute l'infortuné jeune homme avait voulu tuer
celui que beaucoup de ses futurs adulateurs considé-
raient alors comme le fléau et le tyran de l'Allemagne.
N'ayant pas réussi, il s'était héroïquement soustrait aux
geôliers. Cet attentat fit une impression profonde sur le
chancelier. Il ne voulait pas admettre que l'acte de
Charles Blind fût isolé ; selon lui, le jeune fanatique
était l'émissaire d'une bande nombreuse de conjurés. Il
avait échoué, mais d'autres viendraient à la rescousse ;
or, au moment de risquer cette grosse partie, dont il
préparait le jeu depuis cinq ans, à la veille de toucher au
but, M. de Bismarck redoutait par dessus tout un coup

de stylet ou une balle qui eut mis un terme aux vastes
espérances de son ambition.

S'il y avait un complot, il fallait le déjouer ; s'il y avait
des complices, il fallait les découvrir.

Le seul homme capable de remplir une semblable tâche
c'était Stieber, le roi des limiers, connaissant sur le
bout des doigts son personnel démagogique.

Cette fois, le premier ministre n'hésita plus ; sans
s'inquiéter des criailleries et des réclamations, il télé-
graphia à l'ex-chef de la sûreté, qui prenait les eaux sur
les bords du Rhin, d'accourir à Berlin sans désemparer
pour reprendre ses anciennes fonctions.

Lorsque, quelques jours plus tard, la guerre fut effec-
tivement déclarée, Stieber fut nommé chef de la police
de campagne au grand quartier général. En cette qualité il devait veiller tout particulièrement sur la sécurité
du roi et sur celle de M. de Bismarck. Deux commissaires
de police et quelques agents triés sur le volet lui furent
adjoints.

Les fonctions confiées à Stieber étaient d'un genre
particulier, et, en somme, assez difficiles à définir. Il
n'avait rien à voir à la police militaire proprement dite,
qui dépendait des chefs de corps et qui était exercée par
leurs prévôts ; il n'était pas chargé non plus du « service
d'informations », vulgairement appelé « espionnage »,
dont M. de Moltke avait tous les fils en main. Il n'était
chargé de rien, et, au besoin de tout ; c'était au « chef
de la police de campagne » que devaient échoir les besognes louches et inavouables, la surveillance de quelques
princes suspects aux yeux de M. de Bismarck, et notamment du prince royal, la surveillance des journalistes
autorisés à suivre le quartier général, etc. ; bref, c'était
l'homme que le chancelier voulait avoir à portée de son

bras pour lui faire exécuter des ordres dont nul ne voulait être chargé.

A la veille de son départ de Berlin, Stieber, grisé par la perspective de pouvoir de nouveau satisfaire ses goûts pour l'arbitraire, trouva moyen de faire parler de lui afin que chacun sût bien qu'il était rentré en fonctions et qu'il n'avait pas modifié ses façons d'être depuis six ans.

Un négociant de Berlin était prévenu d'avoir conclu avec l'armée bavaroise des traités pour fournitures.

Stieber vint avec fracas faire une perquisition dans les bureaux de M. Epner, le commerçant en question. Il l'obligea à produire ses livres et dressa procès-verbal.

M. Epner, dont l'innocence avait été complètement démontrée, se plaignit auprès du président de la police locale, et celui-ci, M. de Bernuth, infligea à Stieber un blâme avec amende. Mais M. de Bismarck couvrit son protégé, et remise lui fut faite de l'amende. Le lendemain, Stieber partit pour la Silésie par le même train qui emportait le roi et le premier ministre.

Il n'entre pas dans le cadre de notre récit de parler des principaux faits de guerre très connus de la courte campagne de Bohême, commencée le 22 juin 1866 et terminée le 4 juillet par le coup de foudre de Sadowa. Rappelons seulement que l'armée prussienne fut divisée en deux parties ; l'une traversa la Saxe, abandonnée par son roi et ses troupes, tandis que l'autre pénétrait en Autriche par la Silésie. Guillaume était à la tête de la première armée, qui eut à lutter presque chaque jour contre les Autrichiens, défendant bravement, mais sans succès, le sol de la patrie.

Un de ces combats quotidiens très opiniâtres et excessivement meurtriers fut livré autour de la petite ville de

Trautenau, où la mésaventure que nous avons rapportée
était arrivée au chef de la police de campagne. Les
Prussiens s'emparèrent d'abord de la ville, mais ils en
furent délogés par les Autrichiens, qui, à leur tour, en
furent définitivement chassés, lorsque l'ennemi revint en
force, avec de l'artillerie. Pendant la lutte, des tirailleurs
impériaux s'étaient retranchés dans les maisons et
tiraient sur les assaillants par les fenêtres et les lucarnes.
Stieber, impatient de venger l'affront qu'il avait subi,
rédigea un rapport, portant que les habitants de Trautenau
avaient pris part à la lutte ; que les femmes avaient jeté
du pétrole et de l'eau bouillante sur les grenadiers prussiens, et que cette résistance avait été organisée et préparée par le bourgmestre de la ville, M. Roth. A la suite
de ce rapport absolument mensonger, que plusieurs
misérables faux témoins avaient confirmé, la petite ville
fut livrée au pillage ; plusieurs maisons désignées, comme
ayant servi de refuge à ceux qui se défendaient, furent
brûlées. Sur l'ordre de Stieber, on arrêta le Dr Roth,
membre du Parlement autrichien, et on le maltraita de
la plus prussienne des façons. Il aurait certainement été
fusillé sur place, si un général qu'il avait connu autrefois n'avait obtenu un sursis et la comparution en conseil
de guerre de l'infortuné bourgmestre, qui prouva enfin
qu'il était la victime innocente d'une erreur, il n'osait
dire d'une « vengeance ». Cet incident, en s'ébruitant
dans l'armée, augmenta encore l'antipathie instinctive
des militaires pour « le chef de la police de campagne »,
et, pendant toute la durée de la guerre, Stieber eut
à endurer différentes avanies, et reçut plusieurs leçons
dont le consolait mal la protection toute-puissante de
M. de Bismarck.

Nous avons dit que la surveillance des journalistes au-

torisés à suivre les opérations militaires faisait partie
des attributions de M. Stieber. Il reçut sous ce rapport
les instructions très particulières de M. de Bismarck, et
il dut s'occuper surtout des rédacteurs parisiens, dont
trois ou quatre se trouvaient à la suite du grand état-
major. Les journaux français étaient alors divisés en deux
camps, les uns étaient autrichiens, les autres prusiens.
D'un côté comme de l'autre, les feuilles avaient épousé
la cause de leurs clients respective avec une fougue
extraordinaire, une véritable *furia francese*. Le *Siècle*
(dirigé alors par M. Léonar Havin, et dont la rédaction
était toute différente de celle d'aujourd'hui[1]) et la défunte
Opinion nationale étaient certainement plus prussiens
que leurs confrères la *Gazette de la Croix* ou la *Gazette
nationale*, tandis que les journaux les plus patriotiques de
Vienne pâlissaient certainement à côté de l' « ostra-
cisme » du *Constitutionnel* ou de la *France*. En lisant ces
articles où des Français s'échauffaient si fort pour un
drapeau qui n'était pas celui de leur pays, on se demandait pourquoi les auteurs de ces ardentes polémiques
restaient tranquillement sur le boulevard et pourquoi ils
ne luttaient pas en Bohème, celui-ci coiffé du casque à
pointe, celui-là du shako noir bordé de jaune. Lorsque
toutes les considérations personnelles pourront être
mises de côté, un *mémoriste* futur nous dira peut-être
avec pièces à l'appui si la conviction seule animait les
Autrichiens et les Prussiens de Paris, et si cette conviction n'était pas aidée et étayée par d'autres considérations d'un ordre différent.

Quoi qu'il en soit, M. de Bismarck, qui affecte de dédaigner la presse, mais qui pendant toute sa carrière a su

[1] Personne n'a le cœur plus loyal et plus français que le directeur actuel du *Siècle*, l'honorable M. Jourde.

apprécier et tirer parti de cette « sixième grande puissance », estimait à son prix le concours bénévole ou non que lui prêtait une grande partie de la presse parisienne, et justement cette fraction qui, en raison de son attitude libérale, exerçait la plus grande action sur l'opinion publique. Rien ne fut négligé pour encourager ces journaux à persévérer dans leur ligne de conduite, si profitable à la maison de Hohenzollern. On ne leur ménageait ni les égards ni les renseignements, cette manne précieuse des publicistes. M. le baron Von der Goltz, l'ambassadeur du roi Guillaume, un grand seigneur s'il en fût, était toujours visible pour les journalistes parisiens en quête d'informations, et M. Bamberg, le consul de Prusse, était trop heureux de se mettre en quatre pour procurer une « primeur » aux écrivains qui daignaient l'honorer de leur amitié et accepter les succulents dîners cuisinés dans sa villa d'Enghien.

Parmi les journaux choyés à l'ambassade de Prusse, le *Siècle*, en raison de son ancienneté, de son énorme tirage et de l'autorité qu'il avait acquise dans le monde diplomatique et dans le monde financier, et aussi en raison de l'éclat littéraire de sa rédaction, était au premier rang. Son correspondant en Bohème, M. Vilbort, d'origine belge, fut accueilli et traité au quartier général avec tous les honneurs dus à un véritable plénipotentiaire. Il importait en effet que les correspondances insérées par le journal de la rue Chauchat se ressentissent des attentions flatteuses dont son auteur était l'objet, et que les centaines de milliers de lecteurs du *Siècle* fussent émerveillés des qualités dignes d'admiration des soldats de Guillaume. Dès son arrivée au camp, M. Vilbort fut recommandé aux bons soins de Stieber et à sa plus zélée sollicitude.

Le chef de la police de campagne s'acquitta de son
mandat à la perfection, veillant à ce que le journaliste
parisien trouvât partout gîte et nourriture, ce qui n'était
pas toujours facile, car la Bohême est un pays assez
pauvre, et, avant les Prussiens, les Autrichiens avaient
fait maison nette. Enfin, le jour de Sadowa, M. Stieber
conduisit M. Vilbort dans sa propre voiture sur le champ
de bataille, et poussa l'obligeance jusqu'à lui donner
une foule de détails, qui naturellement figurèrent à la
plus grande gloire de l'armée prussienne dans les colonnes du *Siècle*. Comment être désagréable à des gens
qui font tout pour vous plaire? Les lettres du *Siècle*
furent si goûtées à la cour de Prusse, qu'après la guerre,
le roi résolut d'envoyer une décoration à M. Vilbort.
Mais, sur ces entrefaites, la situation de l'Europe s'était
compliquée; de gros nuages de guerre s'étaient amon-
celés entre Paris et Berlin, et, soit qu'il agît de son propre
mouvement, soit qu'il y fût contraint par son directeur, l'ex-correspondant du journal parisien refusa cette
croix. Le roi Guillaume fut, dit-on, furieux; considérant
ce refus comme une insulte personnelle, il jura sur sa
couronne que jamais il n'accorderait plus de décoration
à un journaliste.

Après Sadowa, Stieber fut chargé d'administrer la
riche cité manufacturière de Brunn, capitale de la Mora-
vie, où Guillaume établit pendant quelques jours son
quartier général. Là, ce policier vindicatif put se pavaner
à l'aise et faire la roue, grâce à la platitude des habitants,
qui accueillirent l'ennemi sans la moindre hostilité.

« Je me rendis à la mairie, raconte Stieber dans ses
Mémoires, et je demandai qu'on me livrât la police, le
télégraphe et la poste. Je trouvai le plus grand empressement à satisfaire mes désirs. Il y avait ici un gouverneur

IL NE RECULERA PAS DEVANT L'AGENT

impérial et un directeur impérial de la police. Tous deux
ont pris la fuite, c'est moi qui les remplace. A cinq
heures de l'après-midi, séance de la municipalité; j'y ai
assisté, revêtu de mon uniforme de gala, et j'ai inau-
guré ainsi mes fonctions. Le roi et sa cour ne sont
arrivés que le soir; j'ai eu l'honneur de saluer Sa Majesté aux portes de la ville, à la tête de la municipalité et
du haut clergé. On n'a pas manqué de prononcer les
inévitables discours. La ville de Brunn est très riche et se
conduit avec beaucoup de libéralité à notre égard. Je
suis logé dans un hôtel de premier ordre, avec nourriture et vin à discrétion. J'ai à ma disposition une calèche
et deux agents de police. Quand je sors, deux gendarmes
prussiens galopent à côté de ma voiture, un agent autrichien se tient sur le siège à côté du cocher : je ne fais pas
mince figure. J'ai supprimé cinq journaux qui se pu-
bliaient dans la ville; quatre autres continuent de
paraître avec ma censure. Il y a aussi un théâtre où j'ai
permis de jouer sous bonne et due surveillance. »

On pourra comparer l'accueil que Stieber reçut de la
part des drapiers de Brunn avec la réception qu'on lui
fit plus tard à Versailles. Mais il n'est pas de roses sans
épines. Les généraux étaient médiocrement flattés de
voir un mouchard étaler son importance dans un carrosse escorté de cavaliers et jouer au potentat. Dans une
lettre à sa femme, Stieber exhale ses plaintes :

« Bien que j'occupe ici à Brunn une position importante, dit-il, je ne suis pas toujours sur un lit de fleurs. Il
y a trop de supérieurs, et il est difficile de s'entendre
avec les officiers de haut grade, surtout quand chacun
veut commander. Heureusement, je me moque de tout
puisque tout cela est passager. Je m'aperçois que moins
l'on en fait, moins l'on a d'ennuis. J'espère que la guerre

finira bientôt. Je vois que M. de Bismarck a aussi de la peine à maintenir sa position au milieu de toute cette aristocratie militaire. »

Pendant les négociations qui se poursuivirent à Nikolsbourg et qui précédèrent la conclusion de paix de Prague, Stieber occupa un appartement dans le château même où les plénipotentiaires se réunissaient tous les jours.

Il devait surtout surveiller le diplomate français, M. Benedetti, qui venait d'arriver au quartier général comme pour bien marquer l'intervention de Napoléon III, son maître. C'est dans ce château, appartenant au ministre des affaires étrangères autrichien, que Stieber vit le comte de Bismarck et le magnat hongrois Karolyi, qui avait jadis ébloui tout Berlin par l'éclat de ses fêtes à l'ambassade d'Autriche, attablés devant une cruche en grès remplie de bière et discutant les préliminaires du traité de paix.

Au commencement d'août, le roi, M. de Bismarck et tout leur monde retournèrent à Berlin. Il y eut des récompenses, des grades, des croix et des dotations pour les artisans de la victoire. Stieber ne fut pas oublié. Il reçut le titre de *Geheim-Rath* (conseiller intime) et fut placé à la tête de la haute police d'État.

VIII

Quel contraste entre l'été de 1866 et celui de l'année
suivante ! Au lieu des horribles tableaux de guerre, de
meurtre et d'incendie auxquels le roi Guillaume assistait
en Bohême, c'était le magique et splendide panorama
de la grande exposition du Champ-de-Mars qui se dérou-
lait devant les yeux du vainqueur de Sadowa.

Peu s'en était fallu qu'au lieu de venir en hôte pacifique, le roi de Prusse n'entrât trois ans plus tôt en conquérant dans ce beau pays de France, si fier des richesses,
du luxe et de la pompe qu'étalait sa capitale. Mais à la
veille même de l'ouverture de l'Exposition, le conflit
menaçant du Luxembourg avait été apaisé en vertu de
quelque mystérieux *quos ego;* la grande tragédie avait été
ajournée, il n'y eut de place que pour la féerie à grand
orchestre avec accompagnement de flons-flons d'Offen-
bach et de détonations de bouchons du vin de Champagne.

La curiosité des Parisiens fut vivement surexcitée à
l'annonce de l'arrivée de ce petit-fils de Frédéric le Grand
qui avait poussé avec tant de vigueur l'œuvre commen-

cée par son aïeul. Une légende s'était formée autour de
ce roi-soldat qui escamotait avec une prestesse inconnue
depuis Napoléon I*ᵉʳ les provinces et les royaumes.

Pour les Parisiens, alors tout férus d'idées de cosmo-
politisme et d'humanisme, ce monarque casqué était un
type d'un autre âge, le type du sabreur, qu'on était plutôt tenté de considérer par le côté grotesque que par le
côté sérieux. Pour beaucoup, pour la masse privée de
toute appréciation et de tout sain jugement des affaires
d'Europe, le César germain n'était que le général Boum
de la « grande-duchesse de Gérolstein ».

Justement cette perspective de voir en chair et en os
un héros de théâtre-bouffe fit « faire recette », comme
on dit en argot de théâtre, à l'arrivée du roi de Prusse
à Paris. Non seulement les badauds et les oisifs affluèrent
à la gare du Nord et s'échelonnèrent sur tout le parcours
royal, mais on vit les députés du Corps législatif déserter
en masse la salle des séances et aller faire haie sous les
arcades de la rue de Rivoli pour apercevoir les traits de
ces trois hommes, dont les trompettes de la renommée
avaient proclamé la gloire avec tant de fracas : Guillaume,
Bismarck et de Moltke.

Derrière les calèches, sortant des remises impériales
et qui avaient été chercher au débarcadère les hôtes
illustres de Napoléon III, venaient quelques coupés d'aspect plus modeste.

L'une de ces voitures était occupée par le conseiller
intime Stieber. Depuis quelques jours, le chef de la
police prussienne avait envoyé sur place les plus habiles
de ses limiers. Mêlés à la foule, ceux-ci poussèrent, au
passage du roi de Prusse et de sa suite, des « vivats »
qui n'eurent aucun écho.

En même temps que S. M. Guillaume, le Tsar Alexandre

s'était rendu à l'invitation de Napoléon III. On ne voyait alors dans cette visite simultanée des deux souverains du Nord qu'une coïncidence fortuite; mais depuis, les lecteurs attentifs d'ouvrages historiques très sérieux (entre autres les *Origines de la guerre de* 1870, par Rothan) ont pu se convaincre que cette coïncidence avait été voulue et préparée par la diplomatie prussienne afin d'empêcher un rapprochement trop sensible entre le Tsar et Napoléon III, rapprochement qui se serait certainement produit, si Alexandre II s'était trouvé seul livré à l'influence de son hôte, qui n'avait pas encore perdu toutes ses qualités de « charmeur ».

Un incident dramatique devait d'ailleurs servir les intentions de la diplomatie prussienne.

Stieber, qui, malgré sa position officielle en Prusse, s'était bien gardé d'abandonner ses relations avec la police secrète russe, avait à veiller à la fois sur Alexandre et sur Guillaume. Sachant que les Polonais très nombreux vivaient en France, et que parmi eux se trouvaient des fanatiques ayant à venger des proches, fusillés, pendus ou déportés, il concentra tous ses efforts et toute son activité pleine de ruse à deviner et à prévenir les plans et les complots des réfugiés. Longtemps à l'avance une série d'espions s'étaient répandus aux Batignolles, où habitait une grande partie de l'émigration; tout Polonais suspect était filé par un de ces agents. Grâce à de faux frères que les mouchards attitrés surent embaucher, Stieber fut tenu au courant des conciliabules qui avaient lieu une ou deux fois par semaine dans un petit pavillon situé avenue de Clichy, au fond d'un jardin, à une petite distance des fortifications.

Tout d'abord on se communiquait les nouvelles du pays, on lisait les journaux clandestins, on discutait

parfois des conditions d'alliance avec la secte des Nihi-
listes russes, qui venait de s'affirmer par la tentative
d'assassinat commise par Karakasoff sur le Tsar, au jardin d'hiver de Saint-Pétersbourg. Et il est fort probable
que, comme cela arrive très souvent, ce fut un des agents
provocateurs à la solde de Stieber qui mit en avant l'idée
de profiter du passage d'Alexandre II à Paris pour l'assassiner. Quoi qu'il en soit, l'idée fut accueillie favorablement par la plupart des compères, tandis que d'autres,
les vrais patriotes, protestèrent énergiquement contre
une telle action, qui ne pourrait, en aucun cas, améliorer la situation de la Pologne, et qui compromettrait
la bonne renommée de la France. Les dissidents s'abs-
tinrent désormais de venir avenue de Clichy, et, comme
ils représentaient les éléments les plus intelligents et les
plus modérés, la réunion fut livrée tout entière à la
direction et aux inspirations des agents provocateurs.
Stieber était tenu journellement au courant de ces conciliabules, tandis que la police française, trop occupée
ailleurs, ne s'apercevait de rien.

A la frontière, Stieber avait reçu dans le train royal
une dépêche très pressante d'un de ses principaux agents,
lui indiquant un rendez-vous pour le soir même, dans
un petit cabaret borgne situé près des Halles. Il s'agissait, ajoutait la dépêche, d'une affaire très urgente.
Aussi, à peine descendu à l'ambassade de la rue de
Lille, où il logeait, ainsi que M. de Bismarck, tandis que
le roi et le prince royal étaient installés aux Tuileries,
Stieber, affublé d'une perruque et d'une barbe postiche,
se rendit à l'endroit indiqué par son agent. Au moment
où le chef de la police secrète franchit le seuil du restaurant, il fut pris à part par celui qui l'attendait :
« Ils ont décidé, fit-il d'un ton bref, d'assassiner le Tsar.

Le crime sera commis demain au retour de la grande
revue donnée au bois de Boulogne en l'honneur du souverain. On a tiré au sort pour savoir celui qui devait
frapper. Voici le nom sorti de l'urne. »

Et l'agent tendit à son chef un bulletin sur lequel on
lisait : *Boleslas Berezowski.*

— C'est un garçon très résolu, dit l'agent, un fanatique, le hasard ne pouvait pas en désigner un meilleur,
il ne reculera pas.

— Vous le connaissez ?

— Parbleu ! fit l'agent, nous sommes du même village ; il est mon ami intime. Quelquefois nous nous dis-
putons, quand je lui reproche de n'être pas assez chaud.

— Eh bien ! ne le perdez pas de vue, vous entendez ?
Faites-le suivre pas à pas, je vous donnerai des instructions nouvelles. Revenez ici ce soir à minuit.

Stieber héla un fiacre et se fit rapidement conduire à
la Préfecture de police. Il voulait mettre M. Piétri au
courant de ce qu'il venait d'apprendre et l'engager à
agir sans retard. Mais, par une de ces circonstances qui
font le jeu de la fatalité, le préfet de police dînait au
château de Saint-Cloud.

De l'hôtel de la préfecture, Stieber se rendit au palais de l'Elysée, où logeait le Tsar ; mais, là aussi, la
maison était vide, le Tsar était dans un petit théâtre du
boulevard où brillait une comédienne fort en vogue, et
les aides de camp s'étaient éparpillés à travers la ville.

Au moment où Stieber se faisait descendre devant
l'ambassade d'Allemagne, une élégante victoria, supé-
rieurement attelée, franchit la porte cochère de l'hôtel.
Dans cette voiture était M. de Bismarck, qui, après avoir
copieusement dîné, se disposait à faire un tour de Bois.

Sur un signe de Stieber, le chancelier donna ordre
à son cocher d'arrêter.

— J'ai une communication de la plus haute impor
tance à faire à Votre Excellence, fit à voix très basse le
conseiller intime.

— Sera-ce long? demanda le chancelier d'un air enjoué

— Cela dépend.

— Eh bien! je ne veux pas me priver de ma promenade
Qui sait quand j'aurai encore une heure à moi?... Montez

Le policier prit place sur les coussins de la victoria.

M. de Bismarck, habillé en bourgeois, était difficile
sinon impossible à reconnaître pour ceux qui se le figu
raient en uniforme de dragon, tels que le représentaien
les nombreuses gravures et les innombrables photogra
phies répandues dans Paris. Avec son ample redingote
de coupe quelque peu démodée, avec son chapeau de
haute forme enfoncé jusque sur les yeux, il pouvai
passer pour un riche gentilhomme campagnard venu à
Paris visiter l'exposition, en compagnie du notaire de
son chef-lieu, dont Stieber réalisait assez bien le type. Le
fait est que la victoria se perdit sans exciter la moindre
attention au milieu de la cohue de voitures qui allaien
et venaient dans cette large avenue des Champs-Élysées
si belle les soirs d'été.

— Voyons, de quoi s'agit-il? demanda le comte au
conseiller intime, lorsqu'ils furent installés l'un à côté
de l'autre.

— On veut assassiner demain l'empereur de Russie

— Encore quelque sornette... ou quelque conte ima
ginaire! fit M. de Bismarck en haussant les épaules.

— Non pas... je connais l'assassin, il m'a été désigné
par un des affiliés... J'ai couru à la préfecture de police
pour le faire arrêter.

LA BÊTE SE CABRA.

— Alors, il est sous clef, et il n'y a rien à craindre?

— Non, la préfecture était vide, et si je ne joins pas M. Piétri cette nuit, un malheur peut arriver, car qui sait? demain, ce sera trop tard...

— Oui! oui! ce serait un grand malheur si un prince aussi noble, aussi bon que S. M. Alexandre II tombait sous le coup d'un vulgaire assassin... C'est un crime tellement odieux, qu'il faut le prévenir à tout prix... J'espère que vous ferez tout pour cela, Stieber?

— Naturellement, j'ai donné ordre à un de mes hommes de suivre pas à pas l'assassin, de ne pas le quitter...

— A merveille... De cette façon, si par hasard la police française ne l'arrêtait pas à temps, il y aurait autour de lui, au moment même de l'attentat, des gens qui saisiraient son bras et feraient dévier le coup mortel.

— Sans doute...

— Le crime serait évité, mais la tentative subsisterait... Avez-vous réfléchi aux conséquences politiques d'un pareil événement, M. Stieber? fit M. de Bismarck après un moment de réflexion... Le Tsar Alexandre, voyant que la police impériale n'a pas su le protéger, quitterait la France... Et sous quelle impression!... Je le connais... Bien des projets politiques tomberaient à l'eau, et le « charmeur » risquerait d'en être pour ses frais d'amabilité et ses projets d'alliance... Oui... Et si l'auteur de la tentative échappait au dernier châtiment, si un jury de bons bourgeois, pleurant comme des veaux quand l'avocat les apitoiera sur le sort de la malheureuse Pologne, ne condamnait pas l'assassin à mort, il y aurait bien de l'irritation à Saint-Pétersbourg et la nappe serait déchirée[1] pour bien longtemps entre la

---

[1] *Das Tischtuch ware zerrisen*, locution familière pour exprimer une brouille.

France et la Russie... et j'aurais, moi, un grand souci
de moins en tête... Cette tentative serait pour nous
autres Allemands quelque chose de providentiel ; tandis
qu'en faisant arrêter l'assassin, la police française aura
pour elle l'honneur de la découverte du complot, elle
recevra des félicitations et des remerciements pour son
activité et sa sollicitude. Alexandre se considérera
comme l'obligé de Napoléon, et nous, nous serons forcés
de nous garder à pique à Saint-Péterbourg, et à car-
reau à Paris...

La voiture avait dépassé l'Arc de Triomphe ; des centaines de petits points bleus, rouges, verts, brillants
dans l'air transparent et tiède de la nuit, se croisaient
et voltigeaient de tous côtés comme des feux follets :
c'étaient les lanternes d'une foule d'autres voitures, dont
l'interminable file s'allongeait jusqu'au bout de la route
du Bois. Beaucoup de Parisiens et de nombreux étrangers étaient venus là pour respirer les fraîcheurs de la
campagne, les senteurs embaumées qui se dégageaient
des massifs. Assez longtemps, le comte de Bismarck se
tut ; puis il se mit à énumérer différents incidents sur-
venus pendant le voyage, et fit quelques observations
assez piquantes sur des personnages de la cour impériale.

Sur un ordre du chancelier, le cocher tourna tout à
coup bride ; on revint à l'hôtel de la rue de Lille.

— Qu'est-ce donc que *votre* assassin ? demanda négligemment M. de Bismarck.

— Il paraît qu'il est tout jeune, vingt à vingt-deux ans.

— Un enfant... et Polonais, jamais un jury parisien
ne le condamnera à mort ; ce serait contraire à toutes les
sympathies bourgeoises de M. Prudhomme... Décidément, c'est bien dommage que ce garçon ne puisse pas
lâcher son coup de pistolet.

La voiture franchit la porte cochère de l'ambassade. Le portier s'avança casquette basse.

— Monsieur le conseiller intime, fit-il en s'adressant à Stieber, il y a là, dans ma loge, un homme qui vous attend depuis une demi-heure.

Et il désigna du doigt un individu assez peu proprement vêtu et muni d'une grosse canne. Le quidam remit un pli à Stieber. Après l'avoir ouvert, celui-ci passa le billet au chancelier, qui lut ceci :

« M. le préfet de police regrette beaucoup d'avoir manqué la visite de M. le conseiller Stieber, et dans le cas où il s'agirait d'une affaire de service, M. le préfet de police sera heureux de recevoir à n'importe quelle heure de la nuit M. le Conseiller. »

Les deux Allemands échangèrent deux regards rapides.

— Dites à M. le préfet, fit Stieber, que je le remercie, mais que l'affaire dont je voulais l'entretenir ne presse nullement.

L'envoyé de la rue de Jérusalem se retira.

Une heure plus tard, Stieber, qui avait remis sa barbe postiche et sa perruque, sortait de l'hôtel de l'ambassade et allait rejoindre son agent à l'endroit convenu. Celui-ci lui confirma tous les renseignements antérieurs et ajouta que le jeune Polonais, qui avait été « filé » toute la journée, avait fait emplette d'un revolver et d'un paquet de cartouches chez un armurier du boulevard Sébastopol. Il avait dîné très frugalement dans un établissement de bouillon du quartier ; l'agent s'était installé à une table voisine. Le soir, le jeune Polonais était rentré dans sa chambre d'hôtel garni ; et il était certain qu'il n'en ressortirait que le lendemain matin.

L'agent reçut pour instruction de ne pas quitter, le

lendemain, Berezowski d'une semelle et de s'adjoindre
deux autres agents. Il fallait surtout se trouver auprès
du Polonais au moment où il tenterait d'exécuter son
projet, de façon à en empêcher l'accomplissement.

Le conseiller intime reçut de son séide l'assurance
que tout se passerait selon ses instructions.

Le 6 juin 1867, plus de 300,000 curieux étaient
massés autour de la grande enceinte de Longchamps et
dans toutes les parties du Bois. Les tribunes établies sur
le champ de courses craquaient sous le poids des spectateurs et des spectatrices; celles-ci rivalisaient entre
elles de richesse, de luxe et de goût. Toute la « crème »
de la société parisienne et la fleur des étrangers que
l'Exposition avait attirés étaient là, le regard attaché
sur l'imposante armée de 40,000 hommes massés dans
l'enceinte des courses, armée d'élite composée des plus
beaux régiments, splendidement vêtus. Les cuirasses
d'argent et d'acier, les larges plastrons, les plaques des
bonnets à poils, les piques des lances, les milliers de
baïonnettes étincelaient au soleil, car le ciel aussi était
de la fête.

A midi, un immense mouvement se produisit dans
cette foule, mouvement de joie, d'enthousiasme chez
plusieurs, chez tous, mouvement de profonde curiosité.

Des hourras éclatent, on agite des mouchoirs et des
chapeaux, des acclamations saluent l'arrivée des calèches
de la cour attelées à la Daumont, qui viennent de débou-
cher de la Cascade, amenant l'empereur Napoléon III,
ses hôtes et la cour. Tandis que l'impératrice, rayonnante
de beauté et d'orgueil satisfait, prend place avec ses
dames dans la grande tribune du milieu, les trois souverains montent de magnifiques chevaux que des piqueurs
en livrée verte tiennent en main à la grille d'entrée du

champ de courses. L'empereur Napoléon au milieu, Alexandre II à sa droite, Guillaume de Prusse à sa gauche, les trois monarques s'avancent sur le front de bandière, suivis à quelque distance d'un fouillis brillant de 200 officiers de toutes nations, empanachés, casqués, bottés, couverts d'or, de broderies, de rubans, de décorations.

Les troupes présentent un admirable coup d'œil.

Napoléon III est radieux; la figure fatiguée d'Alexandre II s'épanouit et sourit doucement à la vue de ce beau spectacle militaire; le roi de Prusse, sérieux, presque renfrogné, semble tout examiner, tout étudier, jusqu'au moindre détail des buffleteries ou des cartouchières.

Après avoir salué galamment l'impératrice dans sa loge, les souverains se portent devant la tribune, au centre d'un vaste demi-cercle formé par le brillant état-major qui les suit. Alors défilent devant eux les grenadiers graves et silencieux, les zouaves aux pittoresques costumes, les chasseurs de Vincennes alertes et vifs, les voltigeurs à la démarche gaie et pimpante, le plumet fixé à leur shako; puis viennent les cent-gardes, ces centaures dont l'armure est à peu près aussi complète que celle des chevaliers du moyen âge; les guides au costume chatoyant et théâtral, les élégants dragons de l'impératrice, régiment de sportsmen; les cuirassiers, les cavaliers noirs; et, pour finir, plus de cent pièces de canon magnifiquement attelées roulent avec fracas sur le gazon, suivies de cinq ou six mystérieux engins recouverts d'une housse de toile et traînés par deux chevaux.

Le public, dont la vieille fibre chauvine avait tressailli à la vue de ce bel attirail de guerre, saluait chaque nouveau régiment par de nouveaux hourras et des battements de mains prolongés. Et se parlant bas, tout bas à l'oreille, on se désignait du doigt ces engins mystérieux enveloppés d'une housse d'étoffe. C'était là cette terrible invention dont on parlait depuis quelque temps, l'instrument certain et irrésistible des futures victoires de la France, — la mitrailleuse.

Les calèches de la cour venaient de reprendre la route de la capitale ou tout au moins elles essayaient d'y parvenir, car de tous côtés affluaient les équipages et les voitures, chacun ayant hâte de gagner la grande avenue centrale pour effectuer le retour en évitant la cohue. Mais comme chacun avait eu la même idée, l'encombrement se produisait inextricable et enchevêtré, à tel point que les gendarmes et les plantons avaient dû bientôt renoncer à y mettre un peu d'ordre. Les équipages impériaux se trouvaient bloqués. Napoléon, assis dans la première calèche, avec le Tzar et le prince Wladimir, dit à l'écuyer de service qui galopait à la portière de se frayer de force un passage, afin de gagner une allée latérale, peut-être moins encombrée. M. Raimbeaux, l'écuyer de service, fit ranger les véhicules les plus proches, et la calèche impériale prit la direction d'une contre-allée. La foule était très compacte en cet endroit, une foule endimanchée et de belle humeur, riant, jacassant, s'amusant franchement. M. Raimbeaux, regardant de tous côtés pour savoir quelle direction il convenait de prendre, aperçut un jeune homme qui, se détachant d'un petit groupe, s'élançait au-devant de la voiture. Instinctivement et sans se rendre compte du motif qui le faisait agir, l'écuyer donna de l'éperon à son cheval, la bête se cabra et tout à coup s'abattit sur le sol. Une balle de pistolet tirée par l'homme venait de la frapper au front. Une seconde détonation retentit, mais la balle se perdit dans les arbres. L'agent de Stieber, qui n'avait pas quitté

Berezowski, et qui l'observait avec des yeux de lynx, avait vu le jeune Polonais diriger son arme sur le Tzar. Prompt comme l'éclair, il avait donné un coup de poing au bras du meurtrier, et le projectile destiné à l'empereur de toutes les Russies avait passé par-dessus la tète de l'autocrate.

La foule s'était emparée de l'auteur de l'attentat. Elle le roua de coups avant de le remettre aux sergents de ville. Les deux souverains s'étaient embrassés et avaient adressé de chaleureuses félicitations à l'écuyer. Déjà la nouvelle de l'attentat s'était répandue avec la plus vertigineuse rapidité, et de toutes parts on accourait pour tâcher d'apercevoir l'assassin, qui, tout jeune, très convenable d'aspect et fort modeste de maintien, n'avait nullement l'air d'un criminel féroce.

Le reste est suffisamment connu. Interrogé par M. Rouher et le comte Schouwaloff, chef de la police russe, Berezowski déclara qu'il avait voulu venger la Pologne, sa patrie. Il refusa d'ailleurs de nommer des complices et assuma toute la responsabilité de l'acte qu'il avait commis.

Le jury de la Seine, comme l'avait prévu M. de Bismarck dans son entretien avec Stieber, se laissa émouvoir par la jeunesse et les bons antécédents de l'accusé; d'ailleurs, les sympathies pour la Pologne étaient très vives dans la bourgeoisie parisienne. On accorda à Berezowski des circonstances atténuantes, et Alexandre II se montra très froissé du verdict.

Trois ans plus tard, à la veille de la guerre entre l'Allemagne et la France, et pendant toute la durée de la campagne de 1870-1871, le Tzar ne prouva que trop qu'il n'avait pas oublié cet affront.

Ainsi se réalisaient toutes les prévisions de M. de Bismarck.

IX

Pendant la période qui précéda la guerre de 1870, le
gouvernement de Berlin s'appliqua tout particulièrement
à propager ses vues et ses plans à l'intérieur et à
l'étranger.

L'action sur les journaux fut une des principales
préoccupations de M. de Bismarck.

La Révolution de 1848 avait arraché le bâillon qui
tenait la presse muette. Il n'y avait plus de censure, les
feuilles de l'opposition avaient toute latitude de dire des
choses qui déplaisaient au gouvernement. Si les journaux officieux avaient joui de quelque crédit, le gouvernement s'en serait consolé. Mais quelque mielleuse que
fût la prose des journalistes à la solde du ministère, elle
n'attirait pas la plus petite mouche. Le public ne mordait
qu'aux fruits défendus de l'opposition. Il importait donc
de réagir au plus tôt. Ce n'était pas tout de tromper la
diplomatie et les cours étrangères, il fallait encore tromper le peuple allemand lui-même.

BISMARCK PRÉPARAIT LUI-MÊME LE CAFÉ.

Ce fut alors que fut fondé ce fameux « bureau de la presse » destiné à faire pénétrer d'une manière tout à fait occulte les idées ministérielles dans les journaux de l'opposition.

Stieber ne fut pas étranger à cette organisation dont les trames invisibles ne devaient pas tarder à envelopper presque toute la presse allemande. On enrôla une bande de plumitifs nécessiteux qui, à raison de 100 à 150 francs par mois, faisaient passer en contrebande, dans leurs correspondances aux journaux de province, des notes reçues directement du « bureau de la presse ».

L'art de manier et de confectionner l'opinion publique s'appliqua bientôt autre part qu'en Allemagne : en 1855, quand le gouvernement prussien demanda une allocation de 80,000 thalers (305,000 francs), pour la police secrète, le ministère fit, le 19 mars, en pleine Chambre des députés, la déclaration suivante :

« On ne saurait exiger que la Prusse reste exposée sans défense aux attaques de la presse étrangère ; plus du tiers de la somme réclamée sera employé à réfuter et à repousser ces attaques. »

A dater de cette époque, les agents diplomatiques de la Prusse à l'étranger furent chargés d'entretenir des rapports clandestins avec les correspondants des journaux allemands et des journalistes indignes de ce nom.

A Paris, ces correspondants couraient les rédactions des principaux journaux sous le prétexte d'échanger des nouvelles, mais en réalité ils étaient plutôt chargés d'en donner, et comme ils les recevaient directement de Berlin par l'intermédiaire de l'ambassade de Prusse, ils apportaient quelquefois de véritables primeurs, ce qui leur valait les bonnes grâces des rédacteurs en chef, qui, la plupart, ignoraient que ces correspondants de diverses nationalités fussent inspirés par le bureau de la presse.

L'existence de ce bureau de l'esprit public n'était du reste pas encore connue en Allemagne. Un opuscule anonyme publié à Hildesheim, en 1855, avait fait de timides révélations. C'étaient les premières. La brochure fut immédiatement confisquée, et l'affaire étouffée.

Le bureau de la presse rendait de tels services au gouvernement, qu'il l'avait divisé en deux sections : l'une, attachée au ministère de l'intérieur, était spécialement chargée d'agir sur l'opinion en Allemagne, l'autre, dépendant du ministère des affaires étrangères, s'appliquait à obtenir en France, en Autriche, en Italie, en Angleterre, l'insertion d'articles favorables à la Prusse.

Ces articles, aussitôt retraduits en allemand, étaient communiqués aux journaux et servis au public comme l'opinion des Français, des Italiens, des Anglais sur la politique prussienne. Ne fallait-il pas préparer l'annexion du Schleswig-Holstein et la guerre de 1866 ? A force de l'entendre dire par les cent mille voix de la presse de l'Europe entière, le peuple allemand finit par croire que la Prusse seule était capable de présider aux destinées de l'Allemagne, et qu'à elle seule appartenait la suprématie politique.

Pendant l'armistice et les préliminaires de paix de Brunn et de Nikolsbourg, Stieber, qui comprenait quel puissant auxiliaire le gouvernement avait trouvé dans les journaux, proposa au comte de Bismarck d'établir une annexe au « Bureau central des nouvelles ». L'idée fut vivement approuvée par M. de Bismarck, qui mit Stieber à la tête de cette agence cachée.

La presse européenne fut alors inondée de télégrammes, de correspondances, d'articles de fond, qui

tendaient à représenter la majorité de l'Allemagne
comme désireuse de s'unifier sous la dictature prussienne.
On répétait jusqu'à satiété que tous les adversaires de la
Prusse étaient inspirés par Rome et devaient être considérés comme des ultramontains plus ou moins déguisés.
Ce dernier argument était surtout calculé de manière à
faire impression sur la presse libérale en France et à
endormir sa vigilance.

Ce bureau central des nouvelles prit d'autant plus
d'extension, que les fonds restés à titre d'indemnité pour
le roi de Hanovre ayant été refusés par ce prince, qui
maintenait l'intégrité de ses droits, ces millions purent
être consacrés à alimenter la fameuse « caisse des reptiles », et employés à acheter des journaux, à en créer
d'autres, et à apaiser par des arguments irrésistibles les
scrupules de conscience de certains écrivains. Stieber fut
souvent chargé de ces négociations délicates ; il eut un
certain temps le maniement de la « caisse des reptiles ».

Depuis cette époque, la fortune personnelle de Stieber
prit une grande extension.

Le secret de l'attentat de Berezowski, ce « cadavre »
que le chancelier et le conseiller intime avaient enterré
de concert, dans la promenade nocturne du 5 juin, semblait les avoir rapprochés d'une manière tout intime.
Leurs fréquentes conférences n'avaient plus lieu clan-
destinement dans le bureau de la *Gazette de l'Allemagne du Nord*, mais à la chancellerie même, dans la
Wilhelm-Strasse. M. de Bismarck ne se lassait pas de
demander à son grand policier des renseignements sur
la petite cour du roi de Hanovre, qui résidait alors à
Gmunden, dans la Haute-Autriche, mais qui entretenait
à Paris un état-major nombreux et actif auquel les fonds
ne manquaient pas.

A deux reprises, Stieber vint sur les bords de la Seine
pour observer de près ce qui se tramait dans le petit en-
tresol du faubourg Montmartre qui avait d'abord servi
de bureau de rédaction au journal du roi de Hanovre :
la Situation [1]. Tous les jeudis se réunissaient là les
principaux chefs de l'émigration hanovrienne, les fidèles
du vaincu de Langensalza, d'anciens généraux, des
ministres, des courtisans du malheur qui continuaient
à percevoir les émoluments de leur charge avec de
fortes indemnités en sus. Là venait aussi, traversant la
rue, le secrétaire de la rédaction du *Temps*, M. Albert
Beckmann, qui faisait valoir son origine hanovrienne
pour réclamer sa part de fidélité à son roi. Autour d'une
table chargée de *moos* et de bocks, au milieu des nuages
bleuâtres des meilleurs havanes et des plus purs caza-
dorès, on discutait les chances d'une restauration prochaine, on composait même des chants et des couplets
de revanche qui étaient ensuite colportés dans le pays.
Une de ces chansons commençait ainsi :

> *Kuckuck, Kuckuck warte,*
> *Bald kommt der Bonaparte*
> *Der wird uns wiederholen*
> *Was du uns hast gestohlen.*

> Coucou, coucou attend,
> Bientôt Bonaparte viendra
> Qui nous rendra
> Ce que tu nous as volé.

Le *Kuckuck* était l'aigle prussien habitué à s'emparer
du nid des autres.

---

[1] Un publiciste de grand talent, M. Grenier, était à la tête de la rédaction de cette feuille héphémère, qui fut en quelque sorte supprimée par
le gouvernement français, sous la pression de M. von der Goltz, ambassadeur de Prusse.

Avec quelques efforts, pas mal d'argent et quelques-
uns de ses espions, Stieber réussit enfin à impliquer
quatre ou cinq officiers et gentilshommes hanovriens
dans un complot de haute trahison qui fut jugé devant
la Cour de Berlin.

En même temps Stieber nouait, au nom de son gouvernement, des relations intimes parmi cette haute
bohême internationale qui, depuis l'exposition de 1867,
semblait plus que jamais avoir jeté son dévolu sur
Paris, où la facilité de l'accueil, le ton libre et dégagé
qui régnait dans les salons, favorisaient tous les es-
pionnages. Mais Stieber ne s'en tint pas à Paris ; il
raconte dans ses lettres qu'il s'assura aussi des relations
et de très précieux auxiliaires dans les grandes villes de
France, telles que Lyon, Bordeaux, Marseille.

Les renseignements qui lui parvinrent de ces différentes sources ne furent pas étrangers à la promptitude
de la déclaration de guerre, en 1870.

X

En raison des services rendus en 1866 et de la haute
faveur dont il jouissait depuis lors, Stieber était désigné
d'avance pour remplir, pendant la campagne de 1870-
1871, les mêmes fonctions que pendant la guerre de
Bohême.

Le 31 juillet, le général de Moltke et tout le personnel
civil et militaire composant le « grand quartier général »
partirent de Berlin pour Mayence. Stieber, à qui l'on avait
adjoint trois lieutenants de police et un certain nombre
d'agents, avait pris place dans un des compartiments du
train royal.

A peine arrivé à Mayence, première étape de la marche
triomphale de l'invasion, le chef de la police de campagne lança ses limiers pour dénicher les espions français, car on les supposait nombreux dans la ville. Mais les

généraux de Napoléon dédaignaient ces accessoires et ces petits moyens si utilement employés par la Prusse : dans l'entourage de l'empereur, on était si certain d'arriver à Berlin tout d'une traite ! Aussi les agents du conseiller intime firent-ils le plus souvent buisson creux, ou s'ils ramenaient des prisonniers, c'étaient des curieux inoffensifs, des journalistes, ou des artistes en quête de croquis, comme ce dessinateur bien connu d'une grande feuille illustrée, qui fut déclaré suspect parce qu'il portait la moustache et la barbiche taillées à la française, et qui dut traverser toute la ville de Mayence par une pluie battante entre deux soldats.

Bientôt arrivèrent les nouvelles des **premiers désastres de l'armée de Mac-Mahon**. Le grand quartier général, quittant le territoire allemand, suivit de près les avant-gardes de l'invasion.

Au moment d'entrer en France, Stieber avait reçu des instructions plus précises. Voici en quoi consistait son mandat :

1° Veiller sur la sécurité de la personne du roi, des ministres et des hauts fonctionnaires. Les autorités militaires étaient tenues de prêter main-forte chaque fois qu'elles en seraient requises par le chef de la police.

2° La découverte des espions au grand quartier général et dans son voisinage, par conséquent la surveillance rigoureuse de tous les étrangers. Les mesures prises par Stieber dans ce but, ainsi que pour assurer la sûreté du quartier général, mesures approuvées par l'autorité militaire, doivent être observées par toute personne faisant partie à un titre quelconque du grand quartier général.

3° Le contrôle des lettres et des dépêches au quartier général et dans ses environs; pourtant le chef de la police de campagne ne pourra prendre connaissance des

correspondances suspectes qu'autant qu'il sera autorisé
par l'autorité militaire.

4° Le contrôle minutieux de tout ce qui touche à la
presse et des correspondances de journaux émanant du
quartier général.

Enfin Stieber devait :

5° Prêter son concours aux autorités militaires en leur
fournissant des renseignements sur l'armée ennemie, sur
ce qui se passait dans les régions qu'elle occupait, et lui
procurer des *personnes capables de fournir des informations,* — c'est-à-dire recruter les espions et acheter les
traîtres.

Pendant les premières semaines de la campagne, le
rôle du chef de la police de l'armée se borne à faire préparer de gré ou de force des logements et des vivres
dans les premières localités occupées à la suite des
batailles de Wœrth et de Reichshoffen, et aussi à faire
respecter quelque peu la discipline que certains corps de
troupes non prussiennes semblaient assez peu disposés
à observer. Dans ses *Mémoires,* qui ont suscité, sous ce
rapport, de nombreuses réclamations et protestations,
mais qui n'ont pas été réfutés, Stieber raconte avec une
franchise qui l'honore les désordres et les exactions
dont se sont rendus coupables, à Faulquemont entre
autres, les contingents hessois et bavarois. Cette malheureuse petite ville de 3,000 âmes fut traversée par plus
de 80,000 hommes de troupes allemandes.

Le comte de Bismarck et son état-major de fonctionnaires des affaires étrangères s'installèrent dans une
petite hutte de paysans. Stieber fut invité à souper.
Tout en préparant lui-même le café pour toute la société,
Bismarck prononça ces paroles qui devaient se réaliser

IL FIT FEU SUR LUI DEUX FOIS

six mois plus tard : « C'est bien décidé, nous ne rendrons plus l'Alsace et la Lorraine à la France ».

Après souper, Bismarck s'entretint assez longuement avec le chef de la police.

« Nous causâmes de notre passé, dit Stieber dans une de ses lettres ; je me montrai très franc et très ouvert, le ministre aussi. Il termina par ces mots : « Voyez donc « tout ce que le sort peut faire d'un hobereau de Pomé- « ranie, à qui tout le monde en voulait ! » Je dois convenir que cette soirée est la plus belle de ma vie. Notre entretien sera peut-être historique. Certes, Bismarck est le plus grand homme de l'histoire moderne, et je suis fier d'occuper une telle position auprès de lui [1]. »

Cet intéressant colloque fut interrompu par le maire de Faulquemont, qui accourut tout éploré se jeter aux pieds de Stieber, le suppliant de mettre un terme aux scènes d'horreur qui signalaient le passage incessant des régiments allemands.

« Malgré tous mes efforts et bien que j'eusse mis en réquisition 50 gendarmes, écrit Stieber à sa femme, en date du 13 août, je ne réussis que très superficiellement à réprimer les excès.

« J'étais déjà sur le point de tuer à coups de revolver des vivandiers qui pillaient et refusaient de m'obéir. Ce géant de Krinnig (un sergent de ville attaché à la police de campagne) a fait des efforts surhumains. Le prince Charles (frère du roi) a arrêté de ses propres mains six Hessois, car nous tenions à sauvegarder l'honneur de l'armée prussienne et à empêcher le pillage... Je me suis tellement fait de bile à cause de ce remue-ménage, que je suis parti subitement, bien que les chefs m'aient de-

[1] *Denkwurdigkeiten der geheimen Regierungsraths Stieber*, Berlin, 1883.

26

mandé de mettre un peu d'ordre. Mais *c'était absolument impossible.* »

D'autres lettres datées de Herney et de Pont-à-Mousson attestent également les excès de toutes sortes des envahisseurs. A Pont-à-Mousson régnait la famine la plus complète; le propriétaire de la maison où logeait le chef de la police, un neveu du maréchal Davoust, vint prier Stieber de lui procurer un peu de pain pour lui et sa femme, une « dame d'une grande distinction », car ils n'avaient pas mangé depuis trois jours.

« Nous ruinons de fond en comble cette jolie petite ville, écrit Stieber. Bientôt le typhus et la fièvre d'hôpital s'y feront sentir. »

« Bien que nous nous comportions très convenablement[1], dit-il dans une autre lettre, et que nous autres

---

[1] Si Stieber s'était trouvé au milieu des Bavarois à Bazeilles, il n'aurait certes pas vanté la « nature débonnaire du caractère allemand ». Parmi les vingt témoignages recueillis sur les lieux mêmes et de la bouche des Bazeillais, par M. Georges Bastard, il suffira de citer celui-ci pour édifier le lecteur sur la façon dont « l'Allemand débonnaire » fait la guerre :

« *Rémy, père,* — c'est l'un des noms qui figurent sur le monument commémoratif — :

« Mon fils Élisée étant malade d'une pleurésie qui le contraignait à garder le lit depuis deux mois, nous n'avons pu, comme la plupart, fuir à l'approche de l'ennemi. Bazeilles venait d'être occupé, le premier jour, et le feu commençait à dévorer les maisons. Le lendemain, ce fut le tour de notre habitation. Au moment où les flammes atteignaient la toiture, un officier bavarois se présenta sur le seuil de notre chambre, la face contractée, le sabre au poing et le révolver de l'autre. N'écoutant ni les cris, ni la douleur, ni les prières de ma bru, qui se tenait suppliante et tout en larmes au pied du lit, avec son enfant dans les bras, il fit feu sur lui deux fois, à bout portant. L'arme encore fumante, il se retira, laissant pour mort mon cher Elisée, qui, quinze jours après, succombait à ses deux blessures, une balle au menton et l'autre à la main droite.

« Ces faits, dit Rémy, m'ont été rapportés par ma belle-fille, peu d'instants après l'événement, lorsque, au retour d'une courte absence que j'avais faite afin de chercher mes ouvriers, j'accourais pour sauver son mari de l'incendie. Pendant que je le transportais au château de Montvilliers, avec l'aide de Bertrand, de Henri, de Noël et d'Eugène Liégeois, je fus alors fait prisonnier, ainsi que mes compagnons. Nous supportâmes les plus durs traitements. Frappé pour ma part, bousculé indignement, lié à l'étroit, je fus finalement condamné à être passé par les

Allemands nous soyons de nature tellement débonnaire qu'il nous est très difficile d'être cruels, nous saignons le pays à blanc. Nous enlevons chevaux et voitures, ainsi que tout le bétail; nous détruisons tous les chemins de fer, et depuis trois semaines on n'a pas fait un sou de recette sur un tiers du réseau français. Nous gardons pour nous tous les vivres, des quantités énormes de bière et de vin sont perdues, les arbres de toutes les avenues et promenades sont abattus, tout le bois transportable sert à allumer les feux de bivouac. Les magasins sont fermés, les affaires suspendues, les fabriques complètement arrêtées... »

Et Stieber exhale les mêmes plaintes que pendant la campagne de 1866, sur les rapports de la police avec l'armée :

« Les fonctionnaires de la police de campagne ne sont pas sur un lit de roses et nous nous faisons beaucoup de mauvais sang. Il est toujours très difficile de s'entendre avec les officiers de haut grade, toutes les passions sont surexcitées ici au dernier degré, chacun est ombrageux et l'on se défie de chaque mot. On ne saurait se montrer assez circonspect. D'une part, il faut être patient et indulgent, mais d'un autre côté, il faut agir résolument et avec énergie lorsqu'on se trouve en présence de gens grossiers et arrogants. Je représente dans notre département l'élément énergique et grossier. M. de Zerniki, mon aide de camp, lui, représente la *politesse et l'amabilité*[1]. »

_____

armes. Les soldats m'avaient déjà dépouillé du peu que j'avais sur moi, quand apparut un chef qui leur intima l'ordre de me laisser libre. Bref, je m'alitai, après être parvenu à retrouver ma pauvre femme, qui, elle, avait été arrêtée, conduite par une troupe barbare, traitée de la façon la plus ignoble, et sur le point de subir les derniers outrages. »

[1] Nous pourrons apprécier plus loin, à Versailles, toute la politesse et toute l'amabilité du lieutenant de mouchards Zerniki.

Si quelque paysan exaspéré par ces excès, que le chef de la police se déclarait lui-même impuissant à réprimer, si quelque malheureux, volé, pillé, ruiné, dont la femme ou la fille avait été outragée sous ses yeux, se laissait aller à des représailles, voici comment il était traité.

C'est encore Stieber qui raconte :

« J'ai ordre d'agir avec la plus grande sévérité et sans les moindres égards. Hier, dans un village appelé Gorce, un paysan français a tiré sur une voiture remplie de blessés prussiens. Ce gaillard a trouvé à qui parler ; deux des blessés étaient encore fermes sur leurs jambes, ils se sont précipités dans la maison et ont appréhendé l'homme ; *on l'a pendu sous les aisselles devant sa propre maison, puis on l'a tué lentement avec trente-quatre balles qu'il a reçues l'une après l'autre.* Pour servir d'exemple, le corps est resté pendu deux jours sous la garde de deux sentinelles. »

A toutes les réclamations, à toutes les plaintes des populations qu'ils rançonnaient ou pillaient, les Prussiens avaient coutume de répondre en rééditant le fameux mot de Napoléon Ier : « C'est la guerre ! » Mais ce pauvre paysan tué « lentement », recevant trente balles l'une après l'autre, et exposé pendant quarante-huit heures avec ses chairs saignantes et déchirées, cela ne s'appelle plus « la guerre », cela ne s'appelle d'aucun nom, même dans le langage des peuplades les plus sauvages ; les cannibales eux-mêmes égorgent d'un seul coup l'ennemi vaincu qu'ils vont manger.

Elles sont vraiment bien curieuses, les confidences posthumes de ce policier. Un jour, à Bar-le-Duc où venaient d'arriver l'empereur, M. de Bismarck et M. de Moltke, Stieber raconte qu'il conclut un marché avec une dame qui voulait absolument voir « le comte de Bismarck ». En échange, il se fit donner par elle un repas composé de pain, de beurre, de fromage et de vin. « Si elle avait été plus jeune, ajoute le galant chef de la police, au lieu de pain et de fromage, *j'aurais exigé une autre marchandise* ». Et c'est à « sa chère bonne femme » que Stieber fait ces révélations violentes !

Une autre fois qu'on se trouvait sans lumière, Stieber, rapporte que ses joyeux agents lui proposèrent « d'allumer une maison ».

L'empereur, M. de Bismarck, le grand état-major, arrivèrent le 5 septembre à Reims, où, comme nous l'avons déjà dit, le chef de la police de campagne reçut, avec ses quatre agents, l'hospitalité dans la maison de la veuve Pomery : « Nous avons, écrit Stieber à sa femme, un salon spécial pour déguster chaque crû : un pour le vin de Champagne, un pour le vin de Bordeaux et un autre pour le vin du Rhin. »

Au moment où l'état-major prussien était entré en ville, tous les magasins s'étaient fermés ; mais sur un ordre menaçant de Stieber, on avait dû les rouvrir immédiatement.

Les rapports du chef de la police prussienne avec la municipalité ne furent pas toujours faciles.

En apprenant la proclamation de la République, une commission municipale démocratique tenta de remplacer l'ancien conseil impérial. Stieber en prononça la dissolution immédiate, et dans une lettre à sa femme, il écrit : « Si cela avait été nécessaire, j'aurais fait pendre les dix membres de la Commission sur la place de l'Hôtel-de-« Ville, aussi vrai que je m'appelle Stieber. »

Reims présentait le plus singulier spectacle. Tandis que les rues fourmillaient de soldats prussiens, des bourgeois placides échelonnés le long de la Vesle pêchaient philosophiquement à la ligne. Les fabriques étaient fermées, la misère était grande, les enfants couraient après les soldats, mendiant du pain. Des chanteurs ambulants braillaient devant les cafés. Et le dimanche, pendant que, dans le petit temple protestant, le roi, le prince Charles, le grand-duc de Weimar, le grand-duc héritier de Mecklembourg, Bismarck, de Roon, assistaient au service avec accompagnement de la musique militaire, la cathédrale était pleine de femmes, le chapelet à la main, et de cuirassiers et de fantassins polonais et silésiens qui priaient, à genoux, la tête inclinée sur la poitrine.

Le soir, on ne rencontrait que des soldats portant des litres et des bouteilles de vin. Dans les restaurants et les cafés, les officiers sablaient le champagne avec de bruyants éclats de joie. A la porte des maisons à grands numéros on se battait pour entrer.

De Reims, le quartier général fut transféré au magnifique château de M. le baron de Rothschild, à Ferrières. L'émerveillement de Stieber ne connut cette fois plus de bornes; les salons dorés, les peintures «classiques», les beaux marbres, tous les trésors d'art qu'il avait admirés chez la veuve Pomery, étaient dépassés! « L'homme le plus riche du monde, écrit le policier à sa femme, c'est Rothschild, de Paris, et le pays le plus beau de la terre, c'est la France. »

A Ferrières, Stieber n'avait cependant pas retrouvé la succulente table de Mme Pomery, ni ce « lit de soie » de la « veuve au champagne », qu'il aurait tant voulu emporter avec lui ou envoyer à sa femme. L'entrée du château étant interdite, sa chambre était le rendez-vous de tout le monde ; on y couchait en commun, sur le plancher ; on y faisait du thé, du café, et toute la journée et une partie de la nuit c'était un va-et-vient de gens envoyés aux « renseignements », de marchands épiciers, d'agents confidentiels de Napoléon III ou du pape, de délégués de toutes sortes, de courriers, une procession de comtes et de princes en quête de places de préfets dans les départements occupés, de paysans et de paysannes venant se plaindre des exactions des soldats, pleurer et gémir sur le bétail et les vivres qu'on leur avait enlevés de vive force.

« Heureusement, écrit Stieber, qu'une instruction secrète chasse l'autre, et que je suis la moitié de la nuit chez Bismarck ou chez d'autres conseillers. Nous n'avons du reste pas le temps de flâner; il faut que nous fassions bonne garde ; nous sommes ici au milieu d'une population des plus dangereuses, et devant Paris. »

* * * * * * * * * * * * * * *

Depuis le 17 septembre, les troupes allemandes étaient installées dans ce Versailles majestueusement silencieux, dont le vieux poète Deschamps a dit avec justesse :

Tout près du mouvement, calme et libre séjour.

Le jour même où le combat de Châtillon assurait l'investissement de Paris, en rejetant les régiments de la Défense nationale sous le feu des forts, un parti de cavaliers prussiens, dont l'arrivée avait été annoncée la veille par un sous-officier de hussards noirs (hussards de la Mort) envoyé en parlementaire, se présentait à la porte des « Chantiers », qui donne accès sur la grande route de Sceaux et de Choisy, où sévissait dans son plein, à quelques kilomètres seulement, la lutte engagée depuis le matin entre le général Vinoy et le prince royal. Il y avait trois jours que toutes les troupes françaises avaient évacué Versailles pour se replier sur

Paris; l'unique force militaire présente dans la ville
était la garde nationale, dont une partie était équipée et
armée de fusils à piston ou même à pierre, absolument
incapables de résister aux armes de nouveau modèle.
Aucune défense n'était possible. La résistance n'eût produit d'autre résultat que de faire incendier les propriétés
des particuliers et massacrer une population paisible.

Si encore le sacrifice de Versailles et de sa population
avait eu des résultats stratégiques même momentanés!
Mais sous ce rapport aussi il n'y avait rien à espérer.
Avec les masses énormes dont disposait l'envahisseur,
avec sa redoutable artillerie, la prise de vive force de
Versailles n'eût pas retardé d'une demi-heure l'investissement de Paris. Le conseil municipal de la ville se
rendit compte de cette situation ; il vit bien qu'il faudrait
se résigner à recevoir l'ennemi lorsqu'il se présenterait ;
mais, ne pouvant opposer de résistance militaire et armée, la municipalité de Versailles résolut de montrer
par la dignité et la fermeté de son attitude, que moralement et civiquement elle était décidée à disputer pied à
pied le terrain aux envahisseurs et à ne céder qu'au dernier moment, lorsqu'elle se trouverait impuissante en
face de la force brutale et de la supériorité numérique.

Pendant cinq mois, le corps municipal de Versailles ne
se départit point de cette attitude. Seuls dans une ville
que remplissait l'armée ennemie, placés sous la menace
perpétuelle des lois de la guerre, qui n'admettent aucune
justice, aucune équité, risquant bien souvent de se heur-
ter à quelque chef violent, capable de faire passer par
les armes, dans un moment de mauvaise humeur, le
maire et ses adjoints, en vertu de cette raison du plus
fort qui est la base du droit des vainqueurs vis-à-vis
des vaincus, M. Rameau et ses collaborateurs combat-

ILS ENFONÇAIENT LA PORTE DES MAISONS POUR LES PILLER

tirent les exigences de l'ennemi avec autant d'énergie et de fierté que s'ils eussent traité de puissance à puissance. Ils luttèrent contre l'arbitraire du préfet prussien avec plus d'indépendance assurément que bien des municipalités n'en avaient montré vis-à-vis de l'arbitraire des préfets de l'Empire.

Souvent cette résistance fut inutile, mais parfois elle aboutit; en tout cas, elle étonna les Allemands, car elle contrastait fort avec la platitude, pendant la campagne de 1866, des municipalités autrichiennes, de ces maires allant recevoir le vainqueur aux portes de la ville, de ces fonctionnaires dînant à la table du roi et acceptant des décorations prussiennes. Cette fière conduite des autorités de Versailles, qui ne rappelait en rien non plus l'humilité timide et résignée que l'on avait rencontrée dans quelques villes de l'Est, inspira à l'ennemi des sentiments de respect non seulement pour M. Rameau, Scherer, Bersot et leurs collègues, mais aussi pour la population qu'ils représentaient. On était loin des mépris malheureusement justifiés de Blücher, qui en 1814, voyant de ses fenêtres la population parisienne acclamer les soldats alliés et les femmes se pendre au bras des Cosaques, s'écria, écœuré : « Vous êtes tous des misérables ! » (*Miserabel seid ihr alle!*)

En 1870, M. de Bismarck tendait la main au maire de Versailles. M. Rameau hésitait à la prendre : « Ce n'est pas comme chancelier, insista l'homme d'État, c'est personnellement que je vous prie de me donner la main. » Et quelques semaines plus tard, le maire ayant dû revenir dans la villa de Mme Jessé, habitée par M. de Bismarck, celui-ci lui tendait encore la main : « Toujours personnellement? » répéta-t-il en souriant.

Donc, loin d'ouvrir les portes à l'ennemi, le maire de

Versailles avait fait fermer les grilles, et lorsque les cavaliers allemands se présentèrent, M. Rameau et ses adjoints, aussitôt prévenus, se rendirent à la porte des Chantiers pour discuter avec l'officier commandant le détachement les conditions d'une capitulation formelle, devant garantir les habitants de Versailles de toute exaction et conserver à la garde urbaine ses armes et ses fonctions pour le maintien de l'ordre dans la cité.

Tandis que le maire, assisté d'interprètes, négociait avec le chef du détachement allemand, on entendait la canonnade et le crépitement de la mousqueterie dans la direction de Sceaux. L'officier demanda que des vivres fussent apportés à ses hommes. Le maire refusa énergiquement. « Des Français, monsieur, fit-il, ne peuvent vous nourrir pendant que vous vous battez contre nos compatriotes. »

A midi, la capitulation fut signée par M. Rameau pour la ville de Versailles, et par M. Pinscher, commandant du génie du 5ᵉ corps, pour l'armée prussienne, « sauf ratification du général commandant ». Cette réserve eut sa raison d'être, car à peine les troupes furent-elles répandues dans la ville, que le général Kirschbach, le commandant du corps d'armée, se présenta à l'hôtel de ville pour annoncer au conseil municipal assemblé que le commandant Pinscher était désavoué et que la capitulation était annulée. Le général ajouta fort courtoisement d'ailleurs que Versailles étant une ville ouverte, sans remparts ni fortifications, ne pouvait conclure de capitulation. Elle devait se soumettre à subir l'occupation avec tous les accessoires que le bon plaisir du vainqueur jugerait à propos de lui infliger.

Le général Kirschbach ayant ajouté que si les habitants de Versailles résistaient aux ordres des autorités prussiennes et notamment s'ils ne livraient pas leurs armes et leurs munitions, ils y seraient contraints par la *force*, M. Rameau se leva, et d'une voix vibrante que faisait trembler l'émotion patriotique : « Vous avez prononcé le mot, général, s'écria-t-il, c'est par la *force* que vous êtes ici, et si cela avait dépendu de nous, vous n'y seriez pas. C'est en ennemi que je vous reçois, et je tiens à vous le dire hautement. »

Bientôt on fit voir aux habitants de Versailles qu'en effet la capitulation signée par un officier de l'armée allemande n'était qu'un lambeau de papier, bon à jeter au panier. Le traité promettait dans son article 1ᵉʳ « le respect des personnes, des propriétés, des monuments publics et objets d'art ».

Que faisaient les soldats ?

Ils enfonçaient les portes des maisons non habitées pour les piller et s'installer en maîtres dans les appartements qui leur convenaient le mieux ; les blessés venant du champ de bataille de Châtillon étaient directement dirigés sur le Château, dont les plus belles salles furent transformées en ambulances.

La capitulation disait en outre que la garde nationale conserverait ses armes et serait chargée de la police intérieure de la ville.

Les Allemands s'emparèrent immédiatement de tous les postes, et les gardes nationaux, ainsi que les autres habitants, furent sommés d'avoir à livrer leurs armes sous peine de mort.

La capitulation disait aussi que les troupes seraient logées dans les casernes et les établissements publics.

A peine arrivés à Versailles, les détachements allemands furent installés chez les habitants.

Enfin, la capitulation portait expressément que Versailles ne payerait aucune contribution de guerre.

Vingt-quatre heures plus tard, la municipalité versaillaise était mise en demeure de verser une contribution de guerre de « 400,000 francs », représentant sa quote-part pour les indemnités payées aux Allemands expulsés de France et aux armateurs dont les navires avaient été capturés [1].

Dès le premier jour de l'occupation, le 17 septembre 1870, plus de soixante mille Prussiens, Bavarois et Wurtembergeois traversèrent la ville du grand roi ; la moitié y passa la nuit, soit dans les logements particuliers, soit dans les bâtiments publics. Ceux qui ne trouvèrent pas de toit pour s'abriter campèrent autour des feux de bivouacs allumés dans les avenues.

Le soir, une heure environ avant le coucher du soleil, plusieurs régiments bavarois, encore tout noirs de poudre et surexcités par le combat, revinrent du champ de bataille de Châtillon. Ils avaient placé au milieu d'eux une cinquantaine de zouaves faits prisonniers, sans doute des soldats de cet arme, recrutés à la hâte, et qui n'avaient que le nom et l'uniforme de ce corps si célèbre ; jeunes conscrits qui avaient lâché pied aux premières volées de mitrailles répandant la terreur et l'affolement jusque sur le boulevard Montmartre.

La population de Versailles, qui contemplait avec un silence stoïque et presque dédaigneux l'installation des vainqueurs, ne put se défendre d'un sentiment de profonde émotion à la vue de ces compatriotes défilant, honteux et abattus, entre leurs gardiens.

— Pauvres amis ! fit un vieillard à demi-voix.

[1] Cette somme de 400,000 francs fut, il est vrai, remise à la ville de Versailles, après l'arrivée du roi.

Un zouave, authentique celui-là, au teint bronzé par le soleil du Sahara, la longue barbe fauve s'étalant sur sa poitrine ornée des médailles de Crimée et d'Italie, le visage couturé de balafres et de cicatrices, entendit cette exclamation. Il se retourna et envoya à celui qui la lui avait adressée, un long regard de reconnaissance.

Bientôt après le « Kronprinz », appelé par les siens « notre Fritz », depuis une dépêche célèbre annonçant ses prouesses à la bataille de Wœrth, arriva au petit trot de son cheval, entouré d'une suite nombreuse. C'est lui qui commandait en chef l'armée d'investissement, dont le quartier général allait s'installer dans cette préfecture de l'avenue de Paris, magnifique et vaste bâtiment tout neuf, achevé depuis le commencement de l'année 1870, et occupé depuis cinq ou six mois seulement par le préfet impérial, M. Corruau, à qui avait succédé pendant quelques jours seulement M. Edouard Charton, chargé par le gouvernement du 4 Septembre d'administrer le département de Seine-et-Oise. Autrefois, la préfecture se trouvait dans un vieux bâtiment de la rue des Réservoirs, contigu à l'hôtel. Le nouvel édifice, somptueusement bâti sur l'avenue de Paris, meublé avec un luxe extraordinaire, avait été construit comme exprès pour servir de résidence au prince Fritz, au roi Guillaume ensuite, et enfin à M. Thiers ainsi qu'au maréchal de Mac-Mahon; tandis que l'ancienne préfecture, achetée par le propriétaire de l'hôtel, devenait une annexe tout à fait propre à recevoir les hôtes nombreux que les événements allaient attirer à Versailles.

L'invasion s'organisait chaque jour mieux dans cette ville voisine de la grande capitale. Paris n'ayant pas succombé sous le coup de la première attaque, et la population, loin d'être abattue, réclamant « la guerre à

outrance », l'état-major allemand vit bien qu'il faudrait
prendre ses quartiers d'hiver en France. Versailles devint
donc peu à peu une grande ville de garnison prussienne ;
les régiments s'y installèrent tout comme à Potsdam et
à Spandau. Dès les premiers jours d'octobre, ce fut le
centre de la direction générale de toutes les armées allemandes et le siège de la politique prussienne, qui, grâce
au prestige des grandes victoires et à l'attitude passive
des puissances, devait de là rayonner sur toute l'Europe.

Le 4 octobre, le préfet nommé par l'autorité prussienne, M. de Brauchitsch, qui s'était emparé jusqu'au
titre de conseiller d'Etat et du papier à en-tête de son
prédécesseur français, se présenta dans la grande galerie
de l'hôtel de ville où les conseillers municipaux s'étaient
réunis extraordinairement. Dans un discours soigneusement étudié, — car le nouveau préfet tenait à montrer
qu'il était versé dans la langue française [1], il s'efforçait de
rassurer les conseillers, leur promettant la sauve-garde
de leurs personnes et le respect de leurs délibérations ;
puis il les invita à se rendre, avec des sauf-conduits
qu'il leur donnerait volontiers, au delà des lignes allemandes, afin d'aller chercher des vivres qui pourraient
bien manquer dans Versailles, de l'argent, et, — ajou-
tait-il, — des renseignements. Cette invitation cauteleuse à la trahison et à l'espionnage fut accueillie par
un silence glacial, mais dans le « speech » du nouveau

---

[1] M. de Brauchitsch était tellement soucieux de rédiger en langage correct et choisi les proclamations et ordonnances qui réglaient l'exploitation et l'écorchement des habitants de Seine-et-Oise qu'il pria M. le
pasteur Passa de lui procurer un Français lettré qui voulût bien remplir
les fonctions de secrétaire-*rebouteur* et revoir ses élucubrations officielles.
M. Passa ayant répondu qu'il ne connaissait personne disposé à accepter
ce poste : — « Eh bien, fit M. de Brauchitsch, s'il n'y a pas de Français,
trouvez-moi un Suisse. » — M. Passa répondit sèchement qu'il ne connaissait pas davantage de Suisse que de Français.

préfet, une phrase surtout avait frappé les conseillers ;
M. de Brauchitsch annonçait pour le lendemain 5 octobre
l'arrivée du roi Guillaume et de sa nombreuse suite.

Ce jour-là, en effet, dès midi, un mouvement inaccou-
tumé régnait dans les larges et belles avenues qui rayon-
nent vers le château. Les soldats de la garnison en
grande tenue, casque en tête, soigneusement astiqués, les
mains gantées, se promenaient gravement par groupes ;
les officiers aux moustaches affilées par la pommade
hongroise, la vitre à l'œil, faisaient sonner leurs sabres ;
toutes les maisons où se trouvaient soit une des grandes
administrations de l'armée, soit un chef quelconque,
étaient pavoisées. Les habitants de Versailles, qui étaient
sortis de chez eux pour jouir d'une belle et douce après-
midi d'automne, se demandaient ce que ces préparatifs
signifiaient. On allait instinctivement aux renseignements
à la mairie, où la municipalité avait l'habitude d'annoncer
par des affiches manuscrites les événements accomplis
ou en préparation.

La population apprit qu'à quatre-vingts années de distance, Versailles allait redevenir une résidence royale.
La nouvelle se répandit rapidement dans toutes les rues ;
bientôt chacun fut sur pied pour satisfaire une curiosité
compréhensible sinon digne de louanges. Seulement, les
promeneurs s'aperçurent que, parmi eux, surgissaient à
chaque instant des figures inconnues, des gens qui avaient
l'air très empruntés dans leurs blouses ou leurs jaquettes,
car presque tous ces hommes, « qui n'étaient pas d'ici »,
portaient le costume des ouvriers ou des gens du peuple.

A trois heures, des détachements bavarois et prussiens
se dirigèrent, musique en tête, vers la porte des Chantiers
et formèrent la haie jusqu'à la grille de la préfecture.

A quatre heures précises, des tourbillons de pous-

sière annoncèrent l'apparition du cortège. Un peloton
de uhlans, la lance en arrêt, précédait une file interminable de voitures, dont les premières étaient d'élégants
et confortables landaus, tandis que le reste offrait les
spécimens les plus variés de tous les véhicules que la
réquisition avait pu découvrir chez les paysans de Seine-
et-Oise.

Dans la première de ces voitures se trouvait le roi
Guillaume, ayant à ses côtés son fils et en face de lui
le chancelier. Le roi de Prusse, âgé alors de soixante-
treize ans, se tenait droit et raide comme un sous-
officier ; sa physionomie offrait un singulier mélange de
bonhomie et de rudesse : c'était en tout cas une figure
caractéristique avec son encadrement de favoris blancs
comme la neige.

M. de Bismarck ne ressemblait pas non plus à ses por-
traits d'aujourd'hui. Il ne portait ni perruque ni toute
la barbe. Une épaisse moustache cachait sa lèvre supérieure. Avec sa grosse tête, ses épaules carrées, son buste
énorme, il paraissait doué d'une vigueur extraordinaire.

Ce jour-là, il avait plus que jamais son air de bouledogue de mauvaise humeur.

Le *Kronprinz* ou prince royal, grand, élancé, avec
ses cheveux blonds et sa barbe de fleuve, tenait assez
bien le milieu entre la physionomie souriante du monarque et l'air rogue du ministre.

Dans les autres voitures, on voyait M. de Moltke,
rasé de près comme un prêtre ; le général de Roon, ministre de la guerre, et toute une kyrielle d'altesses
royales et sérénissimes, avec leurs aides de camp et
leurs courtisans.

Le roi s'installa immédiatement à l'hôtel de la préfecture que son fils lui avait cédé. Le prince Fritz avait

DEUX SOLDATS AMÈNENT UN GALOPIN DE DIX ANS

jeté son dévolu sur une jolie et gracieuse habitation
appelée « Les Ombrages ». C'était, comme la villa choisie
par M. de Bismarck, la propriété d'une dame qui avait
abandonné sa maison aux hasards de l'occupation pour
se réfugier en Provence.

La chronique locale raconte que Son Altesse n'y vécut
pas toujours seul. Peut-être n'insisterions-nous point
sur ces rumeurs, — qui, après tout, peuvent n'avoir été
que de simples cancans, — si la rareté de semblables
aventures ne méritait pas qu'on les signale, même à
l'état hypothétique. La galanterie avec ses joyeuses
équipées, affirmant l'étroite et classique alliance de
Mars et de Vénus, ne tient que très peu de pages dans
l'histoire du séjour à Versailles de l'état-major allemand.
On chercherait vainement — sauf les visites diurnes et
nocturnes aux maisons omnibus de la « Petite-Place »,
— ces hors-d'œuvre qui donnent leur saveur aux histoires des guerres de Louis XIV et de Louis XV, et aux
expéditions des armées de la République et de Napoléon
qui s'entendaient si bien, en Italie, en Espagne, et surtout dans la chaste et pudique Allemagne, à mélanger,
selon l'expression usitée alors, leurs lauriers d'un brin
de myrte. A Versailles, tous ces gaillards à forte encolu-
lure, musclés et râblés qui mangeaient comme des ogres,
buvaient comme des chantres, emmagasinant des forces
à plein gosier, se conduisaient comme des petits saints.
Il est vrai que ce qui restait de femmes dans la ville occupée avait le cœur trop français pour répondre aux
avances d'un Allemand. Les aventures galantes attribuées
au prince impérial d'Allemagne firent donc quelque
bruit, surtout parmi ces héros qui semblaient être à
l'engrais et dont l'excès de continence avait quelque
chose d'étonnant.

28

Au moment où le roi franchit la grille de la préfecture, quelques hourras partirent, non pas des rangs des soldats, mais du milieu de la foule. Ces cris étaient rares, et il ne fut pas difficile de reconnaître qu'ils étaient poussés par ces individus étrangers et d'étrange allure qu'on avait remarqués dans le courant de l'après-midi. Un négociant de Versailles se trouvant côte à côte avec un de ces drôles, au moment où il venait d'acclamer le conquérant, s'écria, indigné de ce manque de patriotisme :

— N'avez-vous pas honte d'acclamer celui qui met la France à feu et à sang?

— Taisez-vous donc, dit au négociant un conseiller municipal qui se trouvait là, vous ne voyez donc pas que ces gens-là sont des agents de la police prussienne !

L'observation du conseiller municipal était juste. Du château de Ferrières où il venait de passer quelques semaines avec le quartier général, buvant le champagne de « l'Oncle d'or[1] » et tirant les faisans en dépit de la défense du roi, Stieber avait expédié quelques-uns de ses estafiers chargés de se mêler à la population de Versailles, de l'espionner et de faire croire au roi, à son arrivée que, parmi les habitants de l'ancienne résidence royale, il y avait des Français qui l'attendaient comme un sauveur comme un Messie qui les délivrerait de la République.

Apostrophé par le négociant, l'homme en blouse qui avait poussé le hourra s'était éloigné d'un pas rapide. Si quelque curieux se fût avisé de le suivre, il l'aurait vu entrer dans une des plus belles maisons du boulevard du Roi, au n° 3, où il ne tarda pas à être rejoint par d'autres individus habillés à peu près de la même façon. C'était là que le chef de la police secrète, le conseiller

---

[1] Surnom donné par M. de Bismarck à M. de Rotschild.

intime Stieber, avait rapidement organisé son administration. L'habitation avait été abandonnée par ses locataires ; une vieille servante alsacienne était le seul être
vivant resté au logis dont l'ameublement cossu, les tableaux et les tentures disaient la bonne situation de
ceux qui l'habitaient.

Au rez-de-chaussée se trouvaient les bureaux de la
police, les chambres d'attente destinées aux agents et
aux espions qui venaient au rapport, et le cabinet où
Stieber donnait ses ordres et ses instructions. Le premier
avait été réservé pour le logement du chef, tandis que
son lieutenant Zerniki et un commissaire de police
badois nommé Kaltenbach occupaient les chambres du
second étage. Les mansardes étaient peuplées d'agents,
un poste de gendarmes avait été établi dans un pavillon
situé dans le jardin.

Cette maison du boulevard du Roi fut pendant toute
l'occupation une ruche bourdonnante, toujours en travail.
Il y régnait une agitation fébrile, un va-et-vient conti-
nuel, un mouvement prodigieux. Fortement discuté
d'abord par les généraux et les chefs de corps, Stieber
avait fini par s'imposer à tous ces militaires pleins de
dédain pour un policier de basse extraction. La protection
immédiate du roi et l'amitié de M. de Bismarck lui
avaient servi d'armure contre toutes les attaques et les
insultes. Avec cet aplomb que donne l'exercice d'une
certaine puissance, Stieber avait peu à peu modifié sa
manière d'être. Ce n'était plus le personnage ondoyant,
cauteleux, sachant au besoin se rendre tout petit,
comme pour se faire pardonner la place qu'il tenait et
se rattrapant en brutalités sur les pauvres diables qui
n'en pouvaient mais. Maintenant, il ne se gênait plus, il
avait carrément adopté une allure de bourru bienfaisant,

un « bon garçonisme » familier et débraillé, entremêlé
d'éclats de colère, d'accès de violence, qui passaient
comme des ouragans. C'était à la fois un capitaine Fra-
casse et un Roger Bontemps cousu dans la peau du plus
fieffé mouchard. Il enlevait la besogne lestement et en
assaisonnant chaque ordre, chaque mesure arbitraire,
d'un *bon* mot, qui la plupart du temps était bien mauvais,
mais qu'il fallait bien admettre à cause de l'intention.

Pour donner une idée de la besogne du chef de la
haute police prussienne, pénétrons, quelques jours après
l'installation des Allemands à Versailles, dans l'une des
grandes pièces du rez-de-chaussée où Stieber a l'habitude de recevoir son monde et de donner ses audiences.

Il n'est que huit heures du matin, mais le chef de la
police de campagne est déjà serré, sanglé et boutonné
dans son uniforme de drap bleu sombre avec de larges
galons au collet et aux manches. Trois décorations s'é-
talent sur sa poitrine. Son képi richement galonné est
posé sur un guéridon surchargé d'une foule de papiers,
parmi lesquels il est aisé de reconnaître plusieurs journaux de Paris : le *Figaro*, le *Siècle* et le *Monde illustré*.

Tandis que Stieber se promène, ses acolytes, le commissaire Kaltenbach et le lieutenant de police Zerniki,
sont assis autour d'une grande table, qui tient presque
tout le milieu de la pièce. Zerniki a tout à fait l'air d'un
de ces goujats d'armée qui suivaient les camps au moyen
âge et dont la vie d'aventures et de rapines finissait le
plus souvent par une vilaine grimace au bout d'une corde.
Le visage en lame de couteau, d'une teinte naturellement sale, le nez crochu et très préominent en raison de
la maigreur de la figure, des yeux énormes, qui semblaient toujours prêts à sortir de leurs orbites, des cheveux roux très drus, des mains de paysan et des pieds

d'un calibre invraisemblable au bout de jambes sans fin,
tel était l'escogriffe qui, selon une lettre de Stieber, représentait « la politesse et l'amabilité ».

Kaltenbach était la vivante antithèse du lieutenant de
police Zerniki. Il avait une figure réjouie avec un soupçon
de double menton, un ventre rondelet de buveur de bière,
une figure placide et bourgeoise, une véritable figure
d'imbécile, tel qu'un policier ne saurait la payer assez
cher. Son air inoffensif inspirait à première vue la confiance. Kaltenbach portait une large redingote d'Elbeuf
d'une coupe commode mais surannée. On l'eût pris pour
un petit rentier.

Zerniki, au contraire, avait adopté un uniforme assez
semblable à celui de l'infanterie prussienne, et de plus,
il avait sanglé autour de sa taille un énorme sabre de
cavalerie.

— Messieurs, dit Stieber à ses collaborateurs, ce n'est
pas une petite tâche que la nôtre. En dehors de la police
courante, c'est-à-dire en dehors de ce que nous avons fait
quotidiennement depuis le début de la campagne, il s'agit
maintenant de procurer tous les jours au roi et à M. de
Bismarck des nouvelles authentiques et sûres de Paris
et autant de journaux que nous en trouverons. Avec le
nombre énorme de feuilles qui paraissent en ce moment,
avec la liberté dont jouit la presse, il doit se passer bien
peu de choses dans la grande Babylone sans que les gazettes le racontent avec force détails. Donc il nous faut
des journaux à tout prix. Ce sont nos meilleurs espions.

Après une pause, M. Stieber reprend :

— Il va falloir surveiller ici un tas de gens qui semblent à tort ou à raison suspects à notre illustre chancelier et dont il m'a remis la liste. Il paraît que, dans
l'entourage du duc de Cobourg, on fait de la politique

qui ne va pas à notre grand homme d'Etat. Ayons l'œil
ouvert sur le *Casino* de l'hôtel des Réservoirs.

« On annonce l'arrivée de nombreux diplomates de
toute nationalité, anglais, autrichiens, russes, espagnols
et même nègres. Les uns viennent pour proposer la paix,
les autres pour entretenir le chancelier de leurs petites
affaires particulières. Le chef m'a dit : « Il se peut que
parmi ces Excellences ou Sous-Excellences, ou parmi
leur monde, il se glisse des espions qui, munis de passe-
ports diplomatiques, s'en vont à Paris ou à Tours raconter ce qu'ils ont vu et entendu. Il faut donc observer ce
monde de très près ; dès que vous aurez découvert un
symptôme suspect, prévenez-moi : que l'individu soit
prince ou altesse, dans les vingt-quatre heures, on le
fera reconduire par la gendarmerie. »

« Mais ce n'est pas tout, ajoute Stieber, il faut à tout
prix que nous nous assurions des intelligences parmi
la population de Versailles. La municipalité continue
à donner de la tablature au préfet, M. de Brauchitsch ;
le maire répond par des notes insolentes aux réquisitions
du commandant de place. « Le chef » s'en plaint beaucoup. Je lui ai dit : « Mais, Excellence, ce serait si
simple de faire pendre le maire entre ses deux adjoints
et d'envoyer le reste de la clique dans une forteresse ! »
Il paraît que cela ne se peut pas. Le roi tient essentiellement à ce que dans la ville qu'il habite, les choses se pas-
sent régulièrement et que l'on évite autant que possible
toute brutalité... Pourtant quand on songe que ce
M. Rameau, un petit bourgeois, un simple avocat, a eu
le front de refuser une invitation à dîner chez Sa Majesté[1]!

---

[1] Le roi de Prusse, à son arrivée à Versailles, avait fait remise à la
ville, comme nous avons déjà dit, d'une grosse contribution de guerre
de 400,000 francs. M. Rameau s'était rendu à la préfecture pour exprimer

C'est incroyable, ma parole d'honneur ! Ensuite, il y a dans la ville un M. Franchet d'Esperay, dont le père a été professeur du prince royal. Il paraît que son Altesse royale et ce Monsieur ont joué quelquefois ensemble dans les jardins de Sans-Souci. Vite les aimables Versaillais ont imaginé de nommer ce Monsieur Franchet commandant de place, et notre Kronprinz, qui est très sentimental, comme vous le savez, a toute la journée « sur le dos » son ex-compagnon, qui invoque les parties de barres et les gâteaux partagés pour intercéder en faveur de ses compatriotes. Ah ! si nous pouvions le prendre en défaut, celui-là, de façon à le faire expédier à Minden ou à Kœnigsberg, on nous tirerait une fameuse épine du pied... »

Stieber parla ainsi un temps assez long, exposant à ses collaborateurs tout ce que l'on attendait d'eux. Il y avait à surveiller les marchés et les approvisionnements, les « maisons » de la Petite-Place, sans compter les nombreux journalistes anglais, allemands, autrichiens et américains qui séjournaient dans la ville. Après cet exposé, le chef de la police conclut ainsi :

— Moi, je me charge des diplomates et des journalistes ; vous, Zerniki, chargez-vous du conseil municipal, et vous, mon bon Kaltenbach, qui parlez français comme un welche authentique, c'est sur vous que je compte

à Guillaume les remercîments de la municipalité. Au moment où M. Rameau se présentait pour accomplir ce devoir de courtoisie, le roi était absent. Le maire laissa sa carte en annonçant qu'il reviendrait le lendemain. La seconde fois, il trouva un aide de camp qui l'invita de la part du roi au dîner du soir. — « Permettez-moi, Monsieur, répondit M. Rameau, de considérer cette invitation comme ne m'ayant pas été adressée. Il est loin de mon intention de répondre par un refus blessant à la marque de bienveillance de Sa Majesté, mais il me serait absolument impossible de m'asseoir à la table de l'ennemi de mon pays. » Les choses en restèrent là.

pour nous procurer les journaux et les renseignements
de Paris.

— Soyez tranquille, monsieur le conseiller, fit le gros
homme, vous voyez que j'ai déjà commencé ; et il montra un paquet de journaux jetés sur la table.

Stieber prit les feuilles et les déplia avec satisfaction.

— Parfait, parfait, je les porterai au « chef ». Comment diable avez-vous pu les avoir ? L'investissement
est complet et rigoureux.

— Voici l'aventure, fit le gros policier.

« Nous nous promenions avec quelques officiers du
côté de Meudon, les forts se taisaient, nous regardions
avec des longues-vues la grande ville, que l'on découvre
toute entière du haut du plateau. A ce moment, deux
soldats amènent un galopin d'une dizaine d'années. Ces
petits Parisiens, ils sont malins comme des singes !

« Les nôtres racontent qu'ils ont trouvé le gamin
dans les vignes, et, comme il ne comprenait pas plus
l'allemand que nos Poméraniens n'entendaient le français, ils le conduisaient au premier poste. Un des officiers
me pria d'interroger le petit. Il me répondit qu'il s'appelait Jean Raymond, que ses parents demeuraient au
Chesnaye, près Versailles, qu'il était en apprentissage
chez un tailleur de Paris qui avait été forcé de fermer
boutique. Alors, se trouvant sur le pavé, et s'ennuyant
beaucoup, l'enfant avait résolu de reprendre la route du
Chesnaye. Il avait réussi à se glisser entre deux postes
hors de la ligne d'enceinte. C'était la nuit. Ne reconnaissant plus son chemin, il était resté dans une cabane
au milieu des vignes, attendant le jour, mais il avait
dormi trop longtemps et la patrouille l'avait découvert.

« Écoute, mon petit, fis-je, continua Kaltenbach, tu
vois que je suis Français comme toi et, de plus, de Ver-

DEVANT LE PAVILLON, DES SOLDATS FUMAIENT

sailles; je vais prier ces Messieurs, et je désignai les officiers, de te laisser aller demain au Chesnaye, mais à une condition : tu vas rentrer à Paris par le même chemin que tu as pris, tu achèteras tous les journaux que tu trouveras, tu les cacheras bien, et demain matin, à la première heure, trouve-toi dans la cabane qui est là-bas au milieu des vignes. Nous irons ensemble au Chesnaye chez tes parents. » — En même temps, je fis briller une pièce d'or : « Voici pour les journaux, et le reste sera pour toi. » Le petit hésitait... — « C'est bien sûr au moins que vous êtes Français ? demanda-t-il. — Voyons, tu en doutes; regarde donc, est-ce que je ressemble à ces têtes carrées ? Tu comprends que nous sommes sans nouvelles de Paris, c'est pour cela qu'il nous faut des journaux. »

« Le gamin parut réfléchir; enfin il prit la pièce d'or. — « Si tu rapportes des journaux, demain tu en auras une autre. » — Je fis un signe d'intelligence aux officiers, dont l'un donna l'ordre d'accompagner le petit jusqu'à l'extrême limite de nos avant-postes pour qu'on ne l'empêchât pas de franchir les lignes.

Le lendemain, le petit gars était fidèle au rendez-vous, il m'apportait un premier paquet de journaux. Je pris un air contristé. « Mon pauvre petit ami, lui dis-je, mon pauvre petit, que vas-tu devenir? Tes parents sont partis, leur maison a été brûlée, il n'en reste plus rien. J'ai été au Chesnaye hier, j'ai interrogé les voisins, ils ne savent pas où les tiens sont allés. » Le petit se mit à pleurer. « Ecoute, lui dis-je, veux-tu gagner tous les jours une belle pièce de cinq francs et manger autant que tu voudras? — Oh oui! oh oui! — Eh bien! continue à aller tous les jours à Paris et à me rapporter les journaux que tu entendras crier dans les rues. »

« Cette fois, le petit n'hésita plus ; et, depuis trois jours, je vais chercher dans la cabane, à l'heure convenue, le paquet de journaux, et je lui donne sa pièce de cinq francs. Mais ce matin, il n'y était pas, et je suis un peu inquiet. Peut-être une sentinelle l'aura-t-elle aperçu et aura-t-il été tué.

— Ce serait dommage... pauvre petit ! fit Stieber d'un ton presque larmoyant. Ce haut policier avait une famille de quinze à vingt enfants, et il aimait à se donner l'air d'un bon papa.

— Et vous, Zerniki, savez-vous quelque chose ? continua Stieber.

— Oui, monsieur le conseiller, j'ai déniché un digne couple qui nous tient au courant de tout ce qui se passe à la mairie. Ce n'est pas la fleur des honnêtes gens, mais faute de mieux... L'homme est balayeur, et la femme a installé, avec notre permission, un débit de *schnaps* en plein vent, dans la cour de l'hôtel de la mairie.

« Il paraît que cette particulière a eu quelques accidents judiciaires dans son passé : détournement de mineures et quelques autres peccadilles du même genre. L'homme a été impliqué dans une grosse affaire, mais on l'a relaché faute de preuves.

— Ah !... et ces braves gens vous fournissent de bonnes indications ?

— Voici le rapport d'hier, fit Zerniki en tirant un feuillet d'un assez volumineux dossier. Puis il se mit à lire : « M. Rameau est arrivé à son bureau à neuf heures du matin. Il s'est enfermé à double tour, selon son habitude, pour dépouiller le courrier. A onze heures, il a reçu la visite de plusieurs habitants de la ville : bouchers, épiciers, charcutiers, qui venaient l'entretenir sans doute de l'approvisionnement. A midi, il a déjeuné d'une côtelette, d'une salade et d'un morceau de fromage de brie... »

— Assez, assez, fit Stieber, je vois que nous n'apprendrons jamais des secrets d'État par l'entremise de votre agent.

— Mais enfin il est bon de savoir qui entre à la mairie et qui en sort, reprit Zerniki.

« Voici ce que rapporte la femme : « On s'entretenait surtout parmi les gens qui venaient aux nouvelles dans la cour de la mairie, d'une grande victoire remportée par l'armée de Metz. Le prince Frédéric-Charles avait été tué, les Français avaient fait 60,000 prisonniers. Un magistrat de Versailles, M. Harel, assurait que, selon toute apparence, le roi aurait quitté la ville avant huit jours. »

— Tiens, il faut noter ce monsieur Harel et ne pas le perdre de vue.

— Parfaitement, fit Zerniki. Et il continua la lecture du rapport :

« La séance du conseil municipal a duré très longtemps ; en sortant, les conseillers s'entretenaient avec vivacité ; il a semblé qu'ils avaient discuté une adresse de dévouement et de félicitations à la délégation de Tours. »

— Oh ! oh ! s'écria Stieber, il faudrait vérifier ce qu'il en est. Zerniki, en allant à la mairie pour cette réquisition de bougies, tâchez donc de jeter un coup d'œil sur le procès-verbal.

A ce moment, la porte s'ouvrit, et un personnage d'une quarantaine d'années, vêtu d'un pantalon à pied, chaussé de pantoufles, le torse emprisonné dans un veston de chambre en flanelle rouge, une cravate de foulard à gros pois négligemment nouée autour du cou, entra en fredonnant. Il tenait d'une main un crayon, et de l'autre un calepin d'assez grande dimension.

— Eh bien ! Salingré, mon cher, fit Stieber, la muse
vous inspire-t-elle ce matin?

— Jugez-en vous-même, « patron », fit le nouvel arrivant, un des auteurs comiques alors les plus en vogue et
qui, pour faire en amateur la campagne de France,
s'était laissé embaucher par Stieber en qualité de secrétaire particulier, une sinécure qui ne l'empêchait nullement de nouer des intrigues de vaudeville. Pour l'instant
M. Salingré était occupé à confectionner une pièce de
circonstance qu'il voulait faire jouer sur le théâtre de
Versailles par des officiers.

— Jugez vous-même, patron, reprit le vaudevilliste, et
il se mit à fredonner un couplet à peu près ainsi conçu :

> Maintenant, messieurs, pardonnez
> Si le rideau tombe; mais nous sommes frères.
> Ici, selon les règles du théâtre,
> On joue la grande pièce après la petite.
> Notre rôle pour rire est terminé,
> Et, après les déguisements comiques
> Sous lesquels nous avons voulu vous distraire,
> Nous reprendrons l'armure sévère qui donne la gloire.

— Très bien, très bien, firent en chœur les trois policiers.

— Et le directeur du théâtre se montre-t-il de meilleure
composition? demanda Stieber.

— Ne m'en parlez pas! un véritable mulet pour l'obstination, fit Salingré. Il n'y a pas moyen de discuter avec
lui. A toutes mes observations, il répond toujours la
même chose : « La France est en deuil, l'étranger est à
Versailles, ce n'est pas le moment de jouer la comédie »,
et d'autres sornettes semblables. Je crois qu'il faudra
une réquisition en règle pour décider cet impressario
têtu à nous livrer son magasin de décors. Vous vous
chargerez de ça, papa Stieber.

« Papa Stieber, » fit entendre un sourd grognement :

— Si cela ne dépendait que de moi ! Mais vous savez que le roi, notre maître, veut que l'on mette des gants... tâchez de vous arranger à l'amiable ; du reste, je verrai ce directeur féroce...

— Oui, patron, voyez-le, voyez-le. Je retourne à mon vaudeville, il faut que j'achève le dernier acte... A propos, il n'y a pas de cigares ici ?

— Si fait, si fait, répondit M. Kaltenbach en montrant une caisse sur la table.

— Pas de blagues, fit le vaudevilliste, je ne veux pas de ces dons d'amour « envoyés par les âmes charitables de la mère patrie », à raison de quatre gros le paquet...

— Soyez tranquille ! répondit le commissaire, voyez le cachet, les cigares viennent de Brême... ce sont des havanes...

— A la bonne heure, fit l'auteur comique en bourrant ses poches de cigares. Et il se retira en fredonnant les derniers vers de son couplet.

— Revenons aux affaires sérieuses, dit Stieber. Je m'en vais rue de Provence porter ces journaux à M. de Bismarck... Mais quel est ce bruit ?

Comme Stieber franchissait le seuil de la porte, son attention fut attirée par un groupe de gens qui entouraient un homme de quarante ans environ, à l'allure paysanne, au visage bronzé et énergique, occupé à administrer une correction très rude à un enfant d'une dizaine d'années, qu'il tenait par l'oreille. Dans la foule, les uns prenaient parti pour l'enfant en s'indignant contre l'homme, d'autres au contraire disaient : « Laissez-le faire, laissez faire, cela apprendra au petit à porter des journaux aux Prussiens ». Ces mots firent dresser l'oreille au conseiller intime ; il appela par un signe un des gendarmes qui se

promenaient constamment devant la maison du boulevard du Roi : « Conduisez-moi ces gens-là au commissaire Kaltenbach », dit-il au grand gaillard haut de six
pieds, coiffé d'un énorme casque et armé d'un coupe-
chou aux redoutables proportions. Sur l'ordre de son
chef, le gendarme joua des coudes, écarta la foule à
droite et à gauche, et prenant au collet l'homme et l'enfant, il les poussa tous deux dans la maison.

Cette arrestation excita les murmures de la foule qui
s'était amassée. « Cela le regarde, c'est son fils, s'écria
une femme du peuple, il le corrige et il a bien raison,
faut pas élever des petits espions!... » Quelques murmures se firent encore entendre, mais sur un autre
signe de Stieber les gendarmes tombèrent à poings fermés sur les premiers curieux qui se trouvaient à portée
de leurs mains.

M. le conseiller intime poursuivit sa route vers la rue
de Provence, tandis que le gendarme, fidèle à la consigne
introduisait l'homme et l'enfant dans les bureaux de la
police de campagne. Dès que le gamin aperçut Kaltenbach
il le montra du doigt et se mit à pleurer : « Voici le monsieur qui m'a donné l'argent, hi, hi, hi... tu vois bien...
père, que ce n'est pas un Prussien, hi, hi, hi. »

L'affaire fut expliquée. Voulant aller voir lui-même si
vraiment ses parents étaient partis du Chesnaye et obéissant à une sorte d'instinct, le petit Raymond, au lieu de
s'arrêter à la cabane de Meudon, avait poussé droit sur
Versailles, marchant à travers bois, se glissant comme
une couleuvre au milieu des sentinelles; il avait réussi
enfin à pénétrer dans la ville par la porte de Montreuil.
La première personne qu'il rencontra, ce fut justement
son père, qui ce jour là avait eu affaire chez un entre-
preneur. Bien entendu le père et le fils s'embrassèrent

de bon cœur, tout à la joie de se retrouver. Le petit raconta son aventure, l'histoire de la cabane, des pièces de cinq francs et des journaux qu'il allait chercher à Paris pour le « monsieur de Versailles... »

Le père Raymond n'aimait guère les Prussiens; il les détestait même depuis qu'ils lui avaient enlevé par réquisition sa jument « Cocotte ». Aussi, en apprenant, — car il vit clair tout de suite, — que son garçon avait servi d'espion inconscient aux « têtes carrées », comme il les appelait, il entra dans une grande fureur et administra au pauvre petit colporteur une volée de taloches et de bourrades qui ameutèrent la foule et attirèrent l'attention du chef de la police.

Kaltenbach parut très vexé en se voyant ainsi mis en présence de son petit messager. Il tenait essentiellement à ne pas être reconnu à Versailles; il menaça le père Raymond et son fils de les faire mettre en prison tous deux s'ils se montraient dans la ville. Puis il les fit reconduire tous deux au Chesnaye par un gendarme.

— Allons, se dit Kaltenbach en allumant un des cigares brêmois, il va falloir chercher un autre pourvoyeur de journaux.

Stieber s'était rendu chez M. de Bismarck. Après avoir suivi d'un pas déjà familier le boulevard du Roi, il avait tourné court à l'avenue de Saint-Cloud et s'était engagé dans une rue qui paraissait encore plus tranquille, plus déserte, plus morne que les autres. Dans cette partie écartée de Versailles, les maisons étaient presque toutes dissimulées derrière les grands arbres des jardins; c'est à peine si les toitures perçaient les feuillages, ou si un paratonnerre, dressant sa pointe au-dessus des marronniers et des acacias, annonçait que cette solitude était habitée. Vers le milieu de cette paisible rue de Provence au n° 12, une banderole sale, fixée à une branche, flottait au vent, avec cette inscription en grosses lettres : *Norddeutsche Bundeskanzlei* (Chancellerie de l'Allemagne du Nord). Deux gendarmes se promenaient devant la grille ; à l'intérieur, un factionnaire montait la garde ; devant un pavillon réservé autrefois au jardinier, servant à présent de poste, quatre ou cinq soldats fumaient de courtes pipes et rêvassaient de victoires, de patrie, de Gretchen et de knœdel à la choucroute.

Au coup de sonnette de Stieber, un sous-officier sortit du petit pavillon ; ayant reconnu le chef de la police, il ouvrit aussitôt la grille fermée à clef et laissa passer le conseiller intime en le saluant militairement.

Stieber se dirigea vers la villa dont on apercevait à travers les arbres les blanches maçonneries, ornées de quelques fresques.

Au moment de monter le perron, un individu de moyenne taille, plutôt petit que grand, un peu replet, portant lunettes et tenant un gros livre sous le bras, vint du jardin et héla le conseiller intime.

— Tiens ! monsieur le docteur Busch, fit celui-ci. Comment cela va-t-il?

— Très bien, monsieur le conseiller ; c'est « le chef » que vous venez voir ?

— Sans doute.

— Ah! tâchez donc de le dérider, je ne sais pas ce qu'il a, il est d'une humeur massacrante. Il a dîné hier soir chez le prince royal ; quelque chose doit lui avoir déplu... Wollmann, son valet de chambre, raconte qu'il est rentré des « Ombrages » furieux. Et cela continue... Je devais lui soumettre aujourd'hui un grand article qu'il m'a commandé pour préparer les esprits à la pro-

POUR CUEILLIR DES FLEURS DANS LE JARDIN IL AVAIT UN REVOLVER

PAGE 237.

clamation de l'Empire d'Allemagne. Ce matin, je vais
lui porter mon travail, il me reçoit comme un chien dans
un jeu de quilles : « Je me moque pas mal de votre gri-
moire », m'a-t-il dit, à moi, son journaliste favori !...
Tâchez de l'apaiser, monsieur le conseiller... n'est-ce
pas ? nous vous en remercierons tous.

Dans la maison du chancelier, le docteur Busch était le
journaliste à tout faire, l'agent secret servant d'intermédiaire entre les feuilles complaisantes et la caisse des
« reptiles ». Il était chargé de préparer, sous l'inspiration
du chancelier, l'opinion publique en Europe. Quand un
article lui plaisait, M. de Bismarck ne manquait pas de lui
dire : « Il faut que cet article fasse des petits ». A chaque
instant, le chancelier recommandait à Busch de parler
dans les journaux des cruautés des Français, de leurs
violations de la convention de Genève, de leurs instincts
sauvages [1].

Laissant le docteur Busch se lamenter sur le palier,
Stieber avait pénétré dans le vestibule ; un domestique,
correctement vêtu de noir, avait ouvert une porte vitrée,

---

[1] Quand, au mois de décembre 1870, il fut question d'un nouvel emprunt de la Défense nationale, M. de Bismarck appela M. Busch et lui
dit : « Il serait bon de faire ressortir dans la presse le danger que l'on
court en prêtant son argent à ce gouvernement. Il peut se faire, faudrait-
il insinuer, que l'emprunt du gouvernement actuel ne fût pas reconnu
par celui avec lequel nous ferons la paix, et que nous fassions mettre
cela au nombre des conditions de paix. *Il faudrait, en particulier, que
cet avis soit donné par la presse anglaise et par la presse belge...* »

A la date du 21 décembre, voici ce qu'on lit encore dans les *Tablettes*,
du Dr Busch :

« Après dîner, lu des dépêches et des minutes. Le soir, L... fait insérer dans l'*Indépendance belge*, le chapitre Gambetta-Trochu. »

Souvent, dans le journal de M. Busch, cette phrase se répète :

« Ecrit différentes lettres, *avec invitation à rédiger des articles...* »
Il fallait surtout entretenir « l'incertitude et la discorde parmi les partis
en France ». Le secrétaire de M. de Bismarck fait, dans son journal intime, cette remarque bonne encore à méditer : « .. Napoléon nous est
indifférent ; nous n'avons nul souci de la République ; mais *c'est le chaos
qui nous est utile.* »

et le chef de la police était entré dans le cabinet de travail de M. de Bismarck.

Le chancelier, vêtu d'une longue robe de chambre de satin noir doublée de soie jaune et nouée par une grosse cordelière blanche dont il maniait nerveusement les glands, se promenait avec agitation, sa grosse face contractée par la colère. Ses yeux lançaient des éclairs.

— Eh bien ! je vous fais mes compliments sur votre police, monsieur ! fit-il en apercevant le conseiller Stieber. Vous surveillez bien les gens, on peut s'en rapporter à votre fameux flair. Qu'est-ce que ce M. O'Sullivan, Américain ou soi-disant tel, qui a l'air d'être ici comme chez lui ?... » Et sans attendre la réponse, M. de Bismarck continua : « On finira par me dégoûter du métier. Hier, je dîne chez le prince royal, cela m'ennuyait déjà, parce qu'enfin je ne dîne nulle part aussi bien que chez moi avec mon secrétaire Bucher, mon cousin Bohlen et le petit Busch, mais enfin je m'étais résigné. On s'assied, je me trouve à côté d'un monsieur que je n'avais jamais vu et qui, dès le potage, commence à m'assassiner de ses conseils, de ses idées sur la politique, sur la conduite de la guerre, le bombardement de Paris, sur l'alliance prusso-russo-américaine, que sais-je encore ? Cela a duré ainsi jusqu'au café. Chaque mot, une bêtise ! Et tout cela en ayant l'air de me faire la leçon, me traitant de cher collègue sous prétexte qu'il a été ministre des États-Unis à Lisbonne ou quelque part. Pas moyen d'échapper ou même de dire à cet infatigable bavard : « F...-moi la paix, mêlez-vous de ce qu'il y a dans votre assiette et laissez-moi tranquille ». Il a bien fallu me taire et me contenir. J'étais juste en face de Son Altesse qui nous observait tous deux. Cet imbécile d'Américain, qui prenait mon silence pour de l'attention et du recueille-

ment, continuait de plus belle. Finalement, j'ai attrapé
une migraine à tout casser... Comment laisse-t-on circuler dans Versailles des gens aussi bavards et aussi
ennuyeux? »

Stieber put enfin prendre la parole. Il expliqua que ce
M. O'Sullivan, diplomate américain et journaliste, était
sorti de Paris sous pavillon parlementaire avec plusieurs
de ses compatriotes; qu'il paraissait très bien vu en haut
lieu, puisqu'il était un des hôtes les plus assidus du
Casino du duc de Cobourg-Gotha. C'est ce prince qui l'a-
vait présenté à *notre Fritz,* et c'est sur sa recommandation qu'il devait d'avoir été invité à ce dîner. « Comment,
dit Stieber, aurais-je songé à me défier d'un personnage
qui a de si puissantes relations, et comment me serais-
je permis de prendre des mesures contre un homme invité à dîner chez Son Altesse?

— Je ne veux pas, fit M. de Bismarck un peu radouci,
mais toujours grondant, que Versailles serve de rendez-
vous à tous les aventuriers politiques, à tous les faiseurs
de combinaisons internationaux, à tous les *bumler*
(badauds). Nous en avons assez dont nous ne pouvons pas
nous débarrasser... Qu'est-ce que cet Américain vient
faire ici? Il se trouvait mal à Paris, il en est sorti, ce
n'est pas une raison pour qu'il reste à Versailles. D'abord,
tout ce qui arrive de là-bas est suspect. Vous allez le
faire filer d'ici dans les vingt-quatre heures. C'est entendu, n'est-ce pas?

— Mais, objecta Stieber, M. O'Sullivan a dîné hier
chez Son Altesse le prince royal...

— Eh bien! Monsieur, êtes-vous sous les ordres du
prince ou sous les miens? Faites comme je vous dis, je
prends tout sur moi.

Stieber s'inclina et tendit au chancelier les journaux

qui venaient de lui être remis par son collègue Kaltenbach. A cette vue, les traits de M. de Bismarck s'é-
clairèrent.

— A la bonne heure ! s'écria-t-il. La lecture des
feuilles parisiennes, — cela me renseigne et me distrait...
Autre chose. Voici maintenant un nouvel avis que j'ai
reçu au sujet d'un attentat que l'on prépare contre moi...
Faites le nécessaire pour savoir ce qu'il en est. — A
propos, et l'individu qu'on a suivi hier et que j'ai fait
arrêter ? Sait-on qui c'est ?

— Excellence, cet individu a été immédiatement conduit au lycée, puisqu'il prétendait y être employé comme
domestique ; le concierge ainsi que l'économe l'ont reconnu. Il paraît que ce garçon avait donné rendez-vous
dans la rue de Provence, qui est très propice pour ce
genre d'entretien, à une cuisinière qu'il courtise. Le fait
a été reconnu exact et l'économe du lycée a déclaré à
l'homme qu'il serait chassé à cause de son inconduite.

— Que l'on s'en garde bien ! s'écria M. de Bismarck,
cet homme n'aurait qu'à s'en prendre à moi parce qu'il a
perdu sa place... Il tenterait alors peut-être réellement
de m'assassiner...

Stieber savait combien, depuis son arrivée à Versailles,
le chancelier avait l'esprit hanté de toutes sortes de vi-
sions d'assassinat, de tentatives de toute espèce dirigées
contre lui. Il n'ignorait pas que M. de Bismarck voyait
dans chaque passant qui s'arrêtait par curiosité devant
le numéro 14 de la rue de Provence, un farouche meurtrier ; il se souvenait que pendant la journée du 21 octobre, alors que l'approche des Français marchant sur
Bougival et Saint-Germain avait causé une véritable
panique dans Versailles, M. de Bismarck avait failli tuer
à coups de revolver quelques badauds qui le regardaient

monter à cheval, toujours sous l'impression que ces inoffensifs curieux étaient autant de Brutus, dissimulant des poignards sous leur redingote.

Tandis que M. de Moltke était à peine gardé, qu'on entrait chez lui presque comme on voulait, le chancelier se retranchait derrière les murs de la villa de Mme Jessé comme dans une forteresse. Trois domestiques adroits et dévoués, veillaient jour et nuit sur lui. Il ne sortait jamais sans être suivi ou précédé par eux, et il était toujours armé. A cheval, il portait un grand sabre de cavalerie; à pied, — même pour aller cueillir dans le jardin des violettes qu'il envoyait à sa femme, — il avait un revolver.

Stieber se gardait bien de rassurer le chancelier et de lui prouver qu'au milieu d'une population paisible, ennemie de toute violence comme celle de Versailles, sa vie ne courait aucun danger; cette crainte perpétuelle d'un attentat rendait le chef de la police précieux, nécessaire, indispensable. Il promit donc d'enjoindre au directeur du lycée de ne pas renvoyer le domestique qui, la veille, avait en effet suivi, sans se douter sur quelles brisées il marchait, M. de Bismarck revenant de la préfecture. Le chancelier s'était retourné à plusieurs reprises en donnant de vives marques d'impatience. Arrivé devant la grille de la villa Jessé, il ordonna aux gendarmes de faction de s'emparer de l'homme qui, malgré ses protestations et ses dénégations, fut traîné au bureau central de la police.

M. de Bismarck, tout à fait rasséréné, s'entretint avec Stieber de différents objets; puis, au moment où le chef de la police prenait congé de lui : « N'oubliez pas de nous débarrasser de ce bavard d'O'Sullivan, répéta le chancelier... Et puis, priez le petit Busch de m'apporter son ar-

ticle. J'ai rudoyé ce matin ce pauvre docteur, il faudra
que, pour le dédommager, je trouve sa prose excellente. »

M. O'Sullivan était non pas un espion, mais un diplomate amateur qui, ennuyé d'être en disponibilité depuis
qu'un incident l'avait contraint à résigner ses fonctions
de ministre de la république américaine en Portugal,
avait imaginé de s'entremettre comme messager de paix
entre l'hôtel de ville de Paris et le quartier général de
Versailles. Profitant des relations qu'il avait nouées en
Amérique avec un jeune écrivain français, M. E.-A. Portalis qui, peu de temps avant la guerre, avait créé avec
M. Ernest Picard un journal : l'*Électeur libre*, M. O'Sullivan avait eu accès auprès du gouvernement de la Défense nationale. Mais on n'avait pas tardé à reconnaître
que l'on avait affaire à un personnage dénué de toute
espèce d'autorité et sans mandat.

Un série d'articles que M. E.-A. Portalis, qui tenait
surtout à singulariser son journal et à attirer l'attention
quand même, au risque de faire de la politique germano-
phile, avait accueillis et dans lesquels M. O'Sullivan s'exprimait en termes très flatteurs et très sympathiques sur
l'armée allemande, achevèrent de rendre l'Américain
tout à fait suspect à l'hôtel de ville. Ce fut donc avec une
très grande satisfaction qu'on lui délivra le passeport
l'autorisant à quitter la grande cité assiégée sous pavillon parlementaire. A Versailles, M. O'Sullivan avait
obtenu la reproduction de ses articles dans le feuilleton
du *Moniteur de Versailles*, qui venait d'être créé, et, grâce
à ce passeport, il s'était insinué d'abord dans la société
du duc de Cobourg et des princes, qui faisaient leur
campagne autour des tables à six de l'hôtel des Réservoirs et des guéridons de jeu du « Quinze » installés dans
les appartements particuliers du duc Ernest, au premier

étage des Réservoirs. C'était par cette filière que le remuant Américain était arrivé jusqu'au prince royal.
Celui-ci, qui ne dédaignait pas de temps à autre de jouer
un petit tour d'écolier à M. de Bismarck, n'avait rien
trouvé de mieux que de placer le diplomate amateur à
côté du chancelier.

L'Américain était loin de se douter des résultats
fâcheux qu'aurait pour lui la faveur inespérée de la
veille; il était au contraire persuadé d'avoir fait une
impression très grande sur l'homme d'État allemand, il
se voyait déjà appelé à collaborer aux destinées de
l'Europe. Aussi fut-ce d'un pas plein d'assurance, portant haut la tête, qu'obéissant à une convocation de
Stieber, il se rendit boulevard du Roi, bien persuadé
qu'on allait lui confier une mission extraordinaire.
Hélas! il tomba de son haut quand le conseiller intime
lui enjoignit de faire ses malles et de vider le territoire
de Versailles dans les vingt-quatre heures.

Il ne se priva pas du reste de protester, il invoqua ses
hauts protecteurs, mais Stieber se borna à lui répondre
froidement : « Invoquez Dieu le père si vous voulez,
Monsieur, mais si demain à pareille heure vous êtes encore à Versailles, je vous fais enlever par mes gendarmes
et conduire en Prusse, où vous passerez en conseil de
guerre ». L'Américain se le tint pour dit et partit. Sa
mésaventure se répandit bientôt à travers la ville, et
désormais lorsqu'on apprit qu'un officier ou un fonctionnaire quelconque avait eu l'honneur d'une invitation à
dîner chez le prince royal, on ne se privait pas de dire :
« Encore un qui va être expulsé ! »

Tandis que Stieber conférait avec son grand « chef », le
lieutenant M. Zerniki se dirigeait d'un pas de conquérant

vers l'hôtel de ville. Ce bâtiment, très spacieux, qui présente une façade de grand style au centre d'une terrasse plantée d'arbres magnifiques, contigu à la gare de la rive gauche, communique aussi par une sorte de couloir à ciel ouvert, avec l'avenue de Paris. Dans un pavillon situé à l'entrée de ce boyau, la *commandature* prussienne avait installé un poste très nombreux ainsi que l'indiquaient les fusils disposés en faisceaux; mais cette limite franchie, on se trouvait en territoire français.

Le drapeau tricolore flottait sur le toit de l'hôtel de ville. Des appariteurs revêtus de l'uniforme municipal, le bras orné d'un brassard tricolore, veillaient aux portes de l'édifice. Ils ne laissaient pénétrer que des visiteurs ayant leur laisser-passer en règle ou justifiant de l'urgence de leur visite. Les conseillers municipaux étaient sur les dents; en dehors des affaires courantes, les incessantes réquisitions leur donnaient fort à faire. Pour éviter le contact entre l'armée allemande et les particuliers, le conseil municipal s'était chargé de répartir tous les objets que les autorités prussiennes exigeaient; ils les leur délivraient séance tenante.

La belle terrasse et la cour de l'hôtel de ville présentaient l'aspect d'un véritable capharnaüm; des denrées de toute espèce dans des sacs, dans des boîtes ou à l'air étaient amoncelées pêle-mêle. Pour donner une idée de cet assortiment, empruntons à un remarquable ouvrage plein de faits et écrit avec une véritable élévation [1], par M. Delerot, le savant traducteur des Entretiens d'*Eckermann et de Gœthe*, le relevé d'une de ces journées de réquisition pris au hasard sur le feuillet des registres de la commission *ad hoc :*

---

[1] *Versailles pendant l'occupation*, etc., par E. Delerot, chez Plon, 1873.

LES PRUSSIENS S'ARRÊTAIENT POUR SIFFLER UN VERRE DE SCHNAPS

POLICE SECRÈTE PRUSSIENNE

« 11,000 kilogrammes de bois à brûler (pour un seul jour !), 125 grammes de cire à cacheter, 50 kilogrammes de chandelles, 500 kilogrammes de bois, 150 terrines en terre, 72 cruches moyennes, 200 kilogrammes de bougies, 500 kilogrammes de bois, pour un poste, 150 kilogrammes de charbon de terre, 100 margotins pour le roi de Prusse, 500 clous de fonte pour le prince royal, 12 manches à balai pour l'ambulance prussienne (au lycée), 2 kilogrammes de pain bis pour les menus plaisirs de Sa Majesté [1], une portière, un casier, et d'autres objets pour M. de Bismarck, 50 margotins pour M. de Bismarck, 250 kilogrammes de bois, 200 kilogrammes de charbon pour M. de Moltke, 5 kilogrammes d'huile pour la poste, 50 kilogrammes de coke, idem, 6 kilogrammes de chandelles pour la garnison de Saint-Cloud, 1 bière au château, 2 bières au lycée, 3 fosses au cimetière, 20 kilogrammes de chandelles pour les casernes, 2 grandes soupières, 40 bouteilles d'eau de Seltz, 1 brûloir à café, 46 caleçons, 3,000 kilogrammes de bois, 20 kilogrammes de sucre, 12 1/2 kilogrammes de savon, un ouvrier fumiste pour réparations, 4 stères de bois, 10 kilogrammes de bougies. »

Toutes ces marchandises étaient à portée de la main des sous-officiers et des soldats chargés de les enlever, mais comme la besogne était difficile, les Prussiens s'arrêtaient de temps à autre pour « siffler » un verre de schnaps que leur versaient des marchandes qui, en dépit des protestations du maire, avaient pu s'installer dans la cour et sur la terrasse.

Ces Hébés surannées, appartenant à la lie d'une ville de garnison, ne se faisaient aucun scrupule d'embaucher des

---

[1] Le roi de Prusse s'amusait fréquemment à pêcher dans les bassins du parc; ce pain servait d'amorce.

filles de la pire espèce pour attirer et « allumer les clients ». Les soldats allemands riaient et buvaient avec elles.

Zerniki traversa le couloir. Arrivé dans la cour, il s'arrêta devant l'établi d'une des marchandes d'eau-de-vie, une horrible mégère, aux traits bouffis, flétris et défigurés par la débauche, au nez écrasé en patate, un duvet assez fourni au-dessus des lèvres. En mauvais français, Zerniki s'entretint avec la marchande d'eau-de-vie ; c'était l'ancienne pensionnaire de maison centrale que le policier Stieber avait embrigadée. Mais les renseignements qu'elle put fournir ne parurent pas satisfaire beaucoup l'*alter ego* du grand chef de la police, car c'est en grommelant et en haussant les épaules qu'il s'achemina vers l'entrée de la mairie.

Un des appariteurs portant le brassard tricolore l'interpella au moment où il allait franchir la grande porte vitrée s'ouvrant sur la galerie du rez-de-chaussée. Zerniki répondit en allemand à l'huissier qui ne parlait que français. Il était impossible de s'entendre. Heureusement un des secrétaires du maire, M. Hermann Dietz, Alsacien, connaissant parfaitement l'allemand, passait en ce moment. Il servit d'interprète. Zerniki dit d'une voix brève : « Je veux voir le maire ».

— Le maire est en séance, il préside le conseil municipal et ne peut se déranger, répondit M. Dietz.

— Cela m'est égal, répliqua le lieutenant de Stieber, je veux lui parler, quand même je devrais faire enfoncer les portes de la salle du conseil.

Voulant éviter un éclat, le jeune Alsacien fit entrer Zerniki dans l'hôtel de ville ; il le conduisit dans une salle où se tenaient toujours un adjoint et deux conseillers. Le policier prussien demanda qu'on lui livrât les registres

des procès-verbaux pour savoir ce qui s'était passé dans
la séance de la veille.

Il essuya un refus poli, mais formel, et comme il insistait, l'adjoint lui fit remarquer, au moyen de l'interprète,
qu'il n'avait aucun ordre écrit pour exiger cette communication.

— Si je n'ai pas d'ordre écrit, s'écria Zerniki furieux,
j'ai ceci! Et il tira son sabre.

Justement la séance du conseil venait de finir. Les
édiles, pour sortir de la salle des délibérations, avaient
à traverser la pièce où était l'adjoint de service. Ils assis-
tèrent à cette scène ; plusieurs d'entre eux étaient sur le
point de faire un mauvais parti au lieutenant Zerniki.
Celui-ci, se voyant entouré par les conseillers, prit peur,
courut à la fenêtre qu'il brisa d'un coup de poing et cria
plusieurs mots en allemand aux soldats qui buvaient
dans la cour. En un clin d'œil, la pièce fut envahie, et
sur l'ordre de Zerniki, les conseillers présents furent
arrêtés et conduits au poste le plus voisin.

Le maire, informé de cet acte de violence, courut à la
« Commandature ».

Les militaires n'étaient pas fâchés de montrer leur
autorité à la police.

Le major de place, un « gommeux » berlinois, M. de
Treskow, qui jouait la comédie de salon, et qui, même
en campagne, se bichonnait comme s'il devait aller au
bal, fit des excuses à M. Rameau :

— Que voulez-vous attendre de ces gens-là? dit-il. Et
en parlant du lieutenant des mouchards : « Ils n'ont ni
élévation dans les idées, ni éducation. »

Et aussitôt l'ordre fut donné de relâcher les conseillers
municipaux.

De quelque temps, la déplaisante figure du lieutenant Zerniki ne parut pas à la mairie.

Stieber avait toujours sur le cœur les reproches adressés par M. de Bismarck d'avoir été en défaut au sujet de l'Américain O'Sullivan; il était très désireux de démontrer au chancelier que l'*errare humanum est* pouvait échoir en partage aux grands hommes d'État comme aux autres mortels.

« Je donnerais bien cent thalers, répétait-il, pour prendre à son tour le « chef » en défaut. »

Par une froide et brumeuse journée de la fin de novembre, Stieber était en train de parcourir les rapports de ses espions, quand il vit entrer dans son cabinet le vaudevilliste Salingré fredonnant un couplet.

— Patron, avez-vous cent thalers sur vous ? demanda l'auteur dramatique.

— Pourquoi faire ?

— Eh! pour que je les empoche, vous savez, je prends de l'argent français aussi, 375 pièces de vingt sols, tarif officiel. Et l'auteur dramatique se mit à déclamer d'après Gœthe :

Un vrai Allemand ne saurait aimer un homme de France,
Mais pour ce qui est des *francs,* il les *empoche* volontiers.

Et il tendit la main en creux, prêt à recevoir la somme demandée.

— C'est une plaisanterie, fit Stieber légèrement impatienté.

— Pas du tout, patron, c'est très sérieux, vous me devez la somme !

— Allons donc! Dieu merci, je n'ai jamais eu de dettes !

— Eh bien! il n'est jamais trop tard pour mal faire.

Avez-vous oui ou. non promis cent thalers si vous pouviez « pincer » M. de Bismarck ?

— Oui !

— Eh bien ! voyez et lisez.

Et le vaudevilliste tendit au « patron » un numéro du journal le *Gaulois* marqué au crayon rouge :

— Voici ma quittance... Tout à l'heure, je rencontre un journaliste de mes amis, un bon garçon appelé Hoff, mais un peu toqué ; il croit toujours que « c'est arrivé ». Du reste, patriote jusqu'au bout des ongles, en admiration devant le « chef ». Pour lui, le « chef », c'est le bon Dieu. Ce garçon était hors de lui, il se promenait tout seul dans le parc, se parlant à lui-même en faisant des gestes désordonnés. Je l'aborde et lui demande pourquoi il est si agité. Il me répond que c'en est fait de l'Allemagne, que les patriotes n'ont plus qu'à se jeter à l'eau ; bref, un tas de choses tout aussi sensées. Enfin il finit par m'expliquer qu'il a appris qu'un Espagnol, nommé Miranda, arrivé de Paris, a dîné hier chez le « chef », qu'il y a passé la soirée et que Bismarck qui, paraît-il, avait bu cinq ou six bouteilles de vieux Bourgogne, s'est complètement déboutonné. Eh bien ! Hoff prétend que ce Miranda n'est qu'un espion de Gambetta, et comme preuve il m'a dit avoir un numéro du *Gaulois* contenant un article de ce même M. de Miranda, qui excite les Français à la guerre contre la Prusse et qui arrange M. de Bismarck de la belle façon ! J'ai accompagné Hoff à l'hôtel de la *Tête noire* — une sorte de bouge — et il m'a remis la feuille en question qui, franchement, vaut bien les cent thalers..... Jugez-en vous-même.....

Stieber parcourut le journal ; il contenait en effet une diatribe des plus violentes contre le gouvernement prussien.

Le chef de la police se frotta les mains, demanda sa voiture « réquisitionnée » et se fit conduire immédiatement à la Villa Jessé.

Le chancelier était en conférence avec le commandant militaire de la ville, M. le général-major von Voigt-Rhetz ; et, à en juger par les éclats de voix qui arrivaient jusque dans le vestibule, le diplomate et le militaire n'étaient pas d'accord.

C'était l'époque où M. de Bismarck avait très sérieusement maille à partir avec les généraux.

Il se plaignait amèrement qu'on ne lui communiquât pas aussitôt les nouvelles des avant-postes et les renseignements provenant de l'armée du prince Frédéric-Charles qui opérait sur la Loire. « Si le roi ne daignait pas m'envoyer une copie de ses dépêches, disait-il, je ne saurais rien, absolument rien ! »

L'huissier, annonçant Stieber, interrompit ces récriminations. « Qu'il entre tout de suite ! » fit le chancelier.

— Eh bien ! quoi de nouveau, mon cher conseiller ?

Sans mot dire, le chef de la police tendit au ministre le *Gaulois*, en indiquant la place marquée au crayon rouge. M. de Bismarck parcourut l'article ; en arrivant à la signature : « Ce n'est pas possible ! fit-il. Et cet individu a osé se présenter chez moi, il a dîné à ma table [1] ! J'aurais dû m'en méfier, cependant ; avec son uniforme rouge et ses 2 plaques, il avait l'air d'un saltimbanque !...» Puis, se tournant vers le général Voigt-Rhetz : » Il s'agit d'un *senor* Angel de Miranda, attaché à l'ambassade d'Espagne et vice-président de la commission des finances pour les créanciers français de l'Espagne. Ce sont les qualités énoncées sur son passeport. Il a passé

[1] Voir une curieuse brochure publiée à Bruxelles en 1871 . *Un dîner à Versailles. chez M. de Bismarck.*

toute la soirée ici, hier, et sans doute, une fois hors de
nos lignes, il ira à Tours... Mais qui donc vous a remis
ce numéro du *Gaulois*, Stieber?

— C'est un journaliste, M. Hoff.

— De quoi se mêle-t-il, celui-là? fit à demi-voix le général Voigt-Rhetz... Il est le correspondant de la *Gazette nationale*, n'est-ce pas?

— Je crois que oui, fit Stieber.

— Ah! fit le général commandant de place, avec une
intonation singulière.

Le jour même, M. Angel de Miranda était appréhendé
au corps dans son logement et conduit à la prison Saint-
Pierre, où il passa la nuit; le lendemain, il fut dirigé sur
Mayence d'où il trouva moyen de s'évader peu de temps
après.

Plus tard, revenu à Paris, M. Angel de Miranda ne
parut plus aussi suspect à ses anciens geôliers; il brûla
ce qu'il avait adoré et devint un des plus chaleureux ad-
mirateurs de la politique bismarckienne.

Quelques semaines après l'envoi en Allemagne du
diplomate espagnol, le journaliste Hoff, un garçon d'une
trentaine d'années, de moyenne taille, replet, l'air un peu
paysan, rougeaud de figure, était occupé à écrire dans
une petite chambre de l'hôtel de la *Tête noire*.

Hoff était venu fort jeune à Paris et il avait envoyé
pendant plusieurs années des correspondances à plusieurs journaux de son pays, notamment à la *Gazette
d'Augsbourg*. Tout ce qu'il écrivait était marqué au coin
du plus ardent pangermanisme. M. de Bismarck résu-
mait pour lui Vichnou, Moloch, le grand Lama; il n'avait
pas d'autre dieu, et cette tendance à l'adoration de
« l'homme de fer et de sang » ne perçait pas seulement

dans ses écrits, elle se manifestait aussi d'une manière passionnée dans ses entretiens et dans les discussions fréquentes qu'il avait avec ses collègues allemands ou avec ses confrères français. Lorsque la guerre fut déclarée, Hoff, chassé de France par le décret d'expulsion, fut chargé par les journaux auxquels il collaborait, de suivre les opérations militaires. Là, parmi les soldats, au milieu des victoires, il exultait, et ses articles étaient de plus en plus pangermaniques, chauvins et bismarckiens.

Dans la petite chambre de son hôtel dont la fenêtre donnait sur un tas de fumier, il était justement, ce jour-là, en train de brûler une énorme dose d'encens aux pieds de son grand manitou, lorsqu'on frappa à la porte.

— Entrez, fit le journaliste.

C'était un gendarme.

— Vous êtes bien le journaliste Hoff? demanda-t-il.

— Parfaitement.

— Alors, ceci est pour vous, et le gendarme remit au jeune homme un large pli portant le cachet de la « Commandature », et se retira.

Hoff brisa le cachet; l'enveloppe contenait l'ordre péremptoire d'avoir à se rendre avant midi chez le commandant de place. Vaguement inquiet, le journaliste acheva sa toilette et se mit en route pour l'hôtel de *France*, sur la place d'Armes, où le général Voigt-Rhetz avait installé ses bureaux.

En passant devant les Halles, il entra dans le petit restaurant Gark pour voir s'il n'y rencontrerait pas quelques confrères qui avaient l'habitude de prendre leurs repas dans ce modeste établissement. Mais il ne trouva que les deux frères Gark, le nez largement marqué de la carte de Bourgogne, tous deux très affairés, la tignasse en l'air, discutant avec l'intendant d'un général campé

LA SENTINELLE LE FORÇA A REBROUSSER CHEMIN

à Maintenon, qui faisait charger sur un tilbury stationné devant la porte, quelques paniers de vieux Beaune et de Romanée.

Hoff continua sa route vers la « Commandature »; à chaque pas, son inquiétude augmentait. Quelques jours auparavant, il avait été appelé chez le chef de la police, mais Stieber s'était borné à lui demander vaguement quelques renseignements, et il l'avait congédié avec des paroles flatteuses, l'assurant qu'il était très heureux de faire la connaissance d'un écrivain aussi bon patriote.

Qu'est-ce que le général pouvait lui vouloir? Il ne devait pas tarder à l'apprendre, lorsqu'il se trouva dans un des salons de l'hôtel, dont le général de Voigt-Rhetz avait fait son cabinet de travail.

— C'est vous, monsieur, lui dit le commandant de place, qui êtes l'auteur de cet article?

Et il tira d'un dossier, évidemment préparé à l'avance, un numéro du journal berlinois la *Gazette nationale*. Cet exemplaire contenait en effet un feuilleton daté de Versailles dans lequel l'auteur se plaignait avec amertume de la situation faite aux journalistes allemands chargés de suivre les opérations; ils étaient, disait-il, mis en suspicion et tenus à l'écart, tandis que les reporters anglais étaient favorisés à tous les points de vue. L'article s'appesantissait sur ce parallèle et montrait les correspondants du *Times*, du *Daily News*, etc., logés *sur réquisition*, pourvus de chevaux et de fourrages par le soin de l'état-major, admis dans la société des généraux et des princes, tandis que les Allemands étaient entièrement livrés à leurs propres ressources et tenus en quarantaine. Enfin l'article désignait plus particulièrement certains officiers généraux comme mal disposés à l'égard des journalistes.

Hoff ne fit aucune difficulté de reconnaître que l'ar-

32

ticle était de lui ; il ajouta, assez timidement, il est vrai,
qu'il ne croyait pas avoir manqué à ses devoirs en le ré-
digeant.

— Vos devoirs, monsieur, fit le général très en colère,
vos devoirs ! non seulement vous y avez manqué de la
façon la plus scandaleuse, mais encore vous avez commis
un acte de trahison !

Ce mot de trahison parut produire sur le pauvre Hoff
l'effet d'un coup de trique. Il pâlit subitement, porta la
main à son front et chancela.

— Un traître, moi ! un traître ! fit-il d'une voix étouffée.

— Si nous traitons bien les journalistes anglais, re-
partit le général, ce n'est pas parce que ce sont des personnalités, nous nous moquons de vous tous, de quelque
nationalité que vous soyez ; si nous accueillons les Anglais avec plus de faveur, c'est parce que nous avons
besoin d'eux. La presse est, bien plus que Sa Majesté
Victoria, la véritable reine de la Grande-Bretagne ; elle
n'est pas une Cendrillon comme dans notre Allemagne ;
ses représentants sont de véritables ambassadeurs ; nous
les traitons comme tels, mais cela ne nous plaît pas plus
qu'il ne faut... Il y a en Angleterre un parti puissant qui
tient pour la France, qui ne demande que plaies et bosses
contre nous ; s'il est habilement combattu dans la presse,
nous n'avons pas à le redouter. Il y a donc pour la patrie
allemande un intérêt puissant à se concilier la presse de
Londres qui dicte ses décisions au Parlement et au ministère ; c'est pourquoi nous choyons les anglais qui sont
ici, et celui qui nous attaque à cause de cela est un
mauvais patriote, un mauvais Allemand, je dirai plus,
c'est un particulariste qui ne veut pas que l'Allemagne
soit une grande nation, qui voudrait voir sa patrie mor-
celée et anéantie.

Ce nom de « particulariste » sembla donner le coup de grâce au malheureux Hoff. Lui, un *particulariste*, lui qui rêvait depuis dix ans l'unification de la patrie germanique et la centralisation par la Prusse ! On ne pouvait pas jeter de plus sanglante injure à sa face. C'est avec une impassibilité sourde qu'il entendit vaguement la suite de la tirade du général.

— Oui, monsieur, c'est un acte de trahison que vous vous avez commis ! et vous serez puni comme un traître le mérite. Voici les dispositions qui ont été prises à votre égard : demain, à huit heures du matin, vous vous trouverez sur la place d'Armes, à l'entrée de la grille de cette caserne.

Le général montra par la fenêtre la caserne qui était en face, et il continua :

— Vous quitterez la ville avec un convoi de prisonniers français ; nous ne faisons aucune différence entre les ennemis qui nous combattent par la plume et ceux qui se battent avec le chassepot ; vous irez à pied jusqu'à Lagny en compagnie des Français, que vous devez aimer... De Lagny, la gendarmerie de campagne vous reconduira de brigade en brigade jusqu'à la frontière allemande et là... vous pourrez aller vous faire pendre où vous voudrez. Je ne vous retiens plus, monsieur, allez et soyez exact demain, sinon mes gendarmes vous rappelleront l'heure qu'il est !...

Machinalement Hoff sortit de l'hôtel de la Commandature. Machinalement il traversa l'avenue de Paris ; il continua son chemin jusqu'à ce que la sentinelle postée sous le viaduc de Viroflay, lui ayant demandé son permis de circulation, qu'il n'avait pas sur lui, le força à rebrousser chemin. Il reprit l'avenue. Un vent glacial soufflait à travers les arbres, quelques flocons de neige commençaient à tomber. Le journaliste ne s'en aperçut pas. Il ne reprit possession de lui-même qu'en se trouvant devant l'hôtel des Réservoirs dont on commençait à allumer les réverbères. Pendant trois heures, ces paroles terribles du général Voigt-Rhetz avaient roulé dans son cerveau : « Il était un traître! un particulariste, un allié des Français! » C'étaient comme des coups de couteau qui lui entraient au cœur.

A force de se répéter les reproches du général, le journaliste se persuada qu'il les méritait; et que le châtiment qu'on lui infligeait était parfaitement juste. Eh quoi! le devoir d'un patriote allemand n'était-il pas de tout souffrir, de tout endurer? Lui, journaliste allemand, il s'était plaint du manque de politesse, d'absence d'égards... Les soldats des avant-postes, exposés au froid et aux éclats des « pains de sucre » des forts, est-ce qu'ils se plaignaient, eux? Décidément le général avait eu raison. Il n'était pas un patriote. Puis, en réfléchissant, il se rappelait comment il avait été induit à écrire ce fatal article. C'était dans une salle du café de Neptune, en face du Château ; les correspondants s'y réunissaient à l'heure de l'absinthe comme dans les cafés du boulevard.

A travers les vitres, on avait vu un reporter du *Daily News*, revenant d'une promenade à Saint-Germain, escorté de deux dragons et paraissant causer très familièrement et en riant de son gros rire de cokney, avec le prince de*** ; tous les correspondants avaient alors éclaté en récriminations contre l'état-major qui favorisait les Anglais, et contre les Anglais qui se faisaient aussi encombrants et arrogants que possible. De tous les côtés, on lui avait dit : « Hoff, faites donc un article là-dessus. Arrangez-leur un feuilleton bien pimenté ! — La *Gazette nationale* l'insérera tout de suite, » avait ajouté un camarade qui passait pour très bien connaître les coulisses de la presse allemande.

Et, séance tenante, il avait écrit l'article, de bonne foi, avec passion, tel qu'il le sentait sous l'influence des récriminations de ses camarades.

Mais, il le reconnaissait, ce feuilleton était vif ; il attaquait de sages dispositions prises par le grand « chef » et par les généraux qui s'étaient couronnés de lauriers à Wœrth, à Saint-Privat et à Sedan... Comment, lui, qui n'était rien, pas même soldat, avait-il osé les critiquer...? La faute était grande, mais aussi quel châtiment! Rentrer en Allemagne stigmatisé comme traître, chassé du quartier général! Quel accueil lui ferait-on dans la patrie? Tout le monde, ruminait le pauvre Hoff, creusant de plus en plus cette idée dans son cerveau de métaphysicien mal équilibré, tout le monde se détournera de moi ; je serai mis à la porte de tous les journaux qui se sont servis de ma plume; non seulement je serai déshonoré, mais encore, je me trouverai sans pain! Et sous l'influence de cette lourde brume d'automne qui cause tant d'oppression aux gens nerveux, dans cette obscurité humide et pénétrante d'une soirée de novembre, plus lugubre que la nuit, Hoff se vit seul, honni, méprisé, errant dans les rues de Berlin, les habits râpés, les souliers éculés, repoussé, chassé de toutes les rédactions de journaux où il recevait partout cette humiliante réponse : « Sortez, nous ne voulons pas de traître parmi nous! »

Ses tempes battaient violemment, son crâne était comme serré dans un étau, il ne voyait plus.

Tout à coup il se heurta à un gros homme qui montait la rue des Réservoirs.

— Eh bien! monsieur Hoff, qu'avez-vous donc? Vous

êtes pâle et tout défait... on dirait que vous avez envie
de vous jeter à l'eau?

Le journaliste leva la tête et vit devant lui le commissaire de police Kaltenbach que nous avons déjà présenté
au lecteur. Tous deux étaient du pays badois ; ils avaient
étudié ensemble. En quelques phrases saccadées, Hoff
confia sa mésaventure au commissaire...

— Hum ! fit celui-ci, mauvaise affaire. Messieurs les
militaires entendent exercer eux-mêmes leur police, et
ma foi, vous êtes entre l'enclume et le marteau, car nous
ne pouvons rien ; si nous intercédions, on nous accuse-
rait de nous mêler de ce qui ne nous regarde pas... Mais
il me vient une idée ; votre père, député à la Diète de
Carlsruhe, connaît notre grand-duc, il a souvent dîné à
la Cour ; adressez-vous à Son Altesse badoise, qui est à
Versailles depuis hier. Vous trouverez certainement le
grand-duc à dîner aux Réservoirs. Faites parvenir votre
carte au chambellan von Bell, expliquez-lui l'affaire,
qu'il en parle tout de suite à Son Altesse, et cela pourra
s'arranger.

— Oui, fit le journaliste, se raccrochant à cette planche
de salut, oui, vous avez raison, nous allons trouver le
grand-duc...

— Pardon, pardon, m'est avis qu'il vaut mieux que
vous alliez seul ; ma présence causerait de l'ombrage et
ne pourrait que vous nuire. Allons, courage et bonne
chance ! Et après avoir serré la main de son compatriote,
le commissaire se dirigea vers le boulevard du Roi,
tandis que le journaliste s'engageait sous la grande
voûte de l'hôtel des Réservoirs.

Les deux petits salons servant de vestibule et la grande
salle carrée peinte en blanc avec de larges filets d'or,
étaient pleins d'habitués. C'était sous les feux des grands

lustres de cristal garnis de centaines de bougies, un
fourmillement d'uniformes de toutes les couleurs, étin-
celants de dorures, couverts de plaques, de décorations,
de rubans ; un chatoiement de casques d'argent à cimier
d'or, de *ulankas*, de bonnets fourrés à plume de héron
pendus aux patères.

Dans cette réunion de dîneurs groupés par six et par
douze autour de tables de différentes grandeurs, les
princes se comptaient par douzaines et les comtes par
vingtaines.

Quant aux officiers simplement titrés, ils étaient ré-
légués dans les coins ; et les vulgaires roturiers auraient
été jetés à la porte comme des chiens, s'ils avaient osé se
montrer. Un cicerone, connaissant par cœur l'Almanach
de Gotha, aurait pu en réciter des colonnes entières en
mettant les noms à la plupart de ces figures.

Là-bas, le prince Ernest de Saxe-Cobourg-Gotha, le
protecteur des sociétés de chant, de tir et de gymnastique, le Mécène qui a conféré des lettres de noblesse
aux principaux romanciers de l'Allemagne, à M. Gustave Freytag et à M. Rodolphe Gottschall, préside majestueusement une table de douze couverts. Fidèle à ses
habitudes de frondeur, le prince a installé au premier
étage des « Réservoirs » une sorte de club aristocratique,
le « Casino », où l'on conspire contre M. de Bismarck,
et où Stieber n'a pu encore, malgré toute son ingénio-
sité, faire pénétrer un de ses agents. Justement le duc
traite aujourd'hui son co-prince, le duc de Saxe-Meinin-
gen, le souverain-impresario, et plusieurs courtisans. Un
seul habit noir détonne et surprend au milieu de tous
ces uniformes chamarrés : le simple mortel qui en est
revêtu est un peintre célèbre que le duc Ernest a fait
venir pour lui commander son portrait, le représentant

à cheval au milieu de la mêlée de Wœrth, chargeant à la
tête de ses troupes un carré de zouaves. Les méchantes
langues affirment que Son Altesse Sérénissime n'a passé
par Wœrth que huit jours après la bataille et qu'il en
sera de ce tableau comme d'un autre qui montre le même
prince à Eckernfœrde, dans le Sleswig, en 1849, désignant d'un geste dramatique aux artilleurs allemands les
bateaux danois, qu'ils doivent couler bas. Le bon duc
Ernest n'a été à Eckernfœrde, comme à Wœrth, qu'en
peinture.

Un peu plus loin, quelques jeunes gens se livrent avec
expansion à des libations tapageuses ; ce sont des cavaliers vêtus de tuniques écarlates ou bleu clair, peignés,
frisés et pommadés comme des mannequins de coiffeurs,
et étalant avec complaisance des bagues en diamant sur
des doigts effilés, d'une blancheur féminine. Ces beaux
gentilshommes sont des aides de camp du prince Frédéric-
Charles, qui ont été envoyés à Versailles pour y porter
des drapeaux pris à Metz. Leurs camarades les régalent.

Voici le grand-duc de Saxe-Weimar, figure macabre,
uniforme de couleur et de coupe sévères ; puis le prince
de Lippe et le souverain de Waldeck-Lilliput, sans parler
de l'ex-duc de Nassau et du prétendant Frédéric d'Au-
gustenbourg que les Prussiens dégommèrent si lestement.

Tandis que toute la salle présentait un aspect animé et
que les voix, les exclamations, les rires se mêlaient aux
détonations des bouchons de champagne, un silence solennel régnait autour d'une table placée au milieu de la
grande pièce. L'illustre taciturne, M. de Moltke, y prenait son repas avec quelques généraux à l'air de pro-
fesseurs, simplement vêtus, comme lui, d'un uniforme
sombre, et faisant la cour à leur chef en imitant son
mutisme.

IL ATTEND QUE L'AMI SE SOIT ÉLOIGNÉ

Chaque soir, le même tableau et les mêmes scènes se renouvelaient, et il en fut ainsi jusqu'au départ de l'armée allemande.

Chaque soir on mettait la table pour deux ou trois cents convives de haute lignée, de grand appétit et de grande soif.

Hoff avait appris que le grand-duc de Bade ne dînait pas dans la salle commune. L'Altesse, désirant s'entretenir avec quelques autres princes et leurs ministres de la grande affaire du couronnement impérial, un des petits salons-cabinets donnant sur la grille, du côté de la rue des Réservoirs, avait été retenu par lui dans la journée.

Un maître d'hôtel porta la carte du journaliste au chambellan von Bell, mais il revint au bout de quelques instants avec une réponse décourageante; le courtisan, très occupé à déguster un salmis de perdreaux, refusait absolument de se déranger. En s'acquittant de cette commission, le maître d'hôtel invita le journaliste qui payait peu de mine, et dont le pantalon avait quelque peu souffert pendant cette longue course dans l'avenue boueuse, à se retirer, de crainte d'observations de la part de leurs Excellences, qui n'aimaient pas à être ennuyées par des bourgeois. Hoff s'en alla, reconduit jusqu'à la porte par les explications du valet qui paraissait avoir hâte de le voir sortir. Il était dit que ce jour-là on le chasserait de partout!

Maintenant, une pluie glaciale tombait. Les larges dalles luisantes du trottoir de la rue qui s'allongeait dans une obscurité funèbre, ressemblaient à des flaques d'eau; les grandes maisons avec leurs hautes fenêtres du siècle passé étaient muettes et sombres, sans bruit et sans lumière. Machinalement le journaliste descendit droit devant lui; la pluie le pénétrait jusqu'aux os, ses dents

33

claquaient, il avait des frissons, un commencement de
fièvre. Tout à coup une vive lumière, moitié rouge,
moitié bleue surgit au tournant d'une rue, éclairant
comme des silhouettes fantastiques un arbre décharné,
un banc de bois et un tas de cailloux. Hoff reconnut la
boutique d'un pharmacien. Obéissant à une pensée subite,
le journaliste saisit la poignée de la porte et entra dans
l'officine. L'apothicaire, tout en cachetant de petites
fioles, causait avec un homme de moyenne taille, aux
cheveux roux, et dont la figure n'annonçait rien moins
que de la bienveillance et de la douceur.

Les deux Français interrompirent la conversation
commencée.

— Vous désirez, monsieur ? demanda le pharmacien.

— Je voudrais quelques grammes de cyanure de potas-
sium, répondit le malheureux Hoff en balbutiant...

— Monsieur, la loi nous défend d'en vendre et je m'en
tiens à la loi, — dites cela à ceux qui vous envoient.

— Comment ? vous supposez ?

— Eh bien ! pourquoi la police prussienne ne cherche-
rait-elle pas à nous « pincer » ? La police française le faisait
bien. Seulement, ces messieurs ne sont pas assez malins.

— Je vous jure que vous vous trompez. — Je ne suis
envoyé par personne.

— Eh bien alors, c'est pour vous, pourquoi faire ? pour
vous empoisonner ?... Merci, si vous tenez à vous tuer,
je n'ai pas besoin de vous aider. Bonsoir, monsieur.

A peine Hoff eut-il fait quelques pas dans la rue, qu'il
sentit qu'on lui frappait sur l'épaule. Il reconnut l'individu aux cheveux roux, qui causait avec le pharmacien
et qui, pendant le court colloque, avait attaché sur
l'Allemand un regard de haine et de colère indicible.
Maintenant l'homme roux ricanait :

— Dites donc, monsieur l'Allemand. Vous tenez beaucoup à votre cyanure ? Eh bien, je puis vous rendre le
seul service qu'un Prussien peut réclamer de moi. Il est
défendu aux pharmaciens de vendre une once de cette
drogue, la loi le prohibe sévèrement, mais moi je suis
photographe, j'en ai un quart de livre à votre service...

— Où donc? demanda le journaliste en proie à la folie
du suicide.

— Voici mon atelier, attendez-moi, je reviens avec
votre affaire.

Hoff attendit, immobile sous la pluie qui tombait toujours; un instant il eut envie de s'en aller, mais l'idée du
lendemain, le départ avec les prisonniers français, la flé-
trissure, l'acte de trahison qu'il se reprochait lui-même
d'avoir commis, assaillirent de nouveau sa pensée; il
attendit le retour de l'inconnu et prit le paquet que celui-
ci lui donna.

— Combien vous dois-je? demanda le journaliste en
tirant sa bourse.

— Me devoir quelque chose! Allons donc, monsieur
l'Allemand... trop heureux de vous rendre un pareil
service !... Distribuez-en à tous vos amis...

Du seuil de sa maison, le photographe regarda l'Allemand s'éloigner; puis, se frottant les mains : « Hé, hé,
fit-il, toujours un de moins ! »

L'hôtel de la *Tête noire* touche à la gare de la rive
droite ; c'est une maison d'apparence triste, une maison
propice aux mystères et aux tragédies.

Hoff, serrant nerveusement dans sa main le paquet de
poison, monte l'étroit escalier, le garçon de salle le pré-
cède et place la bougie sur la table. Il se retire. Le journaliste ne l'a pas même aperçu... Seul, dans cette chambre
d'auberge, il ressent une nostalgie profonde, son cœur

se serre davantage, il voudrait maintenant rentrer au
pays de Bade... mais le recevra-t-on, ne le chassera-t-on
pas, lui, le traître, lui qui a déplu, il le croit du moins,
à M. de Bismarck?

Alors, lentement, d'une main sûre, le regard égaré, il
verse la poudre dans le verre placé à côté du pot à eau...
Et prenant la plume, il écrit rapidement un dernier adieu
à son ami le plus intime, journaliste comme lui et qu'il
charge d'apprendre la nouvelle de sa mort à sa famille.

On frappe à la porte.

— Hoff, êtes-vous là? C'est moi !

Celui qui s'est voué à la mort a reconnu la voix de son
ami, justement celui à qui il écrit, mais il ne répond pas;
il laisse la porte fermée, il interrompt même sa lettre, de
crainte d'être trahi par le bruit de la plume frôlant le
papier. Il attend que l'ami, persuadé que la chambre est
vide, se soit éloigné; et alors, d'un seul trait, il vide jusqu'à la dernière goutte le breuvage empoisonné.

Hoff ne mourut pas tout de suite, son agonie fut lente.
Enfin, après quelques heures de souffrances héroïquement supportées, il expira en se tordant dans les convulsions.

Au restaurant Gack, situé derrière un des lourds
pavillons de la halle versaillaise, la société était moins
nombreuse et moins brillante, cela va s'en dire, que dans
les grands salons des Réservoirs. En temps ordinaire,
c'était un petit marchand de vin, fréquenté par les maraîchers et les bouchers, avec salle à boire et comptoir
d'étain au rez-de-chaussée et deux petites pièces au-
dessus, auxquelles on arrive par un escalier en colima-
çon. Mais si la maison est petite et de mince apparence,
les deux frères Gack, en véritables dévots des crus

bourguignons, avaient collectionné dans leur cave une
série de Chablis, de Beaune et de Romanée, digne de
remplacer le nectar dans les amphores de l'Olympe. En
outre, nul dans Versailles ne s'entendait à confectionner
les omelettes aux confitures et les poulets au blanc comme
la « bourgeoise » du restaurant Gack. Aussi les gourmets
et les amateurs de la dive bouteille dont la position et la
fortune ne permettaient pas des visites aux « Réservoirs »,
se rabattaient volontiers sur les « halles » et y faisaient
de longues stations. Les employés de l'intendance, les
fonctionnaires de la police et toute une kyrielle de journalistes y avaient leur *Stammtisch*, c'est-à-dire leur table
réservée. Là, trônait un être répugnant au possible, aux
manières cauteleuses ou insolentes, à la langue de
vipère, au regard louche et fourbe, le sieur Joung.

Ce drôle avait été architecte à Paris et chargé de différents travaux dans une usine de Saint-Denis. Il s'était
rendu au quartier général prussien où il avait fait valoir
les renseignements qu'il avait eu occasion de recueillir
pendant son séjour dans la capitale.

Ce fut lui qui proposa à M. de Bismarck, puis au grand
état-major, de détourner le cours de la Seine au-dessus
de Saint-Denis.

On l'employait à toutes sortes de besognes douteuses.
Nous n'avons pas besoin de préciser lesquelles.

Dans les deux petites salles du premier, les consommateurs étaient serrés comme des sardines en boîte.
Civils et militaires s'entretenaient des différents faits du
jour ; la conversation était surtout vive et animée autour
de la table réservée, où une demi-douzaine de correspondants de journaux échangeaient leurs impressions, se
communiquaient leurs articles et médisaient du prochain.

Au milieu de tout ce monde circulaient, graves comme

des bedeaux et gras comme des chanoines, les frères Gack, débouchant les bouteilles, découpant les rosbifs et les poulets, veillant à tout.

Ce jour-là, au coup de midi, un grand diable d'officier de l'intendance entra dans la salle; sa tête, tant sa taille était élevée, touchait au plafond. Il alluma son cigare au bec de gaz sans effort.

— Hé! monsieur Gack, cria-t-il, une omelette d'une douzaine d'œufs... aux confitures... avec beaucoup de confitures comme d'habitude... et vite, car j'ai faim...

— Ma foi, dit l'un des frères Gack, tandis que l'autre avait prestement disparu, pour ce qui est de l'omelette, je puis vous la servir... mais quant aux confitures — non.

— Et pourquoi? demanda le géant en se redressant, pourquoi pas de confitures?

— Parce que l'épicier d'à côté ne veut pas accepter votre monnaie prussienne et que je n'en ai pas d'autre.

— Vraiment! fit l'intendant.., eh bien! demain vous me donnerez une liste de tout ce dont vous avez besoin... j'irai moi-même chez votre voisin l'épicier et c'est moi qui le payerai... avec les plus sales pièces de deux gros que je pourrai trouver... et je le forcerai de porter le paquet jusque chez vous... Ah! ce monsieur me prive de confitures, parce qu'il dédaigne notre bonne monnaie prussienne... ah!... nous allons voir... — Servez-moi deux bouteilles de Beaune et une livre de jambon... Tiens, monsieur Joung, quoi de nouveau?

— Il paraît que nous avons gagné une bataille dans le Nord, répondit l'architecte; deux mille prisonniers, sans compter une centaine de turcos.

— Oh! ceux-là, fit le géant, en dévorant à belles dents son jambon et en se versant rasade sur rasade, ceux-là j'espère qu'on les fusillera, ce ne sont pas des

hommes ça, ce sont des bêtes féroces, oh ! ces turcos...
si j'en tenais un... Et le gigantesque *riz-pain-sel* se mit
à déblatérer comme il avait l'habitude de le faire contre
les enfants du désert.

Tout à coup, au milieu de sa tirade, il se leva en mani-
festant des signes de terreur... « Un turco !... En voici
un... Voyez, un turco ! »

Et du doigt il désignait la porte dans l'encadrement
de laquelle se dressait un grand gaillard enveloppé d'un
burnous blanc et coiffé d'un turban. En grinçant des
dents, le noir aiguisait l'un contre l'autre deux énormes
couteaux de cuisine.

Les consommateurs se regardaient d'un air effrayé,
quelques officiers avaient déjà tiré leur sabre et attendaient, M. Joung s'était caché sous la table. Mais soudain cette grande peur fit place à une hilarité générale.
On avait reconnu la trogne illuminée d'un des frères
Gack qui, agacé d'entendre toujours l'intendant déblatérer sur le compte des auxiliaires africains de l'armée
française, s'était déguisé en Arabe pour communiquer
une salutaire terreur à cet ennemi juré des « turcos».

On rit beaucoup de cette mascarade, notamment les
journalistes qui poursuivirent le malheureux intendant
de leurs railleries.

Les rires ébranlaient encore le plafond de la petite
salle, lorsqu'un officier de police entra pour remettre
à M. Lévyson, assis à la table des correspondants, la
lettre à lui adressée par le malheureux Hoff dont on
venait de relever le cadavre.

Quand on informa M. de Bismarck de cette mort, il dit :

— C'est vraiment dommage... mais Hoff était fou !...
Que ne s'est-il adressé à moi ? Je lui aurais épargné la
peine de se tuer.

XI

Quelques jours après l'énergique attaque des Françai[s] qui eut pour résultat la prise de Champigny, des groupe[s] nombreux stationnaient dans la rue de la Paroisse[,] presque en face de l'église Notre-Dame.

A côté des militaires allemands qui discutaient tantô[t] d'une voix forte, tantôt sur un ton bas et confidentiel, s[e] tenaient de nombreux bourgeois, que leur âge ou leur[s] infirmités avaient forcément retenus à Versailles.

Sur leur figure soucieuse et attristée, il y avait, c[e] jour-là, comme le reflet d'une joie cachée, d'une espé[?]rance secrète. On savait que, tout de suite après la vic[?]toire des Français, un conseil de guerre avait été con[?]voqué à la préfecture de Versailles, chez le roi, et que l[a] plupart des généraux avaient émis un avis contraire [à] celui de M. de Moltke, qui insistait pour la reprise imm[é]diate de la position perdue.

Mais l'avis du feld-maréchal avait prévalu; depuis l[a] veille, le bruit courait que la bataille était de nouvea[u] engagée du côté de Champigny. On se chuchotait to[ut] bas que les Wurtembergeois avaient été vigoureuseme[nt] repoussés. Les correspondants des journaux anglai[s]

— OH ! FIT-IL, VOILA LA BELLE MADAME LE DUR

affirmaient, disait-on, que les officiers du premier bataillon avaient tous été tués ou blessés, sauf deux; que
le jeune comte Wolfegg avait eu une jambe emportée;
qu'on avait vu passer le général Von Strochmann, pâle,
couvert de sang, appuyé sur deux de ses amis.

Rien, jusque-là, n'était cependant venu confirmer ces
rumeurs. Le *Moniteur officiel* n'avait pas encore dit un
mot; il parlerait sans doute aujourd'hui, car les opérations — c'était positif — avaient commencé depuis vingt-
quatre heures.

La foule qui grossissait sans cesse devant la boutique
de Mme Le Dur, « réquisitionnée » pour la vente du
Moniteur (prussien) *de Seine-et-Oise*, ne disait que trop
la curiosité et les perplexités patriotiques de la population de Versailles. L'attitude de la plupart des officiers
allemands qui remplissaient le magasin de la marchande
n'était cependant pas de nature à faire naître ou à entretenir des illusions. Chaque fois que la porte de la boutique s'ouvrait, on entendait leurs gros rires résonner
comme un bruit de casseroles.

Mme Le Dur, qui tient encore aujourd'hui le même cabinet de lecture, le plus achalandé de Versailles et le
mieux pourvu de livres curieux, était alors, en 1870,
dans le plein épanouissement d'une savoureuse et ap-
pétissante beauté. Très vive, très enjouée, elle s'amusait,
en véritable gamine de Paris, à dire crûment leur fait à
ses clients, dont la plupart parlaient fort bien le français, et qui, tout en venant chercher des romans de Paul
de Kock, de Pigault-Lebrun, ou les *Mémoires* de Casa-
nova, flirtaient volontiers avec la dame du logis, qui ne
craignait nullement de les « rabrouer » par quelques mots
très crus. Les affaires, du reste, allaient à souhait; les
numéros du *Moniteur de Seine-et-Oise* s'enlevaient comme

de petits pâtés; militaires et civils, allemands et français,
privés de toute autre lecture, attendaient l'apparition de
la feuille officielle avec une égale impatience.

Ce journal — le seul organe de publicité que la police
prussienne tolérait dans cette ville de 40,000 âmes, complètement isolée de Paris et du reste de la France, —
était rédigé par M. Bamberg, l'ex-caissier parisien du
« fonds des reptiles », appelé à Versailles par M. de Bismarck pour remplacer M. le Dr Lévyson dont les allures
avaient déplu au chancelier, qui voulait un fonctionnaire
et non un journaliste, même officieux.

Les Prussiens avaient promis tout d'abord de respecter
la liberté de la presse, mais dès leur arrivée, ils avaient
commencé par fourrer en prison le bon M. Jeandel qui,
dans un article mélodramatique de son *Journal de Versailles*, s'était apitoyé sur le sort des soldats de la Landwehr, arrachés à leurs familles, à leurs foyers, forcés de
tuer ou de se laisser tuer. Une véritable tirade bonne à
déclamer à l'Ambigu, avec *tremolos* à l'orchestre. L'inoffensif Jeandel ne fit qu'un séjour très court à la prison
Saint-Pierre; son journal ne reparut pas.

Quelques semaines plus tard, l'*Union libérale*, rédigée
par des écrivains de premier ordre, tels que MM. Scherer
et Bersot, préféra cesser sa publication plutôt que d'insérer les communications de M. de Brauchitsch.

La *Concorde*, journal impérialiste, avait disparu après
le 4 septembre.

Dans un simple but de spéculation, M. Lévyson, ancien correspondant parisien de la *Gazette de Cologne*,
avait imaginé de combler la lacune en faisant paraître le
Nouvelliste. Au bout de quelque temps, cette feuille se
transforma en *Moniteur de Seine-et-Oise*, organe officiel.

L'imprimerie Beau fut mise en réquisition pour l'impression du journal, et Mme Le Dur, qui venait de s'établir à Versailles et paraissait peu experte en choses politiques, se laissa également « réquisitionner » pour la vente du *Nouvelliste* d'abord, et du *Moniteur* ensuite.

Sa petite boutique était chaque soir bondée d'officiers allemands ; c'était le rendez-vous de tous les gandins et de tous les galantins de l'état-major, qui papillonnaient autour de la « directrice » et de ses auxiliaires, deux fraîches enfants de 16 à 18 ans, au teint de lait et aux lèvres de feu.

Ce jour-là, le cabinet de lecture de la rue de la Paroisse avait vu une partie de ses clients habituels arriver beaucoup plus tôt. Sans qu'ils voulussent en avoir l'air, tous ces Allemands étaient au fond plus impatients encore que les Versaillais de savoir ce qui se passait du côté de Champigny, et le *Moniteur* pouvait seul les renseigner d'une manière positive, officielle.

Vers les cinq heures, un élégant coupé attelé de deux chevaux pur sang, et portant sur les panneaux l'écusson de la maison de Hohenzollern, s'arrêta devant la boutique de Mme Le Dur.

Un nègre, en costume oriental, assis sur le siège à côté du cocher, sauta lestement à terre et ouvrit la portière.

Un vieillard ridé, voûté, cassé, affublé d'une perruque, vêtu de l'uniforme de général avec un grand cordon en sautoir, sortit de la voiture et entra dans le cabinet de lecture.

A la vue du vieux militaire, les officiers formant groupe sur le trottoir devant la boutique et ceux qui s'y trouvaient déjà se rangèrent respectueusement et firent le salut militaire avec cette raideur d'automates de Vaucanson, que très heureusement tous les règlements copiés sur le modèle prussien ne parviendront jamais à inculquer aux officiers français.

Le vieillard porta la main à sa casquette galonnée pour répondre à ces saluts : mais soudain ses yeux s'allumèrent comme des quinquets lorsqu'il aperçut les deux jeunes filles, très rieuses et très accortes, qui se tenaient derrière un comptoir d'acajou, faisant face à celui où trônait la majestueuse maîtresse de céans.

Le vieillard détaillait les petites, l'une surtout, une agréable brunette qui ficelait un paquet attendu sans impatience, du reste, par un lieutenant de dragons droit comme un I dans sa tunique bleu clair, tandis que sa compagne, une boulotte aux regards vifs et à la chevelure blonde et bouclée, cherchait au milieu des casiers remplis de livres poudreux le second volume du *Cocu*, que lui avait demandé un jeune adjudant.

— *Sehr nett! Sehr nett!* (très jolie !) fit le vieux général en faisant claquer sa langue contre son palais... Et, s'armant d'un binocle, il passa l'inspection de la petite boutique, les casiers bourrés d'articles de papeterie et de menus objets, les tables où s'étalaient les gravures, les livres de messe, les images de sainteté et autres, les rayons pleins de livres aux couvertures usées, car la plupart des éditions de Mme Le Dur datent du commencement de ce siècle.

— *Sehr nett! Sehr nett!* répétait le vieillard en lorgnant de nouveau les deux jouvencelles. Puis, brusquement, en se mettant en arrêt devant l'imposante taille et la coiffure à la grecque de Mme Le Dur... Oh! fit-il, voici la belle madame Le Dur, n'est-ce pas ?... Oh! on ne m'a pas trompé; mes compliments, mes compliments!... Je viendrai tous les jours moi-même chercher mon journal, si vous le permettez, ma belle enfant, n'est-ce pas? Et le

galant sur le retour se mit à tapoter doucement les grosses
joues de la plantureuse « réquisitionnée ».

Les officiers restaient cois, immobiles, au port d'armes.

— Eh bien! vieux coureur de cotillons! répondit la libraire avec cette intonation qu'elle sait donner à ses réparties, vous plaira-t-il de laisser ma peau tranquille?

— Voyons, la belle, ne nous fàchons pas... hé, hé!
Vous me plaisez... *beaucoup*... Il souligna le mot.

— Taisez-vous, vieux polisson, s'écria Mme Le Dur,
vous n'avez pas besoin de moi... votre maîtresse vous
attend à la porte, dans votre voiture!

Et elle désigna du geste le nègre habillé à l'orientale.

Les traits du vieux Don Juan se rembrunirent subitement; la plaisanterie n'était guère de son goût. Il sortit
aussitôt, fort mécontent. Quant aux officiers, ils étaient
positivement pétrifiés.

— Malheureuse! dit l'un de ces messieurs, portant
l'uniforme de capitaine d'état-major, savez-vous à qui
vous avez osé faire cette insolente réponse?

— Non, répondit Mme Le Dur.

— Au prince Charles, le propre frère du roi de Prusse!

— Eh bien! s'il n'est pas content, il ira le dire à Rome!

— Ah! il s'en gardera bien, fit un jeune hussard. Son
Altesse ne se vante que de ses succès auprès des dames;
quant aux rebuffades, il les empoche et se tait.

— C'est égal, fit le capitaine d'état-major, vous avez été
raide, ma chère... Ah! enfin, voici le *Moniteur* qui arrive!

Deux ordonnances, escortées de deux gendarmes, en-
trèrent dans la boutique de Mme Le Dur, et déposèrent
plusieurs gros ballots de papier humide encore et sentant l'encre d'imprimerie.

Alors un défilé interminable d'acheteurs commença;
la patronne et ses deux employées n'avaient pas assez

de leurs six mains pour servir la clientèle ; les numéros
s'enlevaient, et les gros sous et les silbergros s'entas-
saient dans les tiroirs. Il en fut ainsi jusqu'à l'heure de
la fermeture...

Quand les demoiselles de magasin furent parties et les
volets mis, Mme Le Dur traversa la cour qui se trouve
derrière la maison et que l'on gagne par la petite arrière-
boutique qui sert aussi de salle à manger et de chambre
à coucher. La sémillante libraire s'arrêta devant la porte
d'un hangar, qui avait dû jadis servir de remise. Elle
tira de sa poche une grosse clef qu'elle fit tourner dans
la serrure ; la porte s'ouvrit en grinçant. Sur une litière
de paille dormait un gros homme à cheveux gris, coiffé
d'un large chapeau et chaussé de sabots, vêtu, comme
les maraîchers des environs de Paris, d'une blouse jetée
par-dessus sa grosse veste et d'un pantalon de velours
à côtes.

— Allons, père Lienard, dit la libraire en secouant le
dormeur, dépêchez-vous, il est temps.

Le paysan se frotta les yeux :

— Ah ! c'est vous, m'ame Le Dur... c'est bon, c'est
bon, on va se lever ; mais j'aurais encore aimé continuer mon somme.

— Vous dormirez plus tard, mon brave ; vous avez
le paquet ?

— Oui, je l'ons, mais j'étions tellement fatigué que je
n'ons pas eu la force de me déshabiller chez le concierge... et là, dame, vous savez, je l'ons toujours au
même endroit...

— Eh bien ! faites vite ; il est déjà tard.

— Vous voulez... là, devant vous, m'ame Le Dur ? oh !
je n'oserons jamais.

— Allons, mon brave, nous n'avons pas le temps de nous amuser aux bagatelles... vite, donnez-moi le paquet...

— Enfin, puisque vous le voulez... mais là, tournez-vous, au moins.

— Est-ce fait? demanda la libraire au bout de quelques instants.

— Ah! ne vous retournez pas encore ; c'est le moment le plus *inconséquent*, dit le paysan, qui avait tout simplement retiré sa culotte et qui était occupé à extraire des fonds de l'indispensable inexpressible deux paquets formant coussins, et composés de journaux français et de brochures.

Le paysan remonta tranquillement son pantalon, après avoir posé les deux paquets par terre.

— Maintenant, m'ame Le Dur, vous pouvez vous retourner, fit l'homme, y a pas de danger pour votre vertu. Le reste va tout seul.

Et il se mit à tirer d'autres paquets de dessous sa blouse; sa grosseur disparaissait et se fondait avec chaque douzaine de journaux dont il se débarrassait de la sorte.

— Là, fit-il, c'est tout.

— Bien, fit Mme Le Dur, voici la moitié de la dernière recette.

Elle remit une poignée de monnaie à l'homme en lui disant : « Bonsoir, père Lienard, à demain, et n'oubliez pas de vider vos culottes chez le concierge, c'est plus convenable, et cela prendra moins de temps ! »

Mais le paysan se grattait la tête derrière l'oreille, comme font ses pareils quand ils ont quelque chose sur le cœur qu'ils n'osent pas ou ne veulent pas dire tout de suite...

— Je m'en vas vous dire, m'ame Le Dur, fit-il enfin, tant va la cruche à l'eau jusqu'à ce qu'elle se casse. Eh

bien! j'ai bien peur d'être près de la fêlure... Hier, j'ai
vu un mauvais escogriffe, grand comme une perche,
qui m'a suivi depuis la barrière de Buc ; je faisais celui
qui s'en va se promener tranquillement pour prendre
l'air en chantonnant un air du pays : traderida dera
dera... Il a perdu ma piste... Mais, aujourd'hui, je retrouve mon individu à la même barrière, qui n'avait l'air
de rien ; cette fois, pour varier, j'ai fait l'homme pressé
d'arriver... je marchais au pas gymnastique en soufflant
dans mes doigts... Brrrou... brrrou! L'ai-je, distancé?...
c'est ce qu'il faudrait voir, mais j'aime mieux le croire.
Bref, m'est avis qu'on a l'œil sur moi, et comme le père
Lienard n'aime pas les *mistoufles*, à partir de demain, je
restons *cheux nous*... Voyez-vous... l'argent c'est bien
joli, mais faut pas que ça revienne trop cher...

— Allons, à votre aise, père Lienard, dit la libraire,
je trouverai à vous remplacer, je ne suis pas embarrassée...

Le père Lienard était un malin, il avait flairé, dans
« l'escogriffe » de la barrière de Buc, un des limiers de
Stieber.

Depuis quelque temps, les dénonciations pleuvaient
contre Mme Le Dur ; on la signalait comme tenant, à
partir de huit heures du soir, quand son magasin était
fermé pour tout le monde, une boutique clandestine de
journaux français venant du département de l'Eure, et
qu'on lisait portes closes dans les familles de Versailles,
pour se donner du cœur, se réconforter un peu en
apprenant les gigantesques efforts de Gambetta pour
sauver l'honneur de la patrie, pour faire sortir de terre
des armées innombrables destinées à remplacer les
cohortes de l'Empire, prisonnières de l'Allemagne.

Il était à peu près, minuit, quand Mme Le Dur, qui

QUI FRAPPE AINSI, DIT-ELLE

couchait dans l'arrière-boutique, fut réveillée par quelques coups frappés avec violence à la devanture de son
magasin.

La libraire, tenant un flambeau à la main, apparut
au bout de quelques instants dans un déshabillé nocturne
des plus indiscrets, mais des plus séduisants :

— Qui frappe ainsi, dit-elle, qu'est-ce ? le feu est-il à
la maison ?

Une voix, qu'elle reconnut pour celle du comte W...[1],
un de ses plus assidus clients, répondit :

— Ouvrez-moi, il s'agit de choses importantes...

— Allons, allons, je la connais celle-là, répliqua la
libraire, mais vous vous trompez... Mlle Elisa [2], c'est
en face.

— Mais non, je vous assure que j'ai quelque chose de
très grave à vous annoncer ; demain, il serait trop tard.

Après tout, le comte W... s'était montré, à plusieurs
reprises, désireux d'épargner des vexations et des ennuis
à la directrice du cabinet de lecture de la rue de la Paroisse. Peut-être avait-il réellement un avis à lui donner ?
Mme Le Dur se décida à ouvrir.

— Attendez, je passe ma robe de chambre, et je suis à
vous.

---

[1] Nous pourrions écrire son nom en toutes lettres.

[2] Quelques « demoiselles » versaillaises, habituées à charmer avant la
guerre les loisirs de la garnison, avaient continué leur « commerce »
avec les Allemands, et elles faisaient florès. Une des plus connues et des
plus courues était une Belge, vigoureusement bâtie, Mlle Elisa. Cette horizontale était surtout remarquable par l'ordre et l'exactitude qu'elle apportait dans l'exercice de son métier. Elle ouvrait son boudoir à neuf
heures du matin, s'accordait deux heures pour son déjeuner, de midi à
deux heures, et se remettait au travail jusqu'à sept heures. Passé ce
délai, la clientèle trouvait porte close, et malgré les offres les plus sé-
duisantes des officiers, elle se refusait absolument à toute concession
passé l'heure réglementaire. Mlle Elisa fit un gros sac pendant l'occupation ; on nous assure qu'elle est rangée aujourd'hui, mariée, mère de
famille, et qu'elle offre le pain bénit dans l'église de son village.

— Voici ce dont il s'agit, fit le comte W... J'ai dîné ce soir chez le préfet. Stieber, directeur de la police, était parmi les convives. Il a été question d'arrestations et de perquisitions... On a parlé de vous... Demain matin, des agents viendront fouiller partout dans votre boutique... On prétend que vous cachez des journaux français... Est-ce vrai ? Réfléchissez bien... Il s'agit du conseil de guerre.

— Même pour une femme ?

La sémillante libraire n'avait plus du tout envie de rire.

— Vous en avez ? Voyons... répondez, vous n'avez rien à craindre de moi... Vous savez l'intérêt que je vous porte... Si vous avez des journaux français, dites-le moi...

— Ah ! ma foi, venez... Et, conduisant le comte dans l'arrière-boutique, Mᵐᵉ Le Dur lui montra des placards bourrés jusqu'en haut de gazettes françaises, de brochures, de proclamations du gouvernement de la Défense nationale...

— Eh bien !... vous l'échappez belle ; si Stieber avait découvert ce pot aux roses, demain soir vous partiez pour l'Allemagne ! Il faut enlever tout cela, mais comment ? Il y en a une belle charge...

— Brûlons-les.

— Vous n'y songez pas, nous mettrions le feu à la maison... C'est qu'il y en a ! il y en a !...

Le comte de W... réfléchit quelques instants :

Avez-vous un drap de lit, ou mieux que cela, des rideaux ?

— Il y a ceux qui sont aux fenêtres.

— Eh bien ! arrachons-les... Là... et maintenant qu'ils sont étalés à terre, nous allons y emballer toutes ces paperasses... Et journaux, brochures, documents prohibés, tout fut entassé pêle-mêle dans les deux rideaux, qu'on noua par les quatre bouts.

— Je vais appeler mon ordonnance et lui dire de mettre tout cela dans ma voiture, fit M. de W... Je vous rends un fameux service tout de même ! et dire que vous ne m'en remercierez jamais !

La discrétion nous défend de révéler si réellement la belle libraire se montra ingrate envers son sauveur...

Le ballot fut mis dans la voiture du comte... Heureusement la rue de la Paroisse était déserte. Seuls deux officiers de uhlans ayant fortement soupé s'époumonnaient à crier, s'adressant à une fenêtre obstinément fermée :

— Mamz'el Éliza ! mamz'el Éliza ! dix thalers, vingt thalers ! Mais en dépit de ces enchères croissantes, Mlle Élisa, qui, toute la journée, avait été surchargée d'officiers et de soldats, ne donnait pas signe de vie.

Le lendemain, les sbires de Stieber vinrent en effet faire une perquisition dans le cabinet de lecture de Mme Le Dur. Ils remuèrent et bouleversèrent les casiers, les rayons, fouillèrent partout, même sous le lit, mais ils ne trouvèrent rien.

Il était dit que Mme Le Dur jouerait encore un autre tour à la police prussienne.

Un jour, elle vit se glisser dans sa cour un gaillard dont les vêtements en lambeaux et la figure défaite n'indiquaient que trop un fugitif.

L'individu raconta à Mme Le Dur qu'il était franc-tireur, que les policiers de Versailles le traquaient, que si on le tenait, son compte serait vite fait. Il supplia la libraire de le cacher quelque part.

Elle le fit entrer dans une petite remise et lui apporta des vêtements bourgeois.

Dans la soirée, un vieil attaché militaire allemand vint fumer, comme d'habitude, son cigare dans le cabinet de lecture de la rue de la Paroisse.

Au moment où il allait se retirer, — comme il n'y avait plus personne dans la boutique, Mme Le Dur lui dit :

— Colonel, êtes-vous homme à garder un secret ?

— Mais oui.

— Et à sauver, au besoin, un ennemi ?

— A mon âge, on n'a plus soif de sang... Qu'y a t-il à votre service, chère madame ?

— Eh bien ! colonel... fit Mme Le Dur, très émue, j'ai là, au fond de ma cour, dans une remise, un franc-tireur que je cache par charité, par pitié... Si on l'attrape, le pauvre homme sera fusillé... Il a une femme, des enfants...

— Chut !... pas si haut, interrompit le vieux colonel... Allez vite chercher cet homme... La nuit est sombre, dites-lui qu'il m'accompagne sans crainte...

La bonne Mme Le Dur, folle de joie de sauver la vie à un compatriote, courut annoncer au fugitif qu'il allait pouvoir s'échapper.

Elle le ramena par la main devant le colonel :

— C'est toi, fit celui-ci en s'adressant à l'homme... Je te prends à mon service comme brosseur... Ne te trahis pas.

Le franc-tireur suivit son nouveau maître jusqu'à Orléans.

Là, trouvant l'occasion de rejoindre les lignes françaises, il disparut.

La fin du siège de Paris fut marquée par un redouble-
ment extraordinaire d'activité et de zèle de la part de la
police du quartier général.

Stieber était sur les dents. L'espionnage avait été organisé avec ce soin minutieux et cette méthode scienti-
fique que les Allemands du Nord appliquent à toutes
choses. La police de campagne avait embrigadé de préférence ceux qu'un long séjour à Paris ou dans les environs, en qualité d'ouvriers, de commis ou d'employés,
avait familiarisés avec les lieux et la langue française.
Ces espions, qui, la plupart, avaient des accointances
secrètes dans la capitale assiégée, réussissaient assez facilement à traverser les lignes, et allaient assez souvent
passer quatre ou cinq jours dans Paris. Ils revenaient
avec des dépêches qu'on apportait immédiatement à
M. de Bismarck[1]. Quand Félix Pyat annonça dans le

[1] Les espions prussiens faisaient aussi passer des renseignements avec
la correspondance des diplomates étrangers. Voici ce que relate dans

Combat l'ouverture d'une souscription pour donner un fusil d'honneur à celui qui tuerait le roi de Prusse, la police redoubla de surveillance autour de la personne de Sa Majesté, et des perquisitions domiciliaires avaient lieu chaque jour, n'aboutissant le plus souvent qu'à la découverte d'une canne à épée ou de quelque journal français, que les agents de M. Stieber saisissaient avec une véritable joie.

La terreur policière pesait donc sur les Versaillais. Des actes arbitraires les plus révoltants rappelaient aux habitants du chef-lieu de Seine-et-Oise sous quel régime ils vivaient.

Un matin, deux jeunes magistrats, MM. de Raynal et Harel, furent emprisonnés, menacés d'être fusillés et finalement conduits dans la forteresse de Minden.

Leur crime ?

M. de Raynal, qui habitait la même maison que M. de Moltke, tenait une sorte de journal des événements qui s'accomplissaient sous ses yeux. Le carnet dans lequel il écrivait ses notes fut découvert par un agent secret ; aussitôt une accusation d'espionnage et de connivence avec l'ennemi fut dressée contre le jeune magistrat.

M. Harel se trouva impliqué dans cette affaire parce que, malgré les tentatives doucereuses du lieutenant de

son journal, le Dr Busch, à la date du 20 décembre : « Au thé, Halzfeld me dit qu'il avait entre les mains, au sujet de l'état des choses à Paris, un papier qui était sorti avec la correspondance de Washburne. Il était parvenu à le déchiffrer, sauf quelques mots. Il me le montra, et, réunissant nos lumières, nous parvînmes à le comprendre. *Les renseignements semblaient donnés en connaissance de cause, et conformément à la vérité.* »

Il n'était, du reste, pas très difficile de sortir de Paris. M. Gack père nous a raconté qu'un jour il vit un char chargé d'un tonneau s'arrêter devant son restaurant, à la tombée de la nuit. Il en sortit son fils, qui était dans un régiment de marche parisien. Un officier prussien, habitué de la maison, l'aperçut ; il lui donna une heure pour regagner les lignes françaises, — comme il était venu, — caché dans son tonneau.

police Zerniki et les apostrophes brutales de M. Stieber,
il se refusa à donner des renseignements qui auraient
pu charger son ami et collègue.

La situation de ces deux jeunes gens, très aimés à
Versailles, avait provoqué de nombreuses interventions
et interversions.

Stieber recevait les pétitionnaires avec des railleries
cruelles : — « Ce pauvre M. de Raynal, disait-il en soupirant, il aura une balle dans le front. C'est malheureux,
il faut un exemple, et pourtant je le regretterai! J'ai lu
son *Journal;* il me plaît beaucoup, ce jeune homme ; s'il
en réchappe, je lui donnerais volontiers une de mes filles
en mariage... Ah! c'est vrai, il est marié depuis peu...
reprenait l'implacable policier. Alors, c'est doublement
dommage. »

Heureusement que ni M. de Raynal ni M. Harel n'eurent
de « balle dans le front » ; ils en furent quittes pour une
détention de quelques semaines; mais un journaliste,
M. d'Alaux, n'échappa au conseil de guerre et à ses
conséquences que grâce à la conclusion de l'armistice.
Cet écrivain avait assisté aux débuts de l'invasion. Chargé
par le *Journal des Débats* de suivre l'armée du Rhin, au
lieu de rentrer à Paris, il attendit la suite des évènements
à Versailles, où il comptait beaucoup d'amis. Laissons-
le raconter lui-même ses aventures :

« Le 27 décembre 1870, écrit-il à M. Delerot, je pas-
sais la soirée avec vous chez notre ami M. Scherer; vous
m'avertîtes de me mettre en règle avec certain arrêté
récent de la police allemande, qui enjoignait aux personnes étrangères à la ville de se procurer une carte de
séjour, qui était délivrée par un officier prussien. Il
était convenu que deux d'entre vous, le lendemain, me
serviriez de répondants à la mairie.

« Le lendemain, en m'éveillant, je maudissais et cherchais les moyens d'éluder la nécessité de cette sortie, souffrant que j'étais de douleurs rhumatismales aiguës, compliquées d'une angine, quand un bruit de pas et de crosses de fusils retentit dans mon escalier et s'arrêta à ma porte. On frappa. J'ouvris. Un espèce d'argousin, dans le costume râpé traditionnel, me demanda mes papiers. Cet argousin n'était rien moins que le lieutenant de police Zerniki, qui, pour la circonstance, avait pris le costume de l'emploi. Je lui remis mon passeport, et comme je n'étais pas habillé, j'allais me coucher, quand il m'invita à le suivre ; le mot « correspondant des *Débats* » qu'il avait lu sur mon passeport paraissait l'avoir surexcité singulièrement. Il ouvrit les tiroirs d'une commode, à peu près seul meuble de ma chambre, et prit tous les papiers qu'il y trouva, y compris quelques feuillets pelotonnés de papier pelure qui avaient servi d'enveloppe à de menus objets. Il y découvrit aussi un numéro du *Gaulois* sur lequel notre ami Scherer avait un jour tracé plusieurs fois son nom. J'avais gardé ce numéro parce qu'il contenait le premier récit qui me fût parvenu sur la révolution du 4 Septembre.

« La vue du *Gaulois* provoqua sur la physionomie de l'agent un mélange de colère et de triomphe. Il me dit :

« — Vous connaissez M. Angel de Miranda ?

« — Non.

« — Oh ! oui, vous le connaissez ? Habillez-vous vite ! »

« Je n'appris que plus tard qu'à propos d'articles du *Gaulois* cet écrivain avait eu maille à partir avec la police prussienne. Arrêté à Versailles, il avait été interné en Prusse, d'où il avait réussi à s'évader ; et le récit qu'il avait publié de son aventure n'était rien moins que flatteur pour la police prussienne.

IL PUT SE CHAUFFER A L'AISE DEVANT UN GRAND FEU

POLICE SECRÈTE PRUSSIENNE PAGE 236

« Zerniki sortit un instant, mais revint précipitamment, comme s'il avait oublié un détail essentiel dans ses perquisitions ; il souleva mes couvertures, mes draps et mes matelas, qu'il jeta par terre. Or, entre le sommier et le matelas, j'avais l'habitude de mettre, en me couchant, à portée de ma main, les livres ou papiers que je voulais lire dans mon lit, et ce matin-là il s'y trouvait un calepin contenant un fouillis de notes de toute nature, où j'avais inscrit, entre autres choses, différentes mentions de mon passage à travers l'armée allemande, de Rethel à Sedan et en Belgique. L'argousin faillit pousser un cri de joie et me dit d'un air de satisfaction visible :

« — Allons, marchons !... »

« Je lui demandai, vu mes douleurs rhumatismales, de donner l'ordre à ses hommes de ne pas me faire marcher trop vite.

« — Soyez tranquille, on va vous mettre au chaud.

« — Monsieur a le mot pour rire, lui dis-je, sans daigner insister sur ma prière.

« Et comme je descendais assez bien les premières marches : « Tenez ! reprit-il, voilà que cette petite pro-« menade vous fait déjà du bien ! »

« Il resta chez moi pour continuer ses fouilles, mais du haut de l'escalier il avait donné en allemand une recommandation au chef de l'escorte. Je n'en compris le sens qu'à l'arrivée à la prison. Sur l'aveu que j'avais fait de ma difficulté à marcher, il avait jugé piquant de donner l'ordre qu'on me fît faire un trajet au moins quadruple en longueur ; car de la rue des Tournelles où je demeurais, au lieu de me faire descendre vers la rue Saint-Pierre, on me fit préalablement remonter jusqu'à la grille de Satory.

« Je dois dire que mon escorte se modelait sur mon

36

pas très lent avec un air de patience ennuyée. La ville
était à cette heure à peu près déserte. Ce surcroît de trajet m'était d'autant plus pénible que la rue était couverte
de verglas et de neige fondue... »

Ce fut Stieber lui-même que l'on chargea de l'instruction.

Le grand maître de la police présenta au journaliste
quelques feuillets de papier pelure contenant des projets d'articles et de correspondances pour le *Journal des
Débats*.

Dans l'une, M. d'Alaux racontait le viol d'une femme
de Rethel par un officier prussien, et dans une autre
M. d'Alaux défendait la théorie de la levée en masse
contre l'ennemi.

— Je n'ai fait, répondit-il, que demander à mes compatriotes d'agir comme vous avez agi vous-mêmes en 1813.

— Nous en avons fusillé pour moins que cela, dit
Stieber ; et sur l'ordre du lieutenant Zerniki, le malheureux journaliste fut reconduit dans un cachot très sombre
et très humide, où sans la généreuse assistance d'un
citoyen de Versailles, M. Hardy, la providence des prisonniers, il serait mort de froid. Enfin, le 2 février,
M. d'Alaux fut mis en liberté, après trente-six jours de
détention.

Le maire de Versailles, l'indomptable M. Rameau et
deux de ses adjoints furent également emprisonnés. Ce
fut dans une cellule de la rue Saint-Pierre que le premier magistrat municipal de Versailles vit lever l'aurore
de l'année 1871, succédant à l'année terrible 1870. Son
incarcération rappelle, à s'y méprendre, les histoires de
brigands calabrais, qui tiennent les voyageurs sous clef
jusqu'au payement d'une rançon. M. de Brauchitsch,
qui joignait l'utile à l'agréable, s'était associé avec un

fournisseur allemand nommé Baron, dont il voulut imposer les services à la municipalité par la création d'un « entrepôt » de marchandises que la ville devait tenir à la disposition des autorités allemandes pour le cas de disette. C'était une fantaisie administrative de M. le préfet de Seine-et-Oise, soufflée par son associé, car les denrées de toute espèce ne manquaient pas à Versailles. Mais le pacha Brauchitsch avait ordonné d'établir l'entrepôt jusqu'au 8 décembre au plus tard ; il fallut obéir. Les négociants de Versailles se constituèrent un syndicat au capital de 300,000 francs: seulement au lieu de traiter avec le sieur Baron, ils passèrent un contrat avec un autre fournisseur également allemand, M. Hischler, qui, accompagné de deux négociants délégués par leurs collègues, partit pour Manheim afin d'y acheter les denrées : café, sucre, bougies, farines, sel, etc.

Le sieur Baron et le préfet Brauchitsch étaient roulés. Mais ils se vengèrent.

Un agent de police fut expédié le long de la ligne de Lagny à Reims, avec l'ordre, pour les chefs de gare et les commandants d'étapes, de retenir sous différents prétexte le convoi destiné au syndicat versaillais, et de susciter des difficultés, de façon à empêcher les denrées d'être rendues à Versailles pour le délai du 8 décembre.

Cette petite machination réussit.

A chaque instant le malheureux convoi était entravé dans sa marche; tantôt les permis n'étaient pas en règle ; tantôt il fallait laisser passer un train militaire; à une station, il n'y avait pas d'eau pour la locomotive, etc., etc.

En apprenant — ce qu'il savait fort bien — que le 8 décembre l'entrepôt n'était pas ouvert, conformément à ses prescriptions, M. de Brauchitsch entra dans une grande colère, et malgré toutes les objections, toutes les raisons qu'on fit valoir, l'associé du sieur Baron frappa la ville de Versailles d'une amende de 50,000 francs pour ce retard dont il était la cause !

M. Rameau se refusa avec la plus grande énergie à subir cette pénalité injuste, préférant se laisser incarcérer avec ses adjoints.

Mais les membres du syndicat voulurent éviter une plus longue captivité à des magistrats qui s'étaient acquis l'estime générale. Ils payèrent de leurs deniers la rançon de leurs édiles, qui purent, après quelques jours de repos forcé, reprendre leurs fonctions.

Tandis que la police « stiehérienne » veillait avec tant de rigueur sur les relations possibles des habitants de Versailles avec les Parisiens, elle inondait la capitale assiégée de ses espions ; grâce à l'inexpérience des jeunes gardes mobiles et des gardes nationaux, les émissaires arrivaient assez facilement à rompre la ligne des avant-postes et des grand'gardes, à l'aller et au retour, surtout dans les derniers temps du siège, où la démoralisation s'était emparée des troupes régulières, et où le froid tout à fait extraordinaire de l'hiver contribuait aussi à relâcher la surveillance. Parmi les agents secrets que Stieber envoyait ainsi dans la capitale, se trouvaient non seulement des hommes de la police, mais aussi des officiers de l'armée.

Un colonel, S..., d'origine française, élevé dans ce que l'on appelle à Berlin la « Colonne » des anciens réfugiés de l'Édit de Nantes, parlant notre langue avec toutes ses nuances et ses expressions d'argot, s'était fait sous ce rapport une réputation spéciale.

Tantôt déguisé en Don Juan de Barrière, avec une blouse blanche (l'Alphonse n'était pas encore inventé),

tantôt en chasseur de chiens « pour gigots », profession
très lucrative pendant l'hiver de 1870, il s'insinuait dans
les faubourgs parisiens et revenait avec des journaux et
des renseignements sur les tendances de la population
des quartiers excentriques.

Grâce aux indications du colonel S..., M. de Bismarck pouvait prévoir qu'en laissant les armes à la
garde nationale de ces faubourgs il rendait possible
et inévitable un soulèvement anarchiste.

Dans un des premiers jours de janvier, cet émissaire
fit le pari avec quelques officiers, non seulement de pénétrer dans Paris, mais de parler au général Trochu.

La gageure fut tenue.

Justement il y avait à l'ambulance du château un
franc-tireur de la « branche de houx » très grièvement
blessé. Le bataillon de la « branche de houx » était composé d'artistes, de littérateurs, etc., commandés par un
romancier de talent, M. Paul Mahalin. L'équipement
était un peu théâtral et rappelait le costume de Fra Dia-
volo, ce qui n'empêchait pas les « branches de houx » de
faire très crânement leur devoir dans de nombreuses es-
carmouches et reconnaissances du côté de Rueil et de la
Malmaison, où ils étaient campés. C'est dans une de ces
rencontres que le franc-tireur couché dans l'ambulance
du château avait été blessé et fait prisonnier.

En vertu d'une réquisition du chef de la police, le directeur de l'ambulance dut livrer à un agent les vêtements et les papiers du Français moribond.

Le même jour les Krupp tonnaient avec violence,
car le bombardement de Paris, depuis si longtemps annoncé, venait de commencer à la grande joie des pieux
pasteurs et des sensibles dames de Berlin, qui demandaient à cor et à cri l'anéantissement de Babylone ; — le

même jour, le poste des gardes nationaux de marche
placé près du pont de Sèvres assistait à la scène suivante :

Quatre soldats prussiens poursuivaient un individu
vêtu en franc-tireur ; ce dernier, après avoir échappé
miraculeusement aux coups de fusils [1] de ces persécu-
teurs, se précipita dans la Seine et traversa le fleuve à
la nage, se souciant fort peu de la température glaciale
de la rivière. Arrivé sur l'autre rive, le franc-tireur se
jeta dans les bras du chef de poste et l'embrassa en
criant : *Vive la France!*

On le conduisit dans une maison que les obus avaient
à moitié effondrée et où les hommes de garde avaient
installé leur campement ; on lui offrit du cognac et il
put se chauffer à l'aise devant un grand feu.

— Il faut, dit le franc-tireur, que je vois le gouverneur de Paris, j'ai des renseignements de la plus haute
importance à lui confier ; faites-moi accompagner par
deux de vos hommes, capitaine ; il est juste que je me
montre à lui entouré de mes sauveurs.

Le capitaine ne voulut laisser à personne l'honneur
de présenter au gouverneur de Paris un Français miraculeusement échappé, sous ses yeux, aux balles de l'ennemi.

Il remit le poste au lieutenant et tous deux partirent
pour le Louvre.

En franchissant la porte d'Auteuil, il durent se jeter
à plat ventre pour éviter d'être atteints par les éclats
d'un gros obus lancé par les batteries de Meudon. Dans
le village d'Auteuil et sur le quai, ils trouvèrent les
traces des projectiles allemands, dont les gamins et les
gardes nationaux étaient occupés à ramasser les éclats.

---

[1] Parbleu! les dreyses étaient chargés à poudre.

D'autres gardes jouaient au classique bouchon sans se préoccuper du péril. En route, le franc-tireur raconta son odyssée. Il avait été blessé, fait prisonnier, et il s'était échappé de l'ambulance au moment où il allait être transféré en Allemagne.

Trois jours il avait erré sans manger, dans les bois ; il s'était ainsi rapproché de la Seine, quand ces « gredins de Prussiens » l'avaient surpris.

— Vous avez eu bigrement de la chance, lui dit le capitaine, car ces gens f... vous ont envoyé une quinzaine de coups de fusil au moins.

— Bah! répondit le franc-tireur en souriant dans sa moustache...

Dans son spacieux cabinet du Louvre, debout devant la cheminée, où brûlait un grand feu de bois, le gouverneur de Paris dictait un ordre à un jeune aide de camp qui écrivait, assis à une immense table chargée de paperasses, de cartes, de plans. D'autres aides de camp allaient et venaient, glissant quelques mots à l'oreille du général Trochu, qui y répondait par un signe de tête indiquant son approbation.

— Mon général, fit à voix basse un des officiers, il y a là un franc-tireur qui arrive en droite ligne de Versailles ; il a des communications importantes à vous faire, à ce qu'il dit.

— Peuh ! Ce sera encore quelque historiette insignifiante, fit le général ; mais faites entrer.

Le franc-tireur et son compagnon furent introduits auprès du gouverneur de Paris.

Nous ne savons pas quels furent les renseignements qu'il ｜put fournir au général ; ce que nous pouvons assurer, c'est que vingt-quatre heures plus tard, à Versailles, M. le colonel S... remettait à Stieber des rensei-

gnements très précis et très authentiques sur les forces
de la capitale et les probabilités de la capitulation prochaine. Nous savons aussi que cette nuit-là, tandis que
l'écho apportait le bruit du bombardement, il y eut un
grand souper de quinze couverts aux Réservoirs, qui se
prolongea jusqu'au matin. C'était le prix du pari gagné
par le colonel S...

Trois semaines plus tard, Jules Favre arrivait à Versailles négocier la reddition de Paris. Au pont de Sèvres,
on le fit monter dans une vieille voiture conduite par
un cocher qui était un agent secret de Stieber.

M. de Bismarck avait recommandé à son chef de police
de surveiller M. Favre de très près.

Stieber montra en cette occasion les ressources d'un
policier hors ligne : il prépara une chambre pour M. Jules
Favre dans la maison même où la police prussienne avait
établi ses bureaux. Le ministre français y fut mené à son
insu, et, sans se douter de rien, pendant tout le temps
qu'il passa à Versailles, il coucha dans le lit du lieutenant de mouchards, Zerniki !

Stieber, qu'il ne connaissait pas et dont il ignorait les
fonctions, lui préparait son thé.

En arrivant à la maison du chef de police, M. Jules
Favre fut reçu par le commissaire Kaltenbach, dont l'air
paterne et débonnaire n'inspira pas la moindre méfiance
au ministre de la Défense nationale. Kaltenbach jura ses
grands dieux qu'il ne pouvait y avoir pour un bon Français et un enfant de Versailles de plus grand honneur
que d'abriter sous son toit un homme aussi illustre que
le grand avocat.

Jules Favre se laissa si bien prendre au piège, que,
dans la conversation qu'il eut avec le prétendu bourgeois

CES DEUX DAMES FURENT TRÈS COURTISÉES

de Versailles, il laissa échapper plusieurs renseignements précieux sur la situation de Paris. Le collaborateur
de Stieber les fit aussitôt transmettre à M. de Bismarck.

Celui-ci tenait absolument à savoir au juste ce qui se
passait dans la capitale avant d'engager les négociations.

Dès que le ministre français fut installé au deuxième
étage de la maison du boulevard du Roi, M. de Bismarck
appela le chef de la police et lui dit :

— Jules Favre doit avoir emporté des journaux de
Paris pour les lire en route... Il faut que vous me les pro-
curiez. Je n'ai pas encore reçu le courrier de ce matin...

Stieber réfléchit un instant :

— Vous les aurez, répondit-il, et il retourna chez lui
en réfléchissant.

Dans une lettre à sa femme, Stieber raconte que l'idée
lui vint d'enlever tout le papier des water-closets et de
défendre à son personnel d'en donner, afin d'obliger
M. Jules Favre à se servir de ses journaux, quand les
besoins de la digestion se feraient sentir.

Ce qu'il avait prévu arriva.

Le ministre français dut employer le papier qu'il avait
dans ses poches.

Et dès qu'il eut quitté les lieux d'aisance, le chef de
la police courut s'emparer non seulement de tout ce qui
restait des journaux parisiens du jour, mais aussi de ce
qui avait été employé.

Les endroits maculés furent lavés, et le tout fut sur
le champ envoyé à M. de Bismarck.

La surveillance exercée par les agents de la police
secrète sur le ministre français fut telle, qu'il fut impossible à un véritable habitant de Versailles d'approcher
de M. Jules Favre pour l'avertir du traquenard dans
lequel on l'avait fait tomber.

37

Ce ne fut qu'à son second voyage que le négociateur français put être mis sur ses gardes, et qu'il observa la réserve qu'il fallait.

La veille du 18 janvier, jour choisi pour la proclamation de l'empire allemand, la police secrète fut toute la journée et toute la nuit sur pied. Versailles était plein de princes allemands, de grands personnages, de hauts dignitaires sur la vie desquels il fallait spécialement veiller. Si la fête préparée dans la Galerie des Glaces allait être interrompue par quelque bombe lancée du dehors, quelle responsabilité pour le chef de la police de campagne ?

Stieber fit expulser des ambulances toutes les personnes qui lui parurent suspectes, et il ordonna à ses agents de dresser une liste très minutieuse et très détaillée de tous les habitants de Versailles. Chacun fut tenu, sous peine de la prison, de remplir un formulaire indiquant son âge, sa parenté, sa profession, ses antécédents, etc. « Les dames, écrit le policier à sa femme, trouvent inouï que j'exige la déclaration exacte de leur âge. Elles disent que je suis un homme méchant... Si par hasard tu avais encore quelques craintes au sujet de ma vertu, tu peux être rassurée maintenant. Il n'est pas une femme de Versailles qui ne me voue aux gémonies et ne me déteste comme le péché [1]. »

La cérémonie de la proclamation de l'empire allemand

---

[1] Le 24 décembre, Stieber écrivait déjà de Versailles à sa « chère bonne femme » : « On ne se figure pas la haine que nous portent les Français. Les femmes sont encore plus surexcitées contre nous que les hommes. Ah ! nous ne comprenons vraiment pas qu'on puisse croire que nous fassions la cour aux Françaises. Une Française cracherait à la figure de la femme qui oserait nous adresser un sourire. Soyez tranquille. Avec la meilleure volonté du monde, il ne nous est pas possible de commettre la moindre infidélité... »

se passa sans incident. Tandis que le roi, entouré de son
cortège de princes allemands, allait, le casque à la main,
prendre place sous le dais orné de drapeaux militaires
placé en face de l'autel dressé dans la somptueuse galerie
du château de Versailles ; que les pasteurs luthériens,
en robe noire, psalmodiaient leurs tristes cantiques d'al-
légresse, et que l'assistance proclamait Guillaume « empereur d'Allemagne *au nom de Dieu* », les habitants de
Versailles se calfeutraient soigneusement dans leurs
logis, bien décidés à ne pas sortir de toute la journée.

Pendant l'armistice, Stieber, probablement pour sou-
lager cette fidélité forcée qui lui pesait tant, fit venir à
Versailles sa femme et une de ses filles.

Ces deux dames — particulièrement la plus jeune —
furent très courtisées par les beaux messieurs de l'état-
major. Elles tenaient salon, recevaient chaque soir, donnaient de petites fêtes, pendant que le papa Stieber était
toujours par voies et par chemins, à la piste de ceux qui
auraient pu en vouloir à la vie du nouvel empereur et à
celle de M. de Bismarck.

Le 9 mars, le chancelier quitta Versailles, et le chef
de la police prussienne put enfin « remercier Dieu à deux
genoux d'être délivré de cette sensation pénible de se
tenir constamment sur [ses gardes, un revolver chargé
dans sa poche... »

M. le comte d'Arnim, ambassadeur de Sa Majesté
l'empereur d'Allemagne auprès de la République française, venait de rentrer d'une longue conférence qu'il
avait eue au quai d'Orsay avec M. le duc Decazes au
sujet de l'attitude des évêques des départements de l'est,
qui, par leurs mandements du carême de 1874, dirigés
contre le *Kulturkampf* qui sévissait alors de l'autre côté
du Rhin, avaient suscité de graves difficultés diplomatiques entre le vainqueur et les vaincus de 1870. L'entretien entre le représentant allemand et le souple ministre du maréchal de Mac-Mahon avait duré deux
heures. La figure fine et blême du comte, encadrée d'une
longue barbe grise s'étalant en éventail sur la poitrine,
portait les traces visibles d'une grande fatigue.

Le diplomate allemand n'était pas seul dans son cabinet
du premier étage de l'hôtel de la rue de Lille, il causait
avec un personnage d'assez grande taille, mince et

élancé, de figure intelligente, à laquelle des cheveux pré-
maturément grisonnants et une petite moustache presque
blanche, taillée en brosse, donnaient un cachet particulier.

L'interlocuteur de M. d'Arnim était un journaliste bien
connu, non seulement en Allemagne, mais aussi dans
un certain clan d'hommes de lettres français qu'il avait
fréquentés avant la guerre, et qui, à cause de son attitude correcte pendant les événements, continuaient
volontiers avec lui les anciennes relations, malgré la différence de nationalité, persuadés avec raison que
M. E. Landsberg était incapable d'une indélicatesse.

Quelques années avant la guerre, M. Landsberg avait
créé une correspondance autographiée destinée aux
journaux allemands. En 1874, la *Correspondance française* était devenue pour ces organes une source d'informations indispensable ; elle faisait autorité au point de
vue des appréciations sur la France. Sans être précisément officieux, M. Landsberg fréquentait assidument
l'ambassade, et avec le temps, des relations assez intimes
s'étaient établies entre le journaliste et M. d'Arnim, qui,
à ses heures, aimait aussi à manier la plume du polémiste
et rédigeait volontiers ses rapports en style de feuilleton.

— Oui, mon cher docteur, fit M. d'Arnim continuant
une conversation commencée, pour le moment, j'ai
complètement le dessous. M. de Bismarck ne me par-
donne pas d'avoir adressé directement et sans sa permission un mémoire à S. M. l'Empereur pour le prévenir
des périls qui menaceraient la dynastie des Hohenzollern
si la République, encouragée par l'attitude bienveillante
de l'Allemagne, prenait pied en France et s'étendait sur
le reste de l'Europe. Les d'Arnim ont toujours corres-
pondu directement avec les rois de Prusse, alors que les
Bismarck plantaient leurs choux du côté de Schœnhausen

et n'étaient pas encore admis à la cour... Bref, le chancelier est furieux, il vient d'obtenir mon rappel de Paris.

— Mais j'ai entendu dire que Votre Excellence doit aller à Constantinople.

— En effet, cette compensation m'a été promise pendant mon séjour à Berlin, il y a trois mois ; le brevet devait m'être expédié ; mais au lieu de ce document j'ai reçu une lettre où cet orgueilleux hobereau me traite comme si j'étais son garçon de peine ; il me reproche d'avoir une opinion à moi et d'oser la manifester ; il voudrait que je me borne à faire ses commissions. Merci ! se faire cirer les bottes par un comte d'Arnim, « Otto le Fou[1] » n'est pas dégoûté. Non content de cela, il fait répéter dans ses journaux un propos qu'il aurait tenu sur moi : « Arnim peut aller à Constantinople et s'imaginer qu'il fera de la politique chez les Turcs, cela ne tire pas à conséquence. » Vous comprenez que dans ces conditions il m'était impossible d'accepter cette ambassade. Je vais donc rentrer dans la vie privée, mais je ne compte nullement me croiser les bras. M. de Bismarck veut la guerre publique au lieu de la lutte sourde qui depuis plusieurs mois est engagée entre nous. A son aise! Le monde jugera ! J'ai mon plan de campagne et mes munitions. D'abord, il faut que l'on sache qui de nous deux est le véritable homme d'État, c'est-à-dire lequel a su prévoir les événements à distance avec toutes leurs conséquences. J'ai là de quoi le tuer moralement.

Le comte détacha sa chaîne de montre de la boutonnière de son gilet, prit une petite clef en or qui se trouvait parmi les breloques et ouvrit un tiroir de son secrétaire. Il en tira un dossier assez volumineux se

---

[1] Surnom donné à M. de Bismarck par ses camarades, lorsqu'il étudiait à l'université de Gœttingue.

composant de feuilles de papier ministre couvertes d'une
écriture large et distincte, avec de grandes marges.

— Voici, reprit le comte, des copies de rapports et de
mémoires que j'ai adressés de Rome lorsque, ambassadeur de Prusse auprès du Vatican, je suivais pas à pas
le développemement de la doctrine de l'infaillibilité du
pape. Lisez ces pièces avec attention, et vous verrez que
j'ai annoncé tout ce qui est arrivé depuis. La lutte partout engagée par le pape contre le pouvoir séculier,
les revendications du saint-père sur le droit de nomination des évêques, ses prétentions de soumettre l'armée
ecclésiastique à sa seule discipline, bref, tous les incidents qui signalent le *Kulturkampf* sont indiqués,
annoncés et prévus par moi, je puis le dire aujourd'hui,
avec une clairvoyance de devin et la précision d'un
mathématicien ; tandis que M. de Bismark — j'en ai les
preuves également là — me traitait de visionnaire et
affirmait que j'exagérais l'importance de cette déclaration d'infaillibilité, qui n'était qu'une comédie. La publication de ces pièces porterait un coup énorme au prestige
du chancelier ; elle montrerait qu'il est **au-dessous de**
moi, et que des deux, c'est moi qui suis le véritable
homme d'État... Mais comme je ne puis publier ouvertement et directement ces documents, je vous les confie.
Agissez comme il vous plaira... c'est d'ailleurs une bonne
fortune pour un journaliste de mettre au **jour de telles**
révélations...

— Je remercie Votre Excellence de la confiance qu'elle
me témoigne. Elle peut aussi compter, cela va sans dire,
sur mon entière discrétion.

— Je vous connais assez pour cela, et soyez certain
que je ne me serais confié à personne d'autre. Défiez-
vous du monde d'ici, ajouta le comte ; ils sont tous inféo-

dés au chancelier. N'en soufflez mot devant le comte de
Holstein... Je sais que vous êtes en bons termes avec ce
secrétaire et qu'il a dîné chez vous il y a quelques jours.
De celui-là surtout méfiez-vous ! Il est chargé par M. de
Bismarck d'adresser sur moi, deux fois par semaine,
des rapports détaillés... Vous avez l'air de sourire, vous
croyez peut-être que je me crée des fantômes. Détrom-
pez-vous. J'ai pris ce gentleman sur le fait, un de ses
rapports autographes est tombé entre mes mains... Il y
a quelques semaines, à la place où vous vous trouvez,
M. le comte de Holstein m'a supplié de lui pardonner,
jurant qu'il cesserait cet indigne métier. Mais je sais
qu'il le continue, le chancelier lui a promis de l'avancement... Évitez aussi d'en parler à mon agent secret
Beckmann ; par jalousie il serait capable de faire du
scandale. Pas un mot non plus à notre attaché Rodolphe
Lindau, qui est très bien avec la rédaction du *Figaro*, et
qui pourrait être tenté de commettre une indiscrétion...

En sortant de l'ambassade, muni des précieux papiers,
M. Landsberg se croisa avec ce M. Beckmann à l'égard
duquel l'ambassadeur lui avait recommandé la discrétion.
Ce monsieur rappelait d'une façon étonnante ce jeune
Allemand que nous avons vu au début de ce récit dans
les antichambres de la préfecture de police et que les
huissiers de M. Carlier appelaient familièrement « monsieur Albert ». Il semblait à peine changé par le quart
de siècle écoulé depuis le coup d'État. Un peu plus d'em-
bonpoint, les traits, sans être vieillis, étaient plus mar-
qués, à peine quelques poils grisonnants mêlés à la
soyeuse moustache blonde, voilà tout. Quant au costume,
il était à la dernière mode, très recherché : une large
rosette multicolore s'épanouissait à la boutonnière de sa
redingote, militairement boutonnée.

SUR CETTE CHAISE LA JEUNE FILLE ÉTAIT ASSISE AVANT DE MOURIR

POLICE SECRÈTE PRUSSIENNE.   PAGE 303.

— Diable, fit M. Beckmann avec ce petit ricanement qui lui est familier, *j'espère* que vous en avez fait une séance là-haut ! Voici une heure que je suis chez cet excellent Holstein, qu'avez-vous pu faire chez le comte si longtemps ?

— Rien, répondit Landsberg, il m'a montré des bibelots qu'il s'est fait envoyer de Rome, vous connaissez son goût pour les objets d'art.

Et M. Landsberg remonta dans sa voiture pour rentrer chez lui, rue de Compiègne.

Dans le monde politique on se souvient peut-être encore de la rumeur occasionnée au commencement d'avril 1874 par la publication des mémoires secrets sur le Concile et l'infaillibilité du pape, dans le journal de Vienne « La Presse », auquel M. Landsberg avait communiqué ces documents. Il avait fait choix tout exprès, pour écarter tout soupçon, d'un organe autrichien qui avait à Paris un correspondant officiel et dûment accrédité.

A Berlin, M. de Bismarck ne douta pas un seul instant que la communication ne vînt de l'ambassadeur lui-même, et la colère que le chancelier ressentait contre son rival éclata avec plus de violence que jamais. Il lui fallait à tout prix des preuves lui permettant de démasquer et de poursuivre M. d'Arnim.

Tout d'abord le diplomate disgrâcié reçut l'ordre de remettre sans aucun retard les archives de l'ambassade au premier chargé d'affaires, M. le comte Wesdehlen, et de vider l'hôtel de la rue de Lille. Puis le chancelier fit tous ses efforts pour découvrir celui qui avait servi d'intermédiaire à son rival; mais ses recherches n'aboutirent pas, malgré l'activité déployée par M. Beckmann, qui, après avoir courbé l'échine jusqu'à terre lorsque M. d'Arnim était au pinacle, mordait maintenant la main qui

38

l'avait nourri et déployait contre son ex-patron un zèle d'autant plus haineux qu'il avait montré plus d'ardeur à son service auparavant [1].

Quelles étaient au juste les fonctions de ce M. Beckmann, autrefois agent particulariste, homme de confiance du roi de Hanovre, collaborateur du *Temps*, et dont l'œil vigilant n'était pas seulement ouvert sur la France [2]? Quel emploi remplissait-il depuis que, réfugié à Bruxelles pendant la dernière guerre, à la fois suspect aux Français comme Allemand, et au gouvernement de M. de Bismarck comme agent welfe, il était venu dans le cabinet de M. de Balan, ministre de Prusse auprès du roi Léopold, accuser ses erreurs particularistes et hanovriennes et mettre à la disposition de la police berlinoise sa souplesse, son entregent, ses connaissances des dessous

[1] « Arnim sera puni comme un valet qui a volé l'argenterie de ses maîtres, » disait Beckmann aux journalistes français qui cherchaient à se renseigner auprès de lui sur cette affaire.

[2] Voici, pour caractériser l'ubiquité de M. Beckmann, une lettre adressée par lui à M. le Dr Conneau, secrétaire particulier de Napoléon III :

Paris, le 23 septembre 1868.

Monsieur,

J'arrive de Vienne, j'y ai vu à plusieurs reprises le roi et la reine de Hanovre.

Leurs Majestés m'ont chargé de vous exprimer leur vive gratitude de la bonne grâce avec laquelle vous vous êtes occupé de l'affaire de la loterie d'Osnabruck.

Sur ces entrevues et sur tout ce que je viens de voir en Allemagne, j'aurais à vous raconter des choses du plus haut intérêt. Je vous demanderai la permission d'aller vous voir un de ces jours à cet effet ; mais je ne veux pas attendre un seul instant (tellement la chose me paraît être importante) pour vous adresser la brochure ci-jointe.

Elle a pour titre : « Quel est le véritable ennemi de l'Allemagne ? », et elle paraîtra aujourd'hui ou demain à Munich. Elle fera certainement une sensation profonde en toute l'Allemagne, où elle sera jugée pour ce qu'elle est, c'est-à-dire un événement considérable.

L'auteur (le conseiller intime Klopp), y formule pour la première fois nettement cette vérité : « Ce n'est pas la France, c'est la Prusse qui est le véritable ennemi de l'Allemagne ; le sauveur de l'Allemagne doit être l'empereur Napoléon. »

ALBERT BECKMANN.

parisiens et ses nombreuses relations dans le monde des
gens de lettres et des viveurs de la capitale? Le pécheur
repentant avait-il trouvé grâce devant le Jupiter tonnant
de la Wilhelmsstrasse, et l'avait-on attaché à la crèche?

Un document officiel nous renseignera sur ce point:
c'est un extrait de la plaidoirie prononcée en décembre
1874 lors du fameux procès d'Arnim, qui se déroula
devant le tribunal (*Stadtgericht*) de Berlin. Nous empruntons ces lignes au compte rendu sténographique publié
immédiatement après les débats chez MM. Puttkammer
et Muhlbrecht, *Librairie des sciences politiques et judiciaires, 64, Unter den Linden*, sous le titre de: *Der
Arnim'sche Prozess, Stenographische Berichte mit Aktens-
tücken*. Les journalistes parisiens encore trop nombreux
qui fréquentent M. Beckmann, qui dînent chez lui et le
traitent *naïvement ou pour d'autres raisons* de « camarade», pourront vérifier notre citation ; elle se trouve dans
la 6ᵉ livraison de la publication précitée, pages 358 et 359.

*L'accusé, dit M. Dockhorn (il s'agit de M. d'Arnim),
convient qu'il a rédigé ou tout au moins inspiré quelques
articles de journaux, et qu'il s'est servi pour les répandre
d'un certain Beckmann. Ce Beckmann lui a été adjoint
pour ce genre de service. Je dois faire remarquer que
M. Beckmann a été et est encore un « pressagent » (c'est-
à-dire un reptile); que de tels agents sont attachés à toutes
les légations importantes; que par conséquent M. Beckmann était, vis-à-vis de l'accusé, dans la position d'un
employé grassement payé, dont les appointements étaient
fournis par un fonds que l'on n'aime pas à appeler par
son nom (le fonds des reptiles). (Hilarité.) J'en tire la
conclusion que M. Beckmann devait des obligations à
l'accusé (M. d'Arnim), et que celui-ci avait le droit et le
devoir de se servir de M. Beckmann.*

L'incident qui décidait M. l'avocat Dockhorn, un des jurisconsultes les plus estimés et les plus savants de l'Allemagne, à clouer au pilori l'ancien commensal du roi de Hanovre, mérite d'être relaté, il est typique si l'on veut se rendre exactement compte des façons d'agir des reptiles prussiens. En 1872, la situation entre la France et l'Allemagne était excessivement tendue. M. d'Arnim se plaignait sans cesse des violences des journaux et des affronts qu'il essuyait à chaque instant dans les salons de la société parisienne.

L'ambassadeur résolut de frapper un grand coup. Il enjoignit à son agent Beckmann de glisser dans les journaux une note disant que si M. d'Arnim continuait à être exposé à des mortifications dans le monde aristocratique et financier, il donnerait sa démission et que l'empire allemand ne serait plus représenté à Paris que par un simple consul.

Beckmann résolut de faire de cette pierre deux coups.

De la rue de Lille il courut dare dare à certaine caisse voisine du boulevard et se fit annoncer chez le Mercadet de l'endroit. Il lui apprit la mission dont il était chargé. Le banquier allemand flaira là un de ces coups de Bourse qui depuis longtemps lui étaient familiers.

— Seulement, fit-il, pour que la fête soit complète, il faut annoncer non pas que M. d'Arnim *veut* donner sa démission, mais qu'il l'a déjà donnée. De cette manière, *on baissera au moins de deux francs plus bas* [1] !

---

[1] Le banquier en question a eu fréquemment recours à des habitués de l'ambassade allemande, entre autres dans la circonstance suivante : vers l'automne 1875, le parquet s'émut de certaines opérations financières de cette maison, opérations qui, tout en enrichissant des banquiers, avaient causé des ruines nombreuses. En présence d'un grand nombre de plaintes, une instruction judiciaire fut commencée et elle prenait une tournure menaçante pour les inculpés. M. X... fit alors venir un ami de l'ambassade et lui exposa qu'il fallait à tout prix décider M. de Ho

Le même soir, M. Beckmann partait pour Bruxelles et décidait l'*Echo du Parlement*, avec lequel il avait des accointances, à insérer une note conforme en principe aux instructions de M. d'Arnim, mais dont la teneur exagérée satisfaisait pleinement les projets du financier allemand. On ne menaçait pas la France de la démission de M. d'Arnim, on l'annonçait comme un fait accompli.

L'effet de cette nouvelle fut considérable. On vit dans la rupture des relations diplomatiques la préface d'une nouvelle guerre, il y eut une panique à la Bourse.

M. de Bismarck voulut prendre M. d'Arnim au pied de la lettre et lui demander si réellement il donnait sa démission. Comme ce n'était pas l'intention du diplomate, M. d'Arnim chargea Beckmann de faire démentir la nouvelle, en l'attribuant à la mauvaise humeur d'un sportsman prussien, M. de Kaden, qui venait d'être « blacboulé » au Jockey-Club.

Mais plus tard, après le départ du comte d'Arnim, M. Beckmann répéta partout que celui-ci avait donné de gros ordres de vente en vue de l'effet que devait produire la nouvelle de l'*Echo du Parlement*. Là-dessus, M. de Bismarck accusa M. d'Arnim d'avoir « tripoté » à la Bourse de Paris, et celui qui avait trahi l'ambassadeur se déclara tout prêt à servir de témoin.

henlohe à accepter une invitation à la chasse dans une de ses propriétés. L'ami sut en effet agir sur l'ambassadeur d'Allemagne dans le sens voulu par M X..., et le prince passa toute une journée à tirer le faisan chez le banquier, en compagnie d'une nombreuse société venue exprès pour constater l'intimité du diplomate allemand et du célèbre *faiseur*. Le ministre Decazes craignit des réclamations pour le cas où les poursuites continueraient, et ordre fut donné d'étouffer l'affaire. Cela se passait en 1875; depuis, les choses ont changé quelque peu et c'est en vain que l'année dernière, à l'occasion de nouvelles poursuites, M. X... a essayé, toujours par la même entremise, d'obtenir la protection de M. de Hohenlohe. Celui-ci avait reçu l'ordre de Berlin de s'abstenir de toute démarche, et, à l'heure qu'il est, l'œuvre de la justice française suit son cours contre le banquier allemand.

Mais les accusations réunies jusque vers le mois de
juillet par M. de Bismarck ne reposaient en somme que
sur des rumeurs vagues et ne pouvaient donner prise à
aucune action sérieuse contre un homme qui, bien que
disgracié, occupait toujours une situation dans l'État, et
surtout qui comptait dans l'entourage du souverain de
nombreuses et ardentes amitiés. Ce qu'il fallait au chancelier, c'étaient des faits justiciables du Code. Son étoile
ne tarda point à le servir.

Le successeur de M. d'Arnim à Paris, M. le prince
de Hohenlohe, était un séïde fidèle et éprouvé du chancelier. Il avait été le propagateur de l'alliance prussienne
pendant son passage aux affaires comme président du
Conseil en Bavière, et il avait su s'attirer ainsi les
bonnes grâces du « patron ». Sous des dehors ternes,
sous des apparences insignifiantes, le nouveau représentant de l'empereur Guillaume à Paris cache une ambition froide et implacable. Pour la satisfaire, M. de
Hohenlohe reculera devant bien peu d'extrémités. En
venant à Paris, il savait que pour consolider sa position,
pour gagner davantage la confiance du « maître », il
fallait contribuer à la ruine de son prédécesseur. Il trouva
pour cette besogne des collaborateurs zélés parmi le
personnel de l'ambassade ; il put ainsi constater des
lacunes dans les archives, et il adressa une note à Berlin, signalant les pièces qui manquaient, qui avaient été
enlevées et soustraites. Ce fut cette dénonciation qui
servit de base à la procédure devant aboutir à l'arrestation
du comte d'Arnim, accusé de détournements de documents appartenant à l'État.

Un instant on eut la pensée de joindre à cette accusation celle de « détournements d'objets mobiliers ».
M. d'Arnim avait eu la douleur de perdre pendant son

séjour rue de Lille, une fille qu'il affectionnait beaucoup ;
en quittant Paris, l'ambassadeur avait emporté différents
objets lui rappelant la chère morte, et notamment une
chaise, *une simple chaise cannelée, d'une valeur d'une
dizaine de francs, sur laquelle la jeune fille s'était assise
pour la dernière fois avant de s'aliter et de mourir.* Il
paraît que cette chaise faisait partie du mobilier inven-
torié de l'ambassade ; de là l'accusation de vol.

La prophétie de M. Beckmann allait donc se réaliser :
Arnim serait condamné comme un laquais qui a dérobé
l'argenterie de la maison !

Dès qu'il eut connaissance de ce grief, M. d'Arnim
offrit de verser immédiatement telle somme qui lui serait
réclamée pour avoir le droit de conserver cette chaise.

La ridicule accusation tomba.

Les eaux de Bohême jouissent d'une grande vogue
depuis la guerre ; le nombre des baigneurs russes, allemands et autrichiens y a augmenté dans une notable
proportion, et les médecins français y envoient une
clientèle toujours croissante depuis qu'Ems, Baden-
Baden, Hambourg et autres stations allemandes ont été
déclassées par le *high-life* parisien. L'essaim des baigneurs
étrangers se répartit indifféremment parmi toutes ces
villes d'eaux voisines l'une de l'autre, et qui, lorsqu'elles
sont trop pleines, se renvoient mutuellement le surplus
de leur clientèle. Si on ne trouve pas place à Teplitz, on
se rabat sur Franzensbad ou sur Aussig ; quant aux principales stations, Karlsbad et Marienbad, il ne faut pas
songer à s'y loger pendant les mois de juillet et d'août,
à moins de s'y prendre à l'avance.

Or, parmi les baigneurs de Carlsbad, on remarquait pendant la saison de 1874 quelques-uns de ces personnages

énigmatiques qui, le jour de l'arrivée du roi Guillaume
à Versailles, s'étaient mêlés, comme nous l'avons vu, à la
population de la ville pour faire de l'enthousiasme.

Ces messieurs, qui s'efforçaient en vain de se donner
la tournure et le ton de gentlemen prenant les eaux
pour leur santé, ne quittaient pas des yeux M. le comte
d'Arnim, qui, conformément à l'ordonnance de son médecin, faisait une cure à Carlsbad pour se reposer des
fatigues et des contrariétés de son ambassade. Que le
comte fût à la promenade « de digestion », qu'il allât
boire ses quatre verres réglementaires à la grande source,
dans le salon de lecture du *Curhaus*, partout enfin, il
apercevait devant lui, derrière lui ou à ses côtés un de
ces sbires déguisés. Jusqu'alors le seul résultat pratique
de cet espionnage avait été la constatation que M. d'Arnim
écrivait beaucoup de lettres et qu'il recevait souvent la
visite d'un homme de lettres autrichien, M. Jules L...
Peu à peu le plus habile de ces mouchards apprit que
cet écrivain travaillait à une brochure intitulée *La Révolution d'en haut*, et dans laquelle devaient être insérés
plusieurs des dépêches et documents que M. d'Arnim
avait emportés de Paris.

Lorsque Jules L... eut terminé son travail, il partit
pour Vienne, toujours suivi par un des faux baigneurs,
afin d'offrir la primeur de son travail à des journaux
viennois. Mais ceux-ci se refusèrent de le publier.
M. Jules L... vint alors à Paris, espérant obtenir un
meilleur résultat auprès des journaux de la capitale. Il
eut recours à son ancien ami et confrère, M. Beckmann,
le priant de lui servir d'introducteur.

Mais les journaux français ne publièrent pas davantage
la brochure que leurs confrères viennois.

En revanche, quelques semaines après, les épreuves

— J'AI REGARDÉ A TRAVERS LES VITRES

de la brochure, avec corrections de la main de M. d'Arnim, étaient sur le bureau de M. de Bismarck.

Le chancelier avait maintenant l'arme nécessaire pour frapper son adversaire ; l'empereur, à la lecture du pamphlet qui mettait les ministres de son choix sur le même rang que les sans-culottes, et qui livrait à la publicité des secrets d'État, l'empereur ne pouvait plus refuser à son ministre le droit d'agir selon la rigueur des lois.

A la vue de ces épreuves notées de la main même du comte, l'empereur, en effet, témoigna son mécontentement ; d'ailleurs, M. de Bismarck, échappé miraculeusement aux balles du fanatique Kullmann, avait gagné un nouveau prestige. Sa Majesté ne pouvait plus rien lui refuser...

Le 4 octobre 1874, M. d'Arnim se promenait dans le parc de sa belle propriété de Nassenheide, en Silésie ; il causait avec son régisseur, lorsque la sonnette de la grande grille tinta avec violence.

En un clin d'œil la propriété fut envahie par un commissaire arrivé le matin de Berlin à la tête d'une douzaine d'estaffiers qui se répandirent dans la maison, bouleversant les tiroirs, scrutant les armoires et fouillant avec rage partout où ils supposaient pouvoir découvrir un papier quelconque.

Les issues du château étaient gardées par la gendarmerie.

Les habitants du village qui accouraient effarés, ne sachant ce qui se passait, furent durement repoussés.

M. d'Arnim demanda au commissaire quelle était la raison de ce déploiement de forces et de cette invasion. A cette question, le commissaire répondit par une autre interrogation.

— Êtes-vous disposé, monsieur le comte, demanda-

t-il, à me livrer les pièces mentionnées sur cette liste ?
Et l'homme de police tira de sa poche la copie de la note
de M. Hohenlohe.

— J'ai déjà répondu à M. de Bulow, secrétaire de
M. de Bismarck, que je considère ces pièces comme
m'appartenant personnellement, d'ailleurs je n'ai plus
d'ordres à recevoir de M. le chancelier, mais seulement
de S. M. l'empereur.

— Par conséquent, vous refusez ?

— Parfaitement.

— Alors, je dois, à mon grand regret, mettre à exécution le mandat dont je suis porteur.

Le commissaire tendit au comte un papier qui était
un ordre d'arrestation en bonne et due forme.

Le comte d'Arnim ne s'attendait guère à ce coup de
théâtre. Il comptait sur son crédit à la cour, sur la bienveillance de l'empereur. On l'avait, il est vrai, prévenu ;
mais, dédaigneux, il avait répondu comme le duc de
Guise : « Ils n'oseront pas ». Il eut un instant, un seul
instant de trouble, dont il se remit vite ; prenant du bout
des doigts le mandat, il le parcourut rapidement :

— Comment ? je suis arrêté parce qu'on me soupçonne
de vouloir m'enfuir à l'étranger !... Quelle fable !

— Pardon, monsieur le comte, fit le commissaire de
police, n'avez-vous pas contracté un emprunt hypothé-
caire sur ce château et n'attendez-vous pas aujourd'hui
même une lettre de crédit de 120,000 thalers ? (440,000
francs). Eh bien ! pourquoi auriez-vous emprunté une
telle somme, et quelle raison auriez-vous de vous la
faire assigner, si vous n'aviez pas l'intention d'aller à
l'étranger, si vous ne songiez pas à fuir ?

— Allons, dit M. d'Arnim avec un sourire de mépris,
je vois que la police de M. de Bismarck est toujours bien

faite... C'est vrai, j'ai contracté cet emprunt, j'attends la lettre de change; mais je ne voulais pas m'enfuir à l'étranger.

— Que comptiez-vous faire de cette grosse somme?

— Ceci me regarde, monsieur, répondit avec hauteur l'ex-ambassadeur.

Le jour même, le diplomate était écroué dans la petite prison de la ville voisine. Le lendemain, il partait pour Berlin, où sa détention fut d'abord très rigoureuse et ne se relâcha qu'au bout de quinze jours, lorsqu'on dut transférer le prisonnier malade à l'hospice de la Charité.

Pendant ce temps, la police continuait ses investigations; une commission judiciaire ayant à sa tête le procureur général Tessendorf vint à Paris, s'installa à l'ambassade et interrogea minitieusement tous les employés, jusqu'aux garçons de bureau.

M. Beckmann fut chargé de sonder les journalistes qui voudraient déposer contre l'ex-ambassadeur. Mais l'émissaire fut mal reçu partout. M. Landsberg, en particulier, se renferma dans le silence le plus absolu.

Le procès du comte d'Arnim, jugé devant le tribunal de la ville de Berlin, du 9 au 15 décembre 1874, fut fertile en incidents et plein de révélations.

On apprit comment le chancelier faisait surveiller l'ambassadeur par un des secrétaires de la mission; et le rôle que jouait M. Beckmann, fabricant de fausses nouvelles par ordre, fut mis en pleine lumière.

En revenant de Berlin — où on l'avait cité comme témoin — M. Landsberg dit au comte Wesdehlen :

— Maintenant, il ne reste plus à M. Beckmann qu'à se faire commander des cartes ainsi libellées :

ALBERT BECKMANN
AGENT SECRET DE L'AMBASSADE D'ALLEMAGNE

Ce monsieur, démasqué en plein tribunal, dut avaler pas mal de couleuvres à la suite de ces révélations; pendant assez longtemps il évita de se montrer en public. Naturellement, il lui fallait une compensation. Les appointements qu'il touchait sur ce fonds « que l'on n'aime pas à appeler par son nom » furent portés à un chiffre assez considérable. M. Beckmann fit tout son possible pour gagner en conscience son argent; mais il était *brûlé*, absolument compromis, et lorsqu'il paraissait quelque part, tout le monde restait bouche close, de crainte d'éveiller des échos indiscrets. Néanmoins, si cet agent est devenu trop public pour être utile, il sait encore se rendre agréable. Les gros banquiers allemands et les principicules de passage à Paris n'ont pas de cicérone et de « maître de plaisir » plus empressé, plus dévoué pour leur faire connaître tous les genres de distractions de la Babylone moderne. Mais quand il le faut, il se souvient aussi de ses véritables fonctions.

Ainsi, en 1878, pendant l'Exposition, le *Figaro* publia un long article sur les correspondants allemands de Paris; et comme ce travail contenait des indications curieuses et fort exactes, on se perdit en suppositions sur le nom de l'auteur.

A l'ambassade d'Allemagne surtout, on était friand de le connaître.

M. Beckmann se mit en campagne. Le lendemain, il arriva tout essoufflé, rue de Lille.

— Je sais maintenant, clama-t-il dans les bureaux de

l'ambassade, quels sont les coupables, je le sais, mais chut! C'est au prince de Hohenlohe lui-même que je réserve la primeur de cette grosse nouvelle.

Introduit dans le cabinet de Son Altesse, M. Beckmann affirma positivement que les auteurs des indiscrétions du *Figaro* étaient MM. Victor Tissot et Landsberg, directeur de la *Correspondance française*[1].

— Oui, Altesse, ce sont eux! et la preuve, c'est que la veille de la publication de l'article, j'ai passé près de la *Brasserie de Pilsen*, derrière l'Opéra. J'ai regardé — selon mon habitude — à travers les vitres pour savoir ce qui s'y passait; j'ai vu Victor Tissot et Landsberg buvant à une table et causant avec beaucoup d'animation. Sans doute, ils combinaient leur coup.

Disons tout de suite que pour un observateur officiel ou officieux, M. Beckmann a de fort mauvais yeux. Il avait bien vu « à travers les vitres » M. Landsberg, mais le prétendu Victor Tissot était un journaliste viennois, M. Schœnberg, qui, de loin, offre une ressemblance très vague avec l'auteur de ce livre.

En « observateur consciencieux », M. Beckmann aurait dû vérifier, mais il ne s'en donna pas la peine et préféra courir à l'ambassade pour y servir tout chaud son rapport.

Le prince de Hohenlohe ne cacha pas la surprise et le regret qu'il éprouvait de ce qu'un écrivain allemand comme M. Landsberg frayât avec celui qui avait fait le *Voyage au pays des Milliards* et lui fournît des renseignements pour un article au *Figaro*.

---

[1] J'avais été, en effet, présenté à M. Landsberg par un ami commun, et malgré nos divergences politiques, nous passions avec plaisir quelques instants ensemble, lorsque les hasards de la vie de Paris et les rencontres du boulevard nous en fournissaient l'occasion. Landsberg était un causeur spirituel et d'un commerce agréable. Mais le jour où, selon le rapport de l'agent Beckmann, « je me trouvais à la brasserie de Pilsen », j'étais cent cinquante lieues de Paris.

Le pauvre Landsberg était bien innocent. Victor Tissot était le seul coupable.

L'ambassade allemande de Paris étant un nid à commérages ; dès le soir, M. Landsberg fut averti par un des attachés, si je ne me trompe par M. Rodolphe Lindau, de la dénonciation du sieur Beckmann et des réflexions désobligeantes de l'ambassadeur.

Le lendemain, à la première heure, M. Landsberg se fit conduire rue de Lille et protesta avec la plus grande énergie contre les accusations dont il avait été l'objet ; puis il écrivit à M. Beckmann une lettre où « l'agent secret » de l'ambassade était traité comme il le méritait. M. Landsberg défendait en même temps à M. Beckmann de jamais remettre les pieds chez lui ni de lui adresser la parole.

Le hasard voulut que le même soir le directeur de la *Correspondance française* allât, selon son habitude, passer une heure à la *Brasserie de Pilsen*, que fréquentait un public spécial de journalistes, de boursiers et d'attachés d'ambassades. Poussé par sa mauvaise étoile, le sieur Beckmann, au lieu de se borner à regarder à travers les vitres, eut la fâcheuse idée d'entrer pour boire également son bock. Dès que Landsberg aperçut son compatriote :

— Comment, fit-il en s'adressant au gérant de l'établissement, vous avez des agents de police ici ?... Je croyais votre maison mieux tenue... Mettez-le donc dehors !

Tous les consommateurs, dont la plupart connaissaient Landsberg et Beckmann, se regardèrent.

Celui-ci n'en demanda pas davantage ; il battit précipitamment en retraite.

Un an plus tard, la *Nouvelle Revue*, que Mme Edmond Adam venait de créer, publiait un article très vif contre

M. de Bismarck, dont la politique et même la personne étaient prises à partie avec toute la généreuse indignation d'une femme patriote ardente, jetant l'anathème à l'ennemi de son pays. La publication de cet article de la *Nouvelle Revue* fit sensation, on s'en occupa pendant plusieurs jours.

M. Beckmann, qui, à ses nombreuses missions, joint le métier de correspondant de l'organe gallophobe par excellence, la *National Zeitung* (Gazette nationale de Berlin), se hâta de télégraphier à ce journal que l'attaque contre M. Bismarck, parue dans la *Nouvelle Revue,* avait été inspirée par Gambetta, qui, président de la Chambre, chef incontesté du parti républicain, gouvernait alors réellement la France. Venant d'une semblable source, l'importance de l'article changeait du tout au tout; ce n'était plus l'imprécation éloquente d'une Française, c'était la manifestation voulue d'une hostilité officielle, affrontant, provoquant même toutes les représailles diplomatiques ou autres. Au fond, la dépêche de M. Beckmann avait surtout pour *objectif* (servons-nous de ce mot cher à ses compatriotes) de favoriser, comme lors de l'affaire de l'*Echo du Parlement*, un gros coup de baisse dans l'intérêt d'une maison de banque allemande établie à Paris.

Or, l'assertion de M. Beckmann était une véritable calomnie. Gambetta n'ayant pu empêcher la publication de l'article dans la *Nouvelle Revue*, fit insérer une réponse très vive dans la *République française*. C'est ce que M. Landsberg fit ressortir dans une note de sa correspondance qui parut le 4 novembre 1879 : « Depuis un an environ, écrivait la *Französische Correspondenz,* il est certain que M. Gambetta a cessé toute relation avec Mme E. Adam; qu'il n'a plus paru dans le salon de cette dame et qu'il est resté entièrement étranger à la création de la

Nouvelle Revue. Tout le monde sait cela dans la société de Paris. Ceux-là seuls qui sont des agents de police avérés comme le correspondant de la *Gazette nationale*, M. Albert Beckmann, et qui, pour ce motif, se voient consignés à la porte de partout, peuvent ignorer cette situation. »

Le petit entrefilet de la *Franzœsische Correspondenz* fut reproduit par une centaine de journaux indépendants, du Rhin à la Vistule, de Hambourg à Trieste.

Depuis les révélations du procès d'Arnim, le nom de Beckmann avait acquis en Allemagne la triste célébrité qui en 1848, après les publications de la *Revue rétrospective*, s'attacha en France au nom de Lucien Delahodde. Les organes libéraux saisirent avec empressement l'occasion de démasquer de nouveau « l'agent secret public » de l'ambassade allemande de Paris, grassement payé sur « ce fonds que l'on n'aime pas à nommer ».

Cet incident fit grand tapage.

Immédiatement, M. de Hohenlohe fit appeler son collaborateur.

— Il faut absolument, lui dit-il, que vous obteniez une rétractation ou une satisfaction. Autrement vous seriez la risée de l'ambassade ; le dernier *Qanzleidiener* (garçon de bureau) vous mépriserait. Je serais forcé de cesser toutes relations avec vous.

Condamné ainsi à mettre flamberge au vent, M. Beckmann envoya des témoins à M. Landsberg, qui, immédiatement, se tint à la disposition de son adversaire.

Les négociations en vue de régler la rencontre furent assez laborieuses. M. Beckmann tenait absolument à ce que le duel eût lieu en pays allemand, à Herbesthal. Les témoins de M. Landsberg repoussèrent énergiquement cette proposition.

Les accointances très intimes de l'agent secret avec les

LE DUEL POURTANT EUT LIEU

commissaires de police et la gendarmerie de la frontière inspiraient, à tort peut-être, aux témoins de M. Landsberg la crainte de quelque comédie où les porte-casques, prévenus à temps, interviendraient au moment psychologique.

Malgré la vive résistance des témoins de M. Beckmann, il fut décidé que l'on se battrait en Belgique. Un témoin de chacun des belligérants partit la veille du grand jour pour chercher dans les environs d'Erquelines un terrain propice à l'échange des balles réglementaires.

M. Landsberg, son autre témoin et un médecin russe de ses amis partirent de la gare du Nord par un froid sibérien : toute la campagne sommeillait sous une épaisse couverture de neige, et les boules d'eau chaude jointes aux fourrures suffisaient à peine pour maintenir dans le compartiment une température supportable.

On arriva vers onze heures à Erquelines. Quelle fut la surprise de M. Landsberg et de ses compagnons d'apercevoir, se promenant sur le quai de la gare à l'arrivée du train, son adversaire avec ses seconds, lorsqu'on devait supposer qu'il ne partirait de Paris que le matin! Ces messieurs, soi-disant pour dérouter les soupçons, s'étaient affublés de vieilles jaquettes, de pantalons invraisemblables et de chapeaux mous.

Cette petite mascarade fit beaucoup rire M. Landsberg et ses amis, mais cette douce gaieté s'éteignit bientôt, lorsqu'ils apprirent que, selon l'avis des témoins envoyés en maréchaux de logis, il était absolument impossible de se battre dans les environs d'Erquelines. Trop de neige, trop de verglas et des gendarmes partout, telles étaient les raisons invoquées; une discussion assez vive s'ensuivit sur le quai de la gare; elle fut interrompue par l'appel du conducteur avertissant que le convoi allait se remettre en route.

— Remontons en voiture, fit l'un des témoins, nous continuerons notre conférence à la prochaine station.

A Charleroi, l'arrêt n'était que de dix minutes, on n'arriva à un aucun résultat; il fallut rentrer dans les wagons jusqu'à Namur. Là, un des témoins de M. Landsberg déclara que son client n'irait pas plus loin, et que si M. Beckmann continuait la route, on le considérerait comme ayant voulu se dérober à la rencontre par la fuite. Tout le monde descendit de voiture, sauf un des témoins de M. Landsberg, qui déclara être obligé de rentrer immédiatement à Paris.

Le docteur s'offrit pour le remplacer et les voyageurs se rendirent à une hôtellerie près de la gare pour conférer. Ici les véritables causes de retard apparurent. M. Beckmann tenait à tout prix à se battre sur son terrain, à Herbesthal, en Prusse, et sur le refus réitéré des témoins de M. Landsberg de se rendre en Allemagne, il fut décidé que la rencontre aurait lieu immédiatement dans les environs de Namur.

Cependant il était écrit que cette journée serait pacifique.

M. Beckmann déclara qu'il devait à tout prix être le soir même à Herbesthal, et que, comme le train partait dans un quart d'heure, il fallait absolument remettre le combat à trois jours.

Avant que ses propres témoins pussent transmettre la réponse de ceux de M. Landsberg, Beckmann, toujours accoutré de son veston et coiffé de son tromblon avarié, avait pris place dans le convoi qui s'éloignait à toute vapeur vers la frontière de Prusse.

Force fut donc à Landsberg de revenir à Paris.

Le duel pourtant eut lieu trois jours plus tard dans le jardin d'un dentiste, à Enghien. Cette fois, M. Beckmann et ses témoins, habillés très correctement et en gentlemen, furent précis au rendez-vous. Une balle fut échangée sans résultat, et Beckmann put revenir à l'ambassade de la rue de Lille avec l'auréole d'un champion qui a fait ses preuves.

Trois années plus tard, M. Landsberg, qui souffrait d'une cruelle maladie, mourait dans son appartement de la rue de Compiègne, où se trouvaient également les bureaux de la *Correspondance*. Pendant la maladie de son adversaire, l'agent secret de l'ambassade s'était tenu aux aguets, car il avait son plan. Il suivait les progrès de la maladie de l'infortuné Landsberg comme le requin suit le navire, et lorsque la mort se fut emparée du rédacteur de la *Franzœsische Correspondenz*, on vit M. Beckmann s'installer en maître dans l'appartement de « son ami », comme il l'appelait à présent ; il racontait à qui voulait l'entendre que son ancien adversaire s'était réconcilié avec lui et avait manifesté à son lit de mort le désir de le voir lui succéder comme directeur de la *Correspondance*.

Landsberg n'avait pas de famille à Paris, et dans les derniers temps il vivait fort retiré ; son héritier naturel, un frère, négociant à Berlin, mort également depuis, arriva le lendemain du décès. Beckmann attendait M. Otto Landsberg à la gare du Nord ; et, à partir de ce moment, il ne le quitta plus et sut l'amener à signer immédiatement un acte de vente de la *Franzœsische Correspondenz*, au nom d'un certain Sthut, ancien conseiller de préfecture prussien dans un département occupé pendant l'invasion, employé, plus tard, dans les bureaux de l'ambassade de la rue de Lille, et qui, lors du duel que nous venons de raconter, avait servi de témoin à Beckmann.

Depuis cette époque, la *Correspondance française* (titre ironique s'il en fut) est devenue un instrument de plus entre les mains de l'ambassade allemande de Paris ; elle sert de véhicule à toutes les attaques et à toutes les calomnies que M. de Bismarck juge de temps à autre nécessaire de diriger contre la France.

C'est par l'intermédiaire de la *Correspondance française* notamment qu'a été conduite avec une savante perfidie cette campagne qui, grossissant quelques incidents sans importance, quelques articles sans la moindre autorité, a persuadé aux étrangers qu'ils n'étaient plus en sûreté en France, où l'on ne songeait qu'à les égorger, et que le séjour à Paris était des plus dangereux pour tout individu d'origine allemande, alors que 60,000 ex-soldats ou futurs soldats de M. de Moltke battent le pavé de la grande ville et savent s'arranger de manière à prospérer, tandis que les négociants et les ouvriers français sont aux abois.

Les journaux allemands reproduisent de bonne foi ces absurdités calomnieuses, et le lecteur effrayé se figure que la France n'est plus qu'un repaire de brigands.

Un certain Dr Max Nordau, journaliste de bas étage, qu'un ministre français a décoré du ruban violet d'officier d'académie, a bien fait un ouvrage en deux tomes pour prouver que les habitants des bords de la Seine auraient plus besoin d'être civilisés que ceux des bords du Congo !

Le grand chef de la police prussienne, le fameux Stieber, malade pendant quatre ans, est mort en 1882.

Stieber n'a pas été officiellement remplacé. Mais on peut en être certain, « l'abbaye ne chôme pas faute d'un moine ».

Si le chef n'est plus, la légion des agents qu'il a recrutés, instruits et dressés, a l'œil et l'oreille partout où il y a quelque chose à apprendre ou à observer.

La police secrète prussienne s'est même perfectionnée au point d'avoir aujourd'hui à son service des personnalités qui, par leur haute situation financière dans le monde parisien, semblent à l'abri de tout soupçon.

Nous pourrions citer des salons très courus par certains députés qui sont, certes, bien loin de se douter que les grandes dames auxquelles ils vont offrir leurs respectueux hommages sont en relations d'affaires avec le bureau des renseignements secrets du gouvernement prussien.

Dans un pays comme la France, où la femme joue un rôle si puissant, M. de Bismarck a tout de suite compris le parti qu'il pourrait tirer de semblables auxiliaires.

Un événement récent a montré que l'espionnage féminin pouvait s'exercer jusque sur les choses militaires.

Mme de Kaula n'est-elle pas parvenue à entortiller dans ses jupons un général français, ministre de la guerre en 1875 ?

Avant de se rendre au conseil des ministres, ou quand il en revenait, le général avait l'habitude d'aller déjeuner chez la chère tendresse. En entrant, il déposait son portefeuille ministériel sur un guéridon du salon. Pendant le déjeuner, que Mme de Kaula savait agréablement prolonger, une main habile escamotait le portefeuille du ministre de la guerre ; on l'ouvrait au moyen d'une fausse clef, et la sténographie prenait rapidement copie des pièces et des documents les plus importants, qui étaient le soir même expédiés à Berlin.

Ces faits sont connus. Ils n'ont pas été démentis. Nous pourrions en citer bien d'autres ; mais le moment n'est pas encore venu pour nous de faire l'histoire de la police secrète prussienne en France, pendant les années qui nous séparent encore de la prochaine guerre.

TABLE DES MATIÈRES

ÉVREUX, IMPRIMERIE DE CHARLES HÉRISSEY.

www.ingramcontent.com/pod-product-compliance
Lightning Source LLC
Chambersburg PA
CBHW070309030726
47505CB00004B/953